El viudo

Luis Díaz de Bustamante

El viudo

NdeNovela

NdeNovela, un sello editorial de Editorial Planeta, S. A.
Diagonal, 662-664, 08034 Barcelona (España)
www.ndenovela.com
www.planetadelibros.com

Primera edición: junio de 2025
Depósito legal: B. 8.547-2025
ISBN: 978-84-10140-29-5
Composición: Realización Planeta
Impresión y encuadernación: Rotoprint by Domingo
Printed in Spain - Impreso en España

PEFC Certificado
Este libro procede de bosques gestionados de forma sostenible
PEFC
PEFC/14-38-00305 www.pefc.es

A C., por ser mi fuente de inspiración eterna

Todo el mundo tiene secretos. La única cuestión es encontrar dónde están.

STIEG LARSSON

Esta novela es una ficción; todos los nombres, personajes, sucesos y localizaciones son producto de la imaginación del autor.

PRIMER DÍA

Lunes, 24 de febrero de 2020

Para: Paul (terapeuta)

Asunto: Diario

Estimado Paul:

Siento abordarte de esta manera, pero escribir el diario que me sugeriste me ha resultado imposible y créeme que lo he intentado; hablar con un diario me parece de lunático con problemas para relacionarse, algo así como tener un amigo imaginario. Además, de los diarios que conozco, el de Ana Frank es triste y no termina demasiado bien, y el de Bridget Jones, aunque acaba algo mejor, me pareció ñoño y previsible. Sé que me dijiste que el diario era una buena fórmula para expresar los sentimientos, también para decir la verdad, pero honestamente, Paul, no creo que en mi caso funcione, por lo que he decidido enviarte este *e-mail*. Es mejor esto que llegar mañana con las manos vacías a tu consulta, ¿no crees?

Si tengo que escribir acerca de mí, lo que considero en todo caso un acto ególatra e imprudente, prefiero hacerlo por esta vía. Redactar correos electrónicos es lo que he hecho con mayor precisión los últimos quince años de mi vida y no te preocupes, tampoco espero una respuesta, ni siquiera me despediré con la típica fórmula de educación, como «un cordial saludo», que, por otra parte, detesto. No la cordialidad, que me encanta, sino esa frase tan cursi y engolada. Confío en que no te importe esta interpretación libre de tus consejos, Paul, me consta que eres un terapeuta excelente; también doy por hecho que habrás tratado a pacientes mucho más difíciles que yo.

Nos vemos mañana.

Lunes, 24 de febrero de 2020

Lo cierto es que te he mentido, Paul, claro que he empezado a escribir.

Desde el momento en el que me lo planteaste en la consulta, tu idea de poner en negro sobre blanco las cosas que me están pasando por la cabeza me pareció razonable. Incluso confío en que este método me ayude a transitar por el camino tan oscuro en el que me encuentro; escribir siempre me ha parecido más fácil que hablar. Aunque todavía no tengo claro si en algún momento compartiré estas líneas contigo.

Sigo pensando que un diario es infantil o, como mínimo, inmaduro, algo más propio de un adolescente con problemas amorosos que de un adulto de casi cuarenta años. Por eso, en vez de comenzar estas líneas con un «querido diario», he preferido dirigirme a ti. De esta manera no me siento tan patético, es como si iniciara una larga correspondencia con un amigo íntimo. Aunque, desde luego, no somos íntimos; de hecho, solo te he visto dos veces en toda mi vida; sin embargo, me inspiras confianza, Paul.

Sí, desde la primera vez que te vi, pensé que eras un buen tipo. Sé que no te acuerdas, pero estábamos en la sala de espera del tricólogo. Porque compartimos tricólogo, Paul, o por lo menos consulta, y eso significa que, además de preocuparnos por nuestro aspecto, tenemos buen gusto; la consulta es la más exclusiva de Madrid, o eso es lo que siempre me aseguraba Clara.

Cuando te vi en aquel lugar, era la primera vez que salía de casa desde que sucedió todo; también la primera vez que iba al tricólogo sin ella. Y fue en aquella sala, una sala impersonal en la que todos nos vigilábamos un poco entre nosotros, porque es ciertamente humillante perder pelo antes de los cuarenta años, donde me fijé en tus zapatos. Llevabas unos John Lobb negros de suela fina, sobrios y elegantes, unos zapatos que yo también tengo.

¿Sabes, Paul? Clara tenía fijación absoluta por los zapatos de los hombres; para ella, era un elemento suficiente para cribar a las personas, como el pelo o los dientes en las ferias de ganado, y me imagino que, como pasa en todos los matrimonios, te acabas apropiando de todas las obsesiones y manías de tu pareja. Sí, creo que fueron esos zapatos los que te otorgaron cierta honorabilidad, a Clara le habrían encantado, definitivamente.

Recuerdo que te llamaron por teléfono. Al descolgar, me percaté enseguida por tu acento de que eras francés; aunque, si hubieses sido mudo, habría llegado a la misma conclusión, porque todo en ti resultaba francés: gafas de pasta redondas, chaqueta algo raída y un jersey oscuro de cuello vuelto, como de escritor o de profesor de literatura en la Sorbona que se acuesta con sus alumnas mientras vive una existencia atormentada. No te lo tomes a mal, Paul, es lo que pensé, yo no tengo ese aspecto, pero un porcentaje de mi sangre es francesa y reconocería a mis compatriotas lejanos como los perrillos que se olisquean el trasero y ya saben todo del otro. Además, nunca te juzgaría por el tema de las alumnas, me encantó *El informe Pelícano*, ya sabes, esa película en la que Julia Roberts destapa una conspiración mientras mantiene relaciones inapropiadas con su profesor de universidad.

Quizás no hayas visto *El informe Pelícano*, Paul; si ese fuese el caso, te lo recomiendo. Has de saber que soy un cinéfilo empedernido y que tiendo a utilizar las películas para expresar mis emociones. Clara se ponía muy nerviosa cuando hacía esto, ella no soportaba mi obsesión por el cine; tampoco comprendía mi adoración por la obra de Woody Allen, Scorsese o Polanski, pero al final acababa sucumbiendo a mis sesiones interminables de *Frenético* y *Casino*; me pregunto si, en el lugar en el que se encuentra ahora, puede ver algo de cine; me pregunto si todas las películas que vimos juntos le habrán podido servir de algo en ese lugar que nadie conoce.

En cambio, tú seguro que me entiendes, eres francés y los franceses apreciáis la cultura por encima de todo. También Clara, no te equivoques, ella era inquieta y cultivada, solo que no le gustaban mis películas. Aunque no me quiero desviar, Paul, volvamos a la consulta del tricólogo y a tu conversación telefónica.

A pesar de tus intentos por bajar el volumen del móvil, pude oír al otro lado de la línea lo que parecía ser una mujer enrabietada; me recordaba al tono que solía utilizar Clara cuando estaba verdaderamente cabreada.

Al principio pensé que se trataría de tu esposa, la típica riña conyugal de lunes por la tarde; recuerdo que le hablabas con voz suave, intentabas serenarla. Cogí una revista de coches que no me interesaba en absoluto y fingí que la estaba estudiando con verdadero interés porque necesitaba una coartada para seguir escuchando sin que te percatases; lo cierto es que soy una persona inquieta y curiosa por naturaleza, Paul. Entonces le dijiste que se pasase por tu consulta la semana siguiente, que seguiríais la conversación allí. Deduje de inmediato que aquella señora tan alterada debía de ser una clienta, una paciente al borde del colapso, puede que incluso tu exesposa, pero lo importante es que comprendí que eras doctor.

Y hubo algo que me llamó aún más la atención.

Tenías pelazo.

Sí, Paul, eras, con diferencia, la auténtica envidia de cualquiera de los que estábamos allí intentando no parecer ratas arias. Tenía curiosidad por saber si aquella mata era natural o se trataba de una peluca, me parecía rarísimo que alguien con tu pelo estuviese en aquella consulta; luego caí en la cuenta de que en ese centro también trabajan dermatólogos con otras especialidades, por lo que quizás estuvieses allí para extirparte un lunar inguinal o revisarte un pie de atleta.

Apareció la recepcionista vestida con un uniforme blanco y el pelo rizado de un color entre naranja y rojizo, como todas las recepcionistas de ese lugar (bueno, y como casi todas las recepcionistas del mundo), y pronunció tu nombre y apellido; tú te levantaste, colgaste el teléfono con un gesto aliviado y te despediste de nosotros.

Por supuesto, tardé menos de un segundo en buscarte en internet, porque tengo alma de investigador privado y averigüé que eres parisino y también un psicólogo muy reconocido con una gran cantidad de estudios y publicaciones. No te enfades por haberte buscado, Paul, considera que lo verdaderamente irresponsable es la manera flagrante en la que esa consulta incumple una debida política de protección de datos.

Luego me llamaron a mí.

El doctor Cabello (no haré referencia alguna al hecho de que el tricólogo se apellide así) me recibió con su sonrisa cálida de siempre, como si el hecho de ponerme inyecciones en el cuero cabelludo fuese algo parecido a una experiencia tántrica. No me preguntó por Clara, lo que de verdad agradecí, y me hizo tumbar en la camilla.

El doctor se mostró muy satisfecho con la evolución de mi folículo piloso, que cada día está más fuerte y ancho, y yo le creí, porque mi médico es una eminencia que tiene muchos diplomas de universidades extranjeras y viaja a Vancouver para participar en congresos mundiales de pelo, y solo alguien verdaderamente brillante conoce Vancouver.

Fue Clara quien lo descubrió. Ella me conocía como nadie y sabía que la posibilidad de quedarme calvo era algo que me agobiaba; es probable que mucho más que a ella, soy así de inseguro.

Recuerdo que la primera vez que me examinó, el doctor sugirió unas pastillas que, al parecer, ralentizan las hormonas responsables de que se caiga el pelo en los hombres y cuyo rarísimo efecto adverso es la pérdida de apetito sexual y un potencial aumento del pecho. Me negué en redondo a tomarlas, siempre he creído profundamente en la excepcionalidad y jamás habría corrido el riesgo de devenir frígido a una edad en la que el rendimiento es pleno. Clara también estaba de acuerdo, por supuesto. Me pregunto qué pensaría ella ahora sobre este asunto.

Perdona, me he vuelto a desviar. Regresemos al día en que te vi por primera vez.

El ritual fue el mismo de siempre; la ayudante del doctor me tendió unas gafas que me recordaban a las que se utilizaban en los años ochenta cuando se puso de moda ver las películas de cine en tres dimensiones y empezó la tortura. Noté los pinchazos, fue molesto. Me hizo sentir como un muñeco de trapo a quien estuvieran practicando vudú. Desconozco lo que me inyectan, Paul; podría tratarse de semen de ballena o de agua oxigenada, aunque prefiero no saberlo. No quiero obsesionarme pensando en que ese tratamiento pueda provocar algún tipo de parálisis y hacer que se me tuerza la cara o me quede con la típica expresión de cuando alguien te pinza el testículo izquierdo.

Desde lo de Clara, me he vuelto algo hipocondriaco. Bueno, más bien se me ha agravado, porque creo que siempre lo he sido.

En estas últimas semanas, Paul, me ha empezado a doler la zona lumbar y siento rigidez en los hombros. Quiero pensar que es por todo lo que ha pasado, pero no te puedo negar que algunas noches he imaginado la posibilidad de padecer alguna enfermedad degenerativa, de esas en las que acabas de muy mal humor, como aquel señor que regentaba el quiosco más cercano a la casa de mis padres, un señor al que le faltaban ambas piernas y tenía un talante de perros.

Me he vuelto a desviar, Paul, lo siento.

Cuando el doctor acabó con el tratamiento, pagué los trescientos euros de la visita y salí de la consulta. La verdad es que no tenía ganas de volver a casa y hacer como que no había pasado nada. Me cuesta ver crecer a mis hijos sin su madre.

Empecé a caminar.

¿Sabes, Paul? Siempre me han gustado las calles pequeñas y escondidas de esa parte de la ciudad. Las viviendas son altas y estrechas, más propias de Notting Hill que del barrio de Salamanca, y los mantos de buganvillas que las envuelven generan una atmósfera silenciosa que me transmite paz.

Clara y yo solíamos pasear por esa zona e imaginábamos que algún día compraríamos una de esas casas. Queríamos decorarla con mucho papel pintado de rayas, como si fuésemos un matrimonio adorable inglés que se hubiera afincado en España atraído por los tipos de cambio tan bajos y la *joie de vivre* de Madrid. Imaginábamos una apacible convivencia con nuestros hijos: cultivaban su mente en el pequeño jardín de atrás, leíamos a Shakespeare y preparábamos mermelada casera de arándanos con música de fondo de Sinéad O'Connor, que es una mujer desequilibrada que también debería ir a verte, pero que canta como nadie. Me imaginaba con ella (con Clara, no con Sinéad) tomando copas de vino blanco con hielo a partir del mes de marzo.

Entonces, cuando estaba a punto de dejarme llevar por la autocompasión, que es lo que cualquier persona sensata debe hacer cuando piensa en planes que ya no es posible que sucedan, el ruido de una vespa antigua intentando arrancar interrumpió mi intento de deriva nostálgica; un estruendo tan brusco y agresivo que en condiciones normales me habría generado mucha rabia, quizás ira. Sin embargo, no fue así: te reconocí mientras te ponías el casco.

Recordé que, en la habitación de su primera casa, Clara tenía un cartel de *Vacaciones en Roma*, un cartel en el que aparecía la misma antigualla que conduces. Seguro que sabes de qué cartel te estoy hablando, es uno en el que Gregory Peck está muy elegante y parece intuir que va a mantener relaciones sexuales con Audrey Hepburn.

Entonces comprendí que Clara me estaba enviando una señal.

En ese preciso instante, Paul, tuve la convicción de que ir a terapia era justo lo que necesitaba y que tú eras la persona indicada a la que debía acudir.

Clara sabía que soy muy bueno con los indicios. Y también sabía que nunca se me habría ocurrido ir a un terapeuta; honestamente, Paul, no te ofendas, pertenezco a una generación para la cual la asistencia psicológica implica una demencia o una manía descontrolada, y yo no soy de esa clase de personas, o quizás sí, ahora mismo tampoco sé quién soy en realidad.

Te confieso que, al principio, busqué ayuda.

Sí, Paul, muy al principio, cuando todo sucedió y comprendí que no la volvería a ver, por lo menos en esta vida, recurrí a la red para encontrar soluciones. Me imagino que seguía en estado de *shock* y me pareció la manera más discreta y anónima de proceder en estos casos.

Mi búsqueda no fue fructífera en absoluto. Acabé sumergido en un foro latino en el que recomendaban varios libros de autoayuda para superar cualquier duelo y un tutorial para consumir ayahuasca. Comprar un libro de autoayuda me parecía sórdido y marginal, casi peor que lo de escribir este diario; y, con respecto a la ayahuasca, resultaba algo agresiva para mí, que siempre me he considerado un hombre juicioso. Y creo que mi organismo no toleraría esas sustancias psicotrópicas.

Decidí cerrar esa página y no volver a consultar en internet nada relacionado con el bienestar mental; también me propuse seguir con mi vida.

Entiéndelo, Paul, no es agradable perder a alguien, y menos a tu mujer, pero debía mantener la compostura, debía concentrarme en sacar lo que quedaba de mi familia adelante. Además, siempre he pensado que he nacido en el lado afortunado de la vida.

Se me ocurrió investigar sobre existencias desgraciadas, trágicas, oscuras; experiencias que desdramatizasen lo que me acababa de suceder.

Me acordé de Nelson Mandela (y te aseguro que nunca lo había hecho); también de las víctimas del Holocausto (más olvidadas todavía); incluso recuerdo haber visto en bucle documentales de organizaciones sin ánimo de lucro que construyen colegios y llevan agua potable a minorías maltratadas que crecen entre moscas. Pero no conseguía nada, Paul, seguía sin poder sacar lo de Clara de mi cabeza. Esos días, aunque permanecen en una especie de nebulosa, sé que no hice nada más que estar. De hecho, creo que el único compromiso al que acudí fue precisamente a aquella cita del doctor Cabello donde coincidimos.

El resto ya lo sabes.

Conseguí que me recibieses a los pocos días y, cuando me saludaste, comentaste que mi cara te resultaba familiar. No se me ocurrió nada más que responderte que tengo una cara muy corriente, lo que es incierto, dado que siempre me he considerado algo apuesto, y tú asentiste sin mucho convencimiento.

Podrías pensar que el inicio de esta relación se basa en la mentira, la inexactitud, la ocultación de información, y tienes toda la razón, Paul, no te lo puedo negar; aunque no me siento avergonzado, al fin y al cabo, todas las relaciones médico-paciente, abogado-cliente o confesor-culpable suelen empezar así.

Comenzamos la sesión. No sabía muy bien qué decirte y permanecí callado, quieto, inmóvil; casi tan estático como los libros que reposan en la pared de tu despacho. Y te confieso que aquel silencio, lejos de parecerme incómodo, me resultó de una educación exquisita, nunca habría pretendido contarle mis intimidades a un hombre que acababa de conocer. Lo siento, Paul, el simple hecho de que seas mi terapeuta tampoco te faculta para que te hable de mi vida con sinceridad.

Decidí hacerte un resumen muy corto de lo que me pasaba, quizás demasiado corto. O no, porque mi historia se explica en tres palabras:

Clara ha muerto.

Y dejé de hablar.

Sí, pese a que aquella visita me había costado incluso más que la del tricólogo, no te dije nada más; tampoco se me ocurría otra cosa que pudiese interesarte. Además, Paul, un hombre recién enviudado tampoco se encuentra en el mejor momento para mostrarse dicharachero. Te pido disculpas, siento no haber podido desplegar contigo las múltiples habilidades sociales que siempre me han caracterizado; o que me caracterizaban. Te pido disculpas por no haberte dicho la verdad.

En lo que no te he mentido es en que me ha costado mucho empezar a escribir.

Lo intenté la tarde en la que fui a verte, pero no me vi capaz. Al igual que en tu sesión, no sabía qué contar. Y, cuando comenzaba un párrafo, lo borraba inmediatamente; temía que lo que escribiese pudiera ser utilizado en mi contra o lo considerases una estupidez.

He pasado las peores semanas de mi vida, Paul, y, sin embargo, cuando he querido relatártelo, es como si estuviera bloqueado; es como si el hecho de escribirlo fuese a oficializar que ha pasado en la realidad, y me parece más confortable permanecer en la etapa de negación emocional.

Ayer por la tarde, decidí enfrentarme otra vez a mi realidad y empecé a escribir, pero era domingo y no me quedó más remedio que abandonar de nuevo ese propósito.

Nunca he aguantado los domingos, Paul, es herencia familiar. Uno de mis abuelos se deprimía los domingos por la tarde y se encerraba en su despacho para que nadie pudiese molestarle en su depresión; luego llegaba el lunes y volvía a estar perfecto. Coincidirás conmigo en que esa actitud demuestra una inteligencia suprema, muy contraria a las convenciones actuales sobre la necesidad de ser siempre positivo y convertir los estragos de la vida en algo que fortalece. No sé lo que pensarás tú al respecto, Paul, pero no aguanto esos discursos de *coach* a plazos que te impiden restregarte un poco en el barro cuando más lo necesitas.

Yo me encuentro mal, Paul, me encuentro verdaderamente mal; mucho peor que cuando me quitaron las cuatro muelas del juicio a la vez y se me puso la cara como si fuese Chewbacca. Aunque ahora, a diferencia de entonces, no poseo ningún trazo físico que delate lo que me ha sucedido. Ahora, a diferencia de entonces, nadie tiene por qué pensar que me ha pasado algo terrible y, quizás por eso, me he metido en el lío tan grave en el que estoy.

Debería haber imitado a mi abuelo. Debería haberme encerrado en un despacho hasta que todo esto pasase, haberme aislado del resto del mundo hasta que me encontrase con la serenidad suficiente para asumir que no la voy a volver a ver. Desde luego, no debería haber vuelto a la oficina. Quizás, si me hubiese quedado en casa, si hubiese seguido encerrado en mi universo tan oscuro como particular, jamás habría cometido la estupidez que he hecho, Paul. Quizás, todavía tendría alguna posibilidad de poder arreglar las cosas.

Me dijiste que intentase recuperar alguna de mis antiguas rutinas, que procurase practicar aquellas actividades de antes de que todo sucediese. Y, como hoy debía incorporarme a mi trabajo, he decidido que era el día en el que tenía que volver a la piscina.

Llevo nadando muchos años, Paul, siempre lo he hecho muy temprano, antes de ir a trabajar, cuando es de noche y mis hijos duermen. Es el único momento en el que siento que el tiempo me pertenece, el único momento en el que solo estoy disponible para mí. Clara se solía quedar en la cama y yo había desarrollado una destreza asombrosa para no despertarla y escaparme de la habitación; en cambio, hoy, cuando ha sonado la alarma y he encendido la luz, me he vuelto a dar cuenta otra vez de que no había nadie a quien pudiese despertar y no sé si ha sido la tristeza o el cansancio, pero me he mostrado especialmente torpe y ruidoso. He cogido mi bolsa de deporte, que es azul y lleva inscritas mis iniciales en blanco (Clara era una obsesa de los objetos personalizados), y me he marchado.

La piscina estaba desierta, siempre lo está a esas horas. Para mí esto es fundamental, Paul; nunca me ha gustado compartir las calles, ni el banco del vestuario, ni que nadie me vea con ese atuendo tan indigno que exige la natación, más indigno todavía si no eres Michael Phelps.

He conseguido nadar la misma distancia, con el mismo estilo y la misma duración, todo parecía igual que antes. Todo menos yo, Paul; me sentía incómodo y desubicado, quizás incluso culpable. Me imagino que me dirás mañana que esto es habitual, que volver a una rutina después de un episodio traumático es lo más difícil de gestionar porque es cuando te das cuenta de que la vida continúa con su ritmo mientras el tuyo parece haberse paralizado.

Cuando he salido del agua y vuelto al vestuario, he abierto la taquilla y, en un acto reflejo de pura inercia, he revisado los correos del móvil. Siempre he vivido enganchado a ese teléfono como cualquier cantante autodestructiva al *crack*, pero, desde hace tres semanas, más; desde hace tres semanas, cuando estoy incomunicado, tengo una sensación muy angustiosa de que podría pasar algo determinante para la humanidad y que, en el momento en el que revise el teléfono, mi vida empeorará para siempre.

Evidentemente, he chequeado el aparato y no había pasado nada; nada relativo a Clara, quiero decir; solo había *e-mails* del trabajo. Una enorme cantidad de tareas recurrentes que se han ido acumulando durante estos días de ausencia y que he vuelto a dejar sin respuesta. En teoría, debería haber sabido despachar esos correos de forma eficiente; repartir asuntos entre los miembros de mi equipo es algo monótono y sencillo, una costumbre que domino desde hace años, pero esta mañana no lo he hecho, no lo he querido hacer. Todo aquello me parecía lejano y sin importancia.

Antes de dirigirme a las duchas, me he observado en el espejo y debo decir que no me ha gustado en absoluto la imagen que me ha devuelto; estoy tremendamente deteriorado, Paul.

He adelgazado una barbaridad, diez kilos, quizás más. Parece, en todo caso, que he pasado tres semanas ayunando en un campo de supervivencia. No recuerdo haber comido mucho estos días, solo he bebido café y tomado algunos frutos secos de los que Clara siempre guardaba en la despensa. Incluso he perdido el flanco, ya sabes, esos pequeños michelines laterales que nos salen a los hombres cuando alcanzamos cierta edad.

Fue Clara quien lo bautizó así; me cogía del flanco y se reía, y yo reía también, pero para no decir que me parecía espantoso y que carezco de sentido del humor cuando yo soy la víctima. Te confieso que llegué a comprarme, a escondidas de ella, por supuesto, una crema muy cara anunciada en la teletienda, una crema que prometía acabar para siempre con esas protuberancias laterales y otorgarme un vientre plano al estilo de un futbolista *stripper*; lo único que conseguí, evidentemente, fue una rojez y una sensación de calentura en toda la zona que me hizo sentir más incómodo todavía.

Perdona, me he vuelto a desviar, volvamos al vestuario.

Debería haberme alegrado de perder el puñetero flanco, Paul, y, sin embargo, tengo la sensación de que mi cuerpo es el de una persona débil y agarrotada; el de una persona viuda.

Me he duchado deprisa y he vuelto a casa.

Cuando he abierto la puerta, Vilma, la asistenta, una chica malvada, pero de la que soy absolutamente dependiente dadas las circunstancias, estaba preparando el desayuno a mis hijos.

En honor a la verdad, Vilma no es tan malvada, Paul, de hecho, es perfecta; a pesar de que se llama igual que la mujer de Pedro Picapiedra, es más habilidosa que Mary Poppins. Vilma es discreta, eficiente, educada. Siempre se ha mostrado cordial y colaborativa. Solo es que quizás hemos tenido algunos roces desde que pasó lo de Clara.

Bueno, dejemos de hablar de Vilma, no quiero desviarme otra vez.

Cataclismo y Cornelius estaban sentados a la mesa del *office* de la cocina aguardando los manjares. Tenían legañas en los ojos y lucían unos pelos muy disparatados, como con forma de brócoli. Parecían contentos, espontáneos, llenos de vida; ajenos a cualquier desgracia que solo un adulto demasiado reflexivo podría intuir.

Te reconozco que me ha dado cierta envidia. ¿Es correcto sentir envidia de los hijos, Paul?

Yo, en cambio, estaba apagado. Me sentía como me imagino que se sienten los enterradores cuando comienzan su jornada laboral; los enterradores que no tienen ningún tipo de fetichismo con su trabajo ni nada que se le parezca, evidentemente. Esta mañana arrastraba la sensación de llevar atados a la cintura varios pesos de los que utilizan los buceadores para fisgar de forma irrespetuosa en el suelo marino y, aun así, he sonreído y he saludado (también a Vilma) de manera enérgica, muy enérgica, como un padre y un jefe ejemplar.

Un padre y un jefe irritante, Paul, porque, si lo piensas, en condiciones normales, nadie debería estar de buen humor durante las primeras horas de actividad; nadie debería estar de buen humor hasta dos o tres cafés o varios opiáceos más tarde. Es lo que marca la buena educación.

Mi abuela Mimi, la esposa de ese abuelo del que te he hablado antes, el que se deprimía los domingos por la tarde, tomaba todas las mañanas unas pastillas rosas que se llamaban Optalidón. Recuerdo que parecían caramelos apetitosos e inofensivos y la ponían de un humor inmejorable. Luego descubrieron que se trataba de anfetaminas y retiraron aquellas píldoras del mercado. Mimi nunca volvió a ser la misma y yo me quedé con una de sus lecciones más repetidas: «Desconfía siempre de todas aquellas personas adultas que se levantan llenas de humor y de energía».

Mis hijos me han sonreído, han terminado su desayuno de manera apresurada y Vilma se los ha llevado a vestir. Yo he vuelto a mi habitación a cambiarme y he decidido ponerme mi mejor traje. A pesar del deterioro, no iba a aceptar que alguien me pudiese ver mal vestido. Otra de las lecciones vitales de Mimi.

A las 8.43 he salido con Cataclismo de casa. Había decidido llevarla al colegio personalmente, como he hecho siempre; mejor dicho, como hacía siempre hasta que pasó todo. Cataclismo me ha mirado con preocupación. Me ha dicho que prefería ir en ruta como los últimos días (no recuerdo en ningún momento haber gestionado este asunto, pero me imagino que Vilma se habría encargado de apuntarla), puesto que, de esa manera y por primera vez en su vida escolar, no llegaba tarde a su clase.

Yo le he dicho que no se preocupase, aun sabiendo que no teníamos ninguna posibilidad de ser puntuales. He preferido mentirle a proyectarle algún tipo de caos o de angustia, aunque no creo que lo haya conseguido, porque Cataclismo me seguía traspasando con sus enormes ojos negros, unos ojos coronados por largas pestañas que parecen de dibujos animados.

También me ha preguntado la razón por la que ya no esperábamos a su hermano, Cornelius.

Y no he sabido qué decir. Lo cierto es que la guardería a la que va Cornelius, un centro educativo inglés y elitista (siempre he pensado que era una especie de antesala de Eton), está muy cerca de nuestra casa y normalmente Clara era la encargada de llevarlo. Solíamos bajar los cuatro en el ascensor de casa y nos separábamos como las familias tradicionales y civilizadas. Le daba un beso en los labios y veía cómo se alejaba a lo largo de la calle con el carrito de mi hijo. Entonces pasó todo y Vilma se atribuyó esa tarea.

Yo no he dicho nada, Paul, ahora no tengo ganas de tomar decisiones cotidianas. Tampoco quiero que Cornelius deje sus estudios, aunque sean de guardería. Aun así, bajar en el ascensor con Vilma, los cuatro juntos, me haría sentir como si estuviera sustituyendo a Clara. Y no estoy dispuesto.

Quiero aclararte que, en realidad, Cataclismo y Cornelius no se llaman así, nunca habría condicionado sus destinos de una manera tan flagrante; pero es que nunca suelo referirme al resto del mundo por su nombre real, es otro de mis rasgos particulares, Paul. Siempre he puesto motes a las personas que adoro, aprecio, venero. Y siempre los voy cambiando a medida que las conozco más.

En sus primeros meses de vida, bauticé a Cataclismo como señora Van Hopper, en honor a la dama gruesa y altanera que salía en las primeras escenas de la película *Rebecca*, de Hitchcock. Te garantizo que Cataclismo era un bebé con porte y presencia de multimillonaria americana que veranea en Montecarlo. Luego fui cambiando sus apodos; pasé por Catarro, Catalejo, Catapulta, Catarata, Catástrofe. Cada vez es peor y mi hija se queja más, pero yo me reafirmo. Hace unos seis meses, empecé a referirme a ella como Cataclismo y lo más extraordinario de todo es que no podía sospechar que mi vida se convertiría en algo tan parecido a su apelativo.

En el caso de su hermano, lo apodé Cornelius cuando vi

su cara por primera vez; me pareció un nombre aristocrático y digno de él. Cornelius nació a las cinco de la tarde, como si hubiese venido a la vida justo en el momento de tomar el té, y estoy convencido de que ha debido de ser un lord inglés en otra vida, un caballero de una dinastía con mayor alcurnia que la reina Isabel II.

Sí, Paul, a pesar de que simpatizo de manera profunda con *the Queen* y la admiro, siempre he pensado que era un poco advenediza. Cornelius, en cambio, debería haber pertenecido a una familia como la de la princesa Diana, quien, pese a sus inestabilidades y salidas de tono, sí ostentaba un pedigrí puro. Comprendo, en cualquier caso, que su majestad ordenase asesinar a esa petulante, responsabilidad patriótica obliga. Espero que no te enfades cuando leas esto, Paul, los franceses acabasteis con la monarquía en 1789. Además, incluso si eres un fan de Diana, deberías estar de acuerdo conmigo en que la verdadera historia de amor ha sido entre Carlos y Camilla, ¿verdad?

Clara detestaba que me dirigiese a nuestros hijos como Cataclismo y Cornelius. Me decía que probablemente les estuviese creando múltiples personalidades, como un Dr. Jekyll y Mr. Hyde, pero, al final, siempre acababa riéndose porque me conocía y admiraba mis habilidades de fisionomista. Además, tampoco a ella me dirigía por su nombre real.

Hasta ahora; ahora no sé si es porque estoy bloqueado, enfadado, histérico, quizás las tres cosas a la vez. Lo único que sé es que soy incapaz de hablar de ella utilizando los apodos que inventé. Puede que, al morir, se haya llevado con ella mi ingenio.

Volvamos al portal de esta mañana. Cuando hemos salido a la calle, Cataclismo ha visto el Smart eléctrico de su madre. Clara lo dejó aparcado justo enfrente de nuestro portal y nadie lo ha movido desde que pasó todo. Cataclismo me ha pedido que lo utilizásemos; me ha dicho en concreto que, si no lo movíamos, el Smart se dormiría para siempre y dejaría de funcionar. Y a mí esa frase me ha sobrecogido de tal manera que no he tenido más remedio que volver a casa y coger las llaves.

Siempre he sido un padre complaciente, Paul, incluso fácilmente manipulable por esa niña de cinco años, pero ahora más que nunca; ahora no me atrevo a llevarle la contraria, ni siquiera me atrevo casi a hablar con ella. No le he dicho nada de lo que ha pasado con su madre. Quiero decir, no le he dicho la verdad, le he dicho que Clara está de viaje. De alguna manera tampoco estoy mintiendo tanto, ¿no crees?

Nos hemos metido en el Smart. A Clara le encantaba su coche, decía que era como ella, rápido y ágil. A mí, en cambio, siempre me ha parecido como la furgoneta del equipo A partida por la mitad. Además, cuando he movido el asiento del conductor y el espejo retrovisor antes de arrancar, me he puesto muy nervioso. Me he agobiado al pensar que ella no lo volvería a mover; me he agobiado al pensar que yo había cambiado algo que Clara dejó así, antes de desaparecer para siempre, y de alguna manera me ha parecido irrespetuoso; son este tipo de pensamientos los que me recuerdan a diario que la vida que conocía ha cambiado para siempre.

Hemos iniciado la marcha en silencio, demasiado silencio; el único sonido perceptible era el del Smart, que emite un silbido suave cuando se desplaza, como Kit, el Coche Fantástico. Cataclismo miraba por la ventana y parecía tranquila, y yo no quería interrumpir esa paz.

Solía aprovechar el trayecto al colegio para inculcarle a Cataclismo lecciones vitales que considero imprescindibles, como, por ejemplo, ser educado y discreto, o alejarse de los hombres antipáticos o con voz cursi e impostada, lo esencial que quiero que retenga cuando sea mayor. También utilizaba esos momentos para educarle el oído escuchando canciones de los años ochenta con el único fin de alejarla de esas melodías infantiles y chillonas por las que siente predilección, pero esta mañana hemos permanecido en silencio. Creo que he perdido el gusto por la música.

Cuando hemos llegado al aparcamiento del colegio, estaba vacío, algo que he agradecido, porque ese lugar siempre me ha parecido una jungla en la que todos los padres nos esforzamos por parecer educados y amables aun sabiendo que no lo somos.

La campana habría sonado hacía varios minutos y he acompañado a Cataclismo hasta la puerta de su clase, que todavía estaba abierta. Cuando Cataclismo ha entrado, su profesora, una señora francesa que es igual que Angela Merkel, me ha mirado con cara de reproche y ha intentado acercarse para hablar conmigo, lo que, por supuesto, no ha conseguido porque he huido a toda prisa. Ella no sabe nada y tampoco tengo tan claro que deba contárselo, ¿no crees? ¿Qué debería esperar de una persona que considera una tragedia retrasarse los quince minutos de rigor que exige cualquier protocolo inteligente?

De camino al coche, he vuelto a mirar el móvil. Doce *e-mails* más.

Mi bandeja de entrada parecía una plaga de langostas que se reproducen como en el apocalipsis; aun así, seguía sin agobiarme. El único correo al que he prestado atención ha sido el de Hildur, mi jefa, que tiene la costumbre grosera de enviarme *e-mails* vacíos con frases escuetas en el asunto del correo, como que la vaya a ver o que tiene algún encargo importante para mí. Esta vez acompañaba su orden de avisarla cuando llegase a la oficina con un «espero que hayas disfrutado de tus vacaciones».

A pesar de lo irónico de su frase, no he podido culpabilizarla, Paul. Hildur no tiene ni idea de lo que ha sucedido. Hasta donde ella sabe, yo estaba disfrutando de unas semanas de asueto que finalizaban justo hoy.

Sí, sé que te puede parecer una locura, o quizás no, quizás pienses que es habitual que una mente sacudida por una impresión profunda necesite un poco de tiempo para comunicar una fatalidad, pero lo cierto es que, cuando pasó todo y esas vacaciones se vieron interrumpidas de forma abrupta por la muerte de Clara, no se me ocurrió en ningún momento avisar a Hildur. Ni se me ocurrió llamarla por teléfono ni enviarle un correo electrónico; este tipo de noticias no son susceptibles de ser comunicadas por ninguna de esas dos vías. En algún momento de esos días intuí que se lo debía decir en persona. Y ahora que han pasado tres semanas, Paul, ahora que me dispongo a volver a la rutina, he decidido que no se lo voy a contar.

Ni a ella ni a nadie en el trabajo.

La decisión es firme: Hildur no me va a devolver a Clara y creo que, si comparto con ella el trance por el que estoy pasando, se las ingeniará para volver a dilatar mi promoción a socio de la firma.

Ya te comenté que soy director en una de las cuatro consultoras más grandes del mundo, una de las conocidas solemnemente como *Big Four*. Y llevo peleando por ese ascenso desde hace muchos años, cuando entré como un simple analista. Te puede parecer horrible lo que te acabo de decir, pero es que no estamos hablando de un ascenso profesional al uso, estamos hablando de convertirme en socio de la firma.

Quiero que entiendas lo que significa ser socio de una *Big Four*, Paul; al fin y al cabo, tú eres terapeuta y no estás familiarizado con estas estructuras.

Desde el momento en el que te reclutan, el único objetivo que debes tener en mente es que te hagan socio, porque esta condición es el *summum*; convertirse en socio supone alcanzar el estatus, la riqueza, el poder; significa que todos los sacrificios y los esfuerzos que has hecho para llegar a la meta han merecido la pena.

En definitiva, Paul, es alcanzar el nirvana al convertirte en un ansiado Julio César de la antigua Roma.

Llevo peleando por ser socio desde hace quince años y, aunque puedas pensar que mi decisión de callarme lo de Clara me convierte en un viudo sin ningún tipo de escrúpulo, y que lo correcto y lo moral en estos casos es vivir un duelo respetuoso, no estoy dispuesto a confesarle a nadie lo que me ha pasado; no estoy dispuesto a que mi nueva situación suponga una amenaza con respecto a la posibilidad de convertirme en socio.

Quizás, una vez que lo sea y haya pasado un poco más de tiempo, lo comente por encima.

Creo que, en cualquier caso, si le hubiese contado a Hildur lo sucedido, me habría hecho volver inmediatamente a la oficina. Hildur siempre ha sido cruel por naturaleza y, en su manera de entender la realidad, si no iba a continuar de vacaciones, no tendría ningún sentido que no pasase los días enteros trabajando.

Hildur es dueña de mi tiempo, quiero decir, la firma es dueña de mi tiempo. Pero yo necesitaba esos días, Paul, necesitaba organizar la despedida de Clara, pensar qué hacer con sus cenizas, preparar su funeral. Necesitaba esos días y los sigo necesitando porque, en estas semanas, tampoco he sido capaz de hacer nada al respecto. Puede que pienses que soy un desastre; es que no estoy preparado, todavía no estoy listo. Y tampoco puedo solicitar más días libres, sería un suicidio profesional.

He comprendido, en todo caso, que fue una equivocación pedirme esas vacaciones; he entendido que si me hubiese comportado como lo he hecho siempre, es decir, renunciando todos los años a cualquier tipo de asueto, quizás no habría pasado lo de Clara. Y sé que me vas a decir que eso no es verdad, que la muerte acecha siempre, incluso en los momentos y lugares más inesperados, pero también sé que, si me hubiese quedado en Madrid, nada de esto habría sucedido. Si no le hubiese regalado ese viaje a Clara, quizás ahora tendría una vida muy distinta, incluso puede que ella siguiese teniendo una.

He llegado al enorme rascacielos.

Mi reloj marcaba las 9.18 y la torre seguía allí, como siempre, impasible y ajena a los cambios tan drásticos que me han sucedido en este intervalo tan corto de tiempo.

He aparcado el Smart en mi plaza y me he sentido ridículo; parecía el hijo adoptado de todos los Volvos y Audis que lo rodeaban. Sí, Paul, mi coche parecía un inmigrante sin papeles entre todos esos todoterrenos oscuros y con tapicería de cuero que los directores conducimos como símbolo de pertenencia a una élite profesional.

Al atarme la acreditación al cuello, he empezado a sonreír.

No sé por qué lo he hecho, Paul, me imagino que ha sido un acto reflejo; sonreír es otra de las habilidades que he adquirido en la firma a lo largo de estos años.

De hecho, en los quince años que llevo trabajando, he perfeccionado el rostro alegre y decidido que se espera de mí desde el momento en que me encuentro a menos de quinientos metros del edificio. Esto forma parte del uniforme, o quizás sea un mecanismo de defensa, no lo sé. En todo caso, cualquier cliente, jefe, compañero o subordinado ha de verte siempre amable, dispuesto, cordial, nunca deben pillarte en un renuncio.

Y esta mañana, cuando he sonreído, como siempre, era como si no hubiese pasado nada, me he sentido inexplicablemente bien; incluso en el ascensor, he seguido sonriendo y he llegado a pensar que no sería demasiado difícil ocultar lo de Clara.

Entonces, se han abierto las puertas de la planta 13 y ha empezado la batalla.

Mi oficina responde al concepto de planta abierta o pradera.

Se supone que esta configuración elimina barreras jerárquicas innecesarias y, al parecer, el hecho de trabajar sentados los unos al lado de los otros, como si estuviésemos en la clase de Cataclismo, aumenta el intercambio entre colegas, las tormentas de ideas y muchos otros conceptos que ahora he olvidado, pero que el año pasado unos consultores especializados, previo pago de una desorbitada factura, intentaron que memorizase como un loro.

A mí particularmente me parece el horror y me encantaría volver a tener mi antiguo despacho ineficiente y aislado, que es lo propio de un director.

Lo primero que he visto cuando he empezado a recorrer ese pasillo es el *pool* de secretarias que tenemos los directores de Madrid. Son dos arpías vetustas que llegaron a la empresa veinte años antes que yo y que nadie se atreve a despedir porque conocen todas las irregularidades que ha cometido la firma desde entonces. Me recuerdan a Patty y Selma Bouvier, ya sabes, las hermanas de Marge Simpson que trabajan en Tráfico, fuman tabaco negro y practican sadomasoquismo. No recuerdo cómo iban vestidas, pero da igual, Paul, siempre tienen el mismo aspecto de haber atracado una sede de UNICEF o de llevar durmiendo varios meses en un coche.

Parecían dos avestruces escribiendo en un ordenador apagado y he de admitir que me ha molestado enormemente verlas. Nunca les he tenido demasiado cariño, Paul, tampoco ellas a mí. Aunque Patty y Selma siempre han sido más agrias que una salsa tártara, es cierto que el grado de antipatía que me han despertado esta mañana me ha parecido extremo, incluso para mí. De la sonrisa fácil e impostada del aparcamiento he pasado a sentir de repente una acritud extrema hacia las personas que iba divisando en la pradera. Era como si toda la mordacidad que he intentado controlar a lo largo de mi vida para poder vivir en sociedad, toda la acidez que utilizaba de manera correcta y que me hacía parecer un conversador agudo, ágil y extraordinario se hubiesen liberado y vagasen libres por mi torrente intelectual.

Aun así, he podido saludar y ellas han respondido como siempre, escondiendo la cabeza y emitiendo una especie de graznido ininteligible. No me lo he tomado como algo personal, al fin y al cabo, lo hacen siempre, hoy no era el día en el que aquellas ancianas se iban a transformar en profesionales agradables y dispuestas. De hecho, hoy todo parecía exactamente igual que cuando me fui.

Un poco más lejos, he visto a Sylvia y a Eric, dos gerentes de mi equipo; también daba la sensación de que estaban muy concentrados. Como no me han visto durante estas semanas, he notado de inmediato que querían parecer productivos.

Al pasar por delante de ellos, no he podido mirar el contenido de sus pantallas, puesto que la firma nos ha obsequiado con unos filtros de privacidad que son opacos ante la curiosidad ajena. No obstante, te puedo asegurar que estaban haciendo el gandul, siempre lo hacen.

Sylvia tiene treinta y cinco años, pero cara de señora apocada de los años cuarenta, con los ojos un poco saltones y unos labios demasiado finos para demostrar buen humor. Siempre he pensado que Sylvia posee la misma cara de vieja desde los doce años. Dedica jornadas enteras a examinar portales inmobiliarios porque vive hacinada con su familia en un apartamento del extrarradio que adquirió en plena burbuja hipotecaria y, a pesar de todo, siempre se muestra orgullosa y empoderada con el hecho de ser propietaria de ese zulo. Yo sé que miente.

Por su parte, Eric es bajito y tiene complexión de jinete, ya sabes, como un enano musculado con un pene de elefante, aunque esto último no lo he comprobado.

Podría intentar describirte el rostro de Eric, pero es tan anodino que tampoco lo podrías imaginar. Estaba agitando el ratón como si se hubiese tomado un ácido. De hecho, tenía el aspecto de un conejito a pilas con problemas de ira. Apostaría mil euros a que estaba jugando a algún tipo de quiniela *online*.

Eric sufre problemas con el juego (no tengo la prueba, aunque tampoco la menor duda al respecto). En los últimos meses le he notado más desaliñado; hoy parecía que venía de un cuarto oscuro.

Eric y Sylvia han contestado a mi saludo de manera automática sin ni siquiera mirarme y lo han hecho en exclusiva porque soy su jefe, los tres sabemos que me odian.

Ambos consideran que poseen mucho más talento que yo y que deberían, por lo tanto, detentar mi puesto y mi nómina. Lo cierto es que tampoco les culpo, es lo que se siente cuando eres gerente. Además, tampoco les ha debido de encantar el hecho de que me hubiese cogido esas semanas de vacaciones que me quedaban pendientes, cuando ellos no han podido hacerlo, solo porque son gerentes y yo no los he autorizado.

No creas que me siento culpable por ello, Paul, fui gerente muchos años y mi director también me dejaba sin vacaciones. Si Eric y Sylvia sospechasen en lo que se han convertido mis semanas de asueto, se les quitarían esas caras de bobalicones cascarrabias, que, por cierto, eran exactamente las mismas que tenían justo antes de que me fuera, antes de que todo pasase.

He seguido caminando.

En las mesas de detrás, las de al lado de la ventana, se sienta el resto del *staff*, unas brillantes y jóvenes promesas, siempre en forma y con muchísimo pelo, pero no he visto a nadie. No había rastro de los tres muchachos altivos con pretensiones que visten el mismo tipo de traje azul, la misma corbata de Hackett y los mismos zapatos negros que llevaba yo a su edad, cuando gastaba la mitad de mi salario en parecer un ejecutivo con mucho más dinero del que tenía.

Tampoco se encontraba ninguna de las tres jovencitas de la misma edad, *parité oblige*, que visten el mismo traje de chaqueta, la misma bisutería discreta y unos zapatos de Aquazzura muy incómodos y sofisticados, pero que emulan a Meghan Markle en *Suits*, su heroína, igual de arribista que ellas.

No me ha importado demasiado, la verdad, es responsabilidad de los gerentes vigilar lo que estén tramando esos púberes. Además, me he acordado de que suelen bajar a desayunar y perder un poco el tiempo para ponerse al día con sus historias de ligues, nuevos tipos de drogas consumidas durante el fin de semana y enfermedades de transmisión sexual contraídas propias de esa etapa vital.

Esta mañana, Paul, todo parecía exacto a cuando me fui,

pero a diferencia de lo que me ha pasado en la piscina, donde me encontraba fuera de sitio, aun tratándose del mismo lugar en el que nado desde hace muchos años, me he sentido tremendamente cómodo.

Sí, incluso con esta configuración de pradera que detesto, acompañado de estos seres que en mi vida ordinaria considero prescindibles, me he sentido bien; demasiado bien. Ha sido la primera sensación positiva desde que perdí a Clara. Una sensación, por otra parte, descontextualizada por completo, porque en general, cuando solía llegar a la oficina, incluso sonriendo como si estuviese teniendo una epifanía, solo pensaba en completar las tareas lo más rápido posible para poder escaparme de allí cuanto antes.

He llegado a mi zona y me ha extrañado ver la silla vacía de Daniel Appletree, mi compañero de pupitre, otro director de área al que tengo particularmente atravesado.

Daniel Appletree (o Appletree, a secas, que es como siempre me he referido a él a sus espaldas) es un ser nauseabundo, pero puntual en extremo. Me recuerda al protagonista de *La vida es bella*; no en el interior, el pobre Guido es bondadoso y astuto, sino en lo físico. Appletree (su apellido es inglés y él asegura que su padre era irlandés, aunque yo sigo sin creerlo del todo porque su acento es muy discutible) tiene aspecto de terrorista islámico. Su peinado es similar al de Krusty, el payaso de *The Simpsons*.

Appletree tiene un par de años más que yo, un par de hijos más que yo y dos hipotecas que no le dejan respirar, lo que le convierte en alguien mezquino y desagradable. Todo en él destila mala calidad, como sus marcas de acné juvenil que intenta disimular con una barba ingobernable o sus trajes brillantes que compra a plazos en los saldos de las grandes superficies. Appletree siempre va agachado, cabizbajo, murmurando algún tipo de rezo o frase que debe de estar ensayando para hacerse el interesante. Sus hombros son estrechos y tiene culo de señora. Sí, Paul, puede que pienses que he tocado fondo por fijarme en el culo de mi compañero de trabajo y que quizás este comportamiento podría rozar el acoso en alguna jurisdicción estadounidense, pero quiero ser descriptivo y honesto contigo. Ante todo, soy una persona orientada al detalle.

Me he llegado a ilusionar pensando que hoy no vería a ese cretino. Sin embargo, al mirar hacia el despacho acristalado de Hildur, el único despacho que han dejado en pie los psicópatas expertos que han configurado la pradera, le he visto, estaba conversando con ella; la miraba con ojos de cordero degollado. Hildur, por su parte, parecía entusiasmada.

Como debía esperar a que ese imbécil saliese del despacho para poder hablar con ella, me he sentado en mi silla ergonómica que evita hemorroides y problemas cervicales; otra mentira de esos consultores deficientes, porque a mí cada día me duele más todo.

Appletree se ha girado hacia mí, ha señalado su reloj de imitación y puesto cara de reproche, la segunda cara de reproche que me llevaba esta mañana, pero esta vez mucho más desagradable que la de *madame* Merkel.

Le he respondido sonriendo con cordialidad mientras pensaba en afeitarle con un hacha y, entonces, Hildur me ha mirado y ha hecho algo que no me esperaba en absoluto: me ha sonreído también.

Mi jefa, que, en condiciones normales, solo sonríe cuando nos explica la facturación del último trimestre, me ha enseñado sus enormes dientes de gato de Cheshire y luego, elevando su dedo índice, extraordinariamente grueso para tratarse de una mujer cisgénero, ha hecho una señal de que fuese al despacho, como si fuese una madre superiora a punto de reñir a un alumno un poco díscolo.

Por si te lo estabas preguntando, Paul, Hildur es islandesa.

Sí, yo tampoco había oído nunca un nombre de esas características, pero, en apariencia, llamarse así en Islandia es tan corriente como Paul en Francia.

Me he levantado y me he dirigido al matadero. Appletree ha abierto la puerta y ha salido. Al cruzarnos, he podido percibir su aroma, que era el de siempre, Appletree utiliza una colonia barata y pretenciosa, como él, una fragancia con olor a pachuli; la típica colonia que es posible comprar en un supermercado y que en general anuncian estrellas caducas del deporte con problemas de dopaje o cantantes de un único *hit* que han ganado algún concurso de la tele. La típica colonia que tú y yo jamás compraríamos, Paul.

Nos hemos dado los buenos días con naturalidad, con sincera cordialidad, pero solo porque Hildur observaba nuestro encuentro sentada en su silla de socia.

Todo en esta compañía está tan categorizado y jerarquizado que las sillas de los socios resultan tremendamente más cómodas que cualquier otro asiento, incluido el mío, del que te he hablado antes. Lo sé porque en alguna ocasión en la que Hildur no estaba, en alguna de las noches que me he quedado en la oficina para trabajar hasta muy tarde, he tenido la osadía de sentarme y comprobar la ergonomía de esa silla, que es como un trono que te envuelve en poder.

Hildur seguía sonriendo. Se ha levantado y ha venido hacia mí frotándose las manos como si me fuese a hacer un tacto rectal. En ese momento, su cara me ha recordado a Fiona, la mujer de Shrek.

Hildur me saca una cabeza, por lo que es fácil que supere los dos metros, y tiene hechuras corpulentas. En vez de una socia de *Big Four*, parece la supervisora de una fábrica de quesos suizos. Ella siempre dice que el hecho de ser celiaca le cambió el metabolismo, pero yo no termino de creerlo, porque en algún momento de la jornada laboral, y ya son muchos años trabajando juntos, se suele dirigir a una de las máquinas de *vending* que tenemos en la planta y siempre se compra una bolsa de Doritos, ya sabes, Paul, esos Doritos que dejan las puntas de los dedos manchados y que tienen cierto olor a queso rancio. Hildur los devora en menos de tres minutos, como si fuese Triki, el monstruo de las galletas, y, aunque nunca he analizado la composición de esos Doritos, juraría que tienen gluten.

Hildur también calza enormes zapatos, como de payaso. Y de cara te recordaría un poco a Benny Hill, aunque hoy llevaba dos trenzas, de guerrera vikinga, y se parecía inquietantemente a Obélix. Sí, Paul, hoy Hildur era un Obélix, pero con poros de tenista lesbiana.

Me ha preguntado sobre mis vacaciones y, cuando he empezado a hablar para contestarle (tenía preparada la frase correcta y anodina), me he dado cuenta de que estaba tartamudeando, incluso he fingido un pequeño ataque de tos al notar que mi voz se quebraba.

Hildur me ha mirado un poco extrañada, aunque, por fortuna, como su pregunta había sido igual de impostada que mi respuesta ensayada, ha cambiado de tema y ha ido al grano.

—Tengo que comentarte algo.

He sonreído otra vez.

No sé si por el alivio de haber sabido ocultar lo de Clara o porque llevaba estas semanas vagando como un zombi, sin hacerme cargo de nada, y esas cuatro palabras suponían recuperar un poco mi vida de antes.

He seguido escuchando de manera automática los detalles que Hildur me tenía que comunicar, pero en mi cabeza seguían resonando esas cuatro palabras. Cuatro palabras,

Paul; cuatro palabras que van a suponer definitivamente mi promoción a socio.

He salido del despacho de Hildur con la sonrisa automatizada y el mismo entusiasmo que llevaba desde el aparcamiento, y he vuelto a mi sitio. Appletree me observaba. Sé que mi encuentro con nuestra jefa le ha desestabilizado por completo, Appletree es el clásico patán que siempre quiere estar enterado de todo en todo momento y, además, lleva muy mal las reuniones a puerta cerrada, quiero decir, las reuniones en las que él no está convocado. Y, aunque debería sentirme satisfecho por poder fastidiarle, seguía nervioso por haberme mostrado dubitativo en la respuesta a Hildur sobre mis vacaciones.

A pesar de haber fijado la vista en la pantalla del ordenador para disimular y fingir que estaba haciendo algo, no podía quitarme de la cabeza que quizás había sido un error tremendo no decirle nada a mi jefa. En mi fuero interno, sabía que lo sensato, en este caso, habría sido interrumpir a Hildur antes de que empezase a contarme lo que me tenía que decir. Quizás debería haberme derrumbado con ella, buscando el apoyo de una colega ante un momento crítico de adversidad personal; quizás debería haber evitado que me siguiese contando sus novedades, unas novedades que tampoco me deberían importar en este momento, cuando solo debería pensar en que Clara ya no está.

Pero no lo he hecho, Paul, he continuado con mi plan. He preferido escuchar todo lo que me estaba diciendo Hildur, no sé si para refugiarme en otra vida, en otros problemas, en algo que me impida hacer frente a mi verdadera situación, o simplemente es que me he vendido al vil metal.

Lo cierto es que ella no podía soportar mi trabajo; le tenía auténtica manía.

Clara odiaba mi trabajo porque, por su culpa, me perdí acontecimientos muy importantes de la familia que creamos juntos, como fiestas infantiles y esos eventos a los que, también te digo, tampoco habría querido ir pese a no contar con una ocupación tan demandante.

Clara odiaba mi trabajo porque no le gustaba que dedicase toda mi existencia a estar encerrado en esta torre aguantando a cafres como Hildur o a gente tan poco recomendable como Appletree. Odiaba tanto mi trabajo que las últimas palabras que salieron de su boca fueron para exigir que lo dejase. Y lo irónico de este asunto, Paul, es que, ahora que Clara no está, es cuando tengo la mejor oportunidad de convertirme en uno de ellos.

Appletree ha empezado a carraspear, como si tuviese un principio de alergia, es lo que siempre hace cuando quiere entablar una conversación conmigo. Estoy seguro de que iba a empezar a preguntarme sobre mi charla con Hildur, pero esta última ha abierto la puerta de su despacho y ha salido de manera apresurada, con su inconfundible andar de ornitorrinco transgénero, diciendo que llegábamos tarde a la reunión. Me ha dado la sensación de que a Appletree le pillaba por sorpresa el anuncio de dicho encuentro y eso me ha causado cierta satisfacción. Significaba que Hildur no le había puesto al corriente de los nuevos cambios, cambios que, sin embargo, a mí no había dudado en contarme.

He cogido mi cuaderno y el Montblanc de oro que me regaló Clara el año pasado y la he seguido. En la compañía se nos adiestró para que, cada vez que fuésemos convocados a una reunión, estuviésemos provistos de un cuaderno y de un boli, una manera de demostrar que puedes tomar notas con la capacidad de un escribano. Da igual que utilices ese cuaderno para hacer garabatos o dibujar penes como un adolescente pervertido, lo importante es fingir que prestas atención y que apuntas todas las cuestiones capitales que cualquier socio o cliente pueda decir. Ir a una reunión sin cuaderno y boli implica desatención, poca seriedad y falta de compromiso.

Appletree también se ha levantado y hemos entrado los tres en el ascensor. Hildur ha pulsado el botón de la planta 28 al mismo tiempo que Appletree volvía a carraspear. No sé si es que estaba nervioso o que emitía ruidos guturales, como para cubrir un silencio incómodo. Me he fijado en que la barba se le encrespaba por momentos; lo cierto es que estaba considerablemente más feo que de costumbre.

Yo seguía callado, jugueteando con el bolígrafo. Recuerdo que Clara me lo regaló hace un año porque opinaba que, a determinada edad, no se puede escribir con un Pilot o un BIC de universitario con problemas económicos. Y le tengo mucho cariño, si es que alguien se puede encariñar con un bolígrafo, aunque sea el Rolls Royce de todos ellos.

Hemos llegado a la planta de presidencia, una planta que siempre me ha gustado; en ella, el aire parece más limpio, se respira calma y poder. La recepción tiene una cantidad exagerada de madera noble y una suave iluminación indirecta. Además, han conservado multitud de despachos individuales y con las puertas cerradas. Sí, Paul, siempre he creído que aquella era la planta en la que debía trabajar.

Dos eficientes secretarias tailandesas —de las que sospecho que son concubinas del presidente— nos han dado la bienvenida, con una sonrisa igual de cálida y de discreta que la iluminación. Una nos ha conducido a la sala de juntas. Cuando hemos entrado, Javier, el consejero delegado de la firma, estaba sentado a la mesa de reuniones repasando unos papeles y Hildur se ha dirigido hacia él; mientras, Appletree y yo nos hemos acomodado en dos sitios libres que había al fondo de la sala. El resto de los directores de las otras áreas ya habían ocupado sus puestos y aguardaban con sus cuadernos abiertos. Tenían cara de estar a punto de escribir los diez mandamientos.

Yo intentaba permanecer tranquilo, no solo porque ya supiese lo que nos iban a anunciar Hildur y el consejero delegado, sino porque quería evitar a toda costa que alguien reparase en mi pequeña mentira; quería evitar que algún gesto corporal espontáneo, o una frase anodina, pudiese delatar que acababa de convertirme en un viudo mentiroso.

He puesto toda mi atención en observar al gran jefe; lo cierto es que envidio su abundancia capilar. Tiene unos cincuenta y cinco años, pero un pelo digno de anuncio Pantene; lucía sedoso y brillante, incluso mejor que el tuyo, Paul. Juraría que las secretarias le habían hecho un alisado japonés, aunque, por otra parte, me parece una falta total de categoría tener ese estilo con su edad. Mimi siempre decía que los hombres, al igual que las mujeres, a partir de cierto momento de sus vidas deben llevar un peinado que les otorgue elegancia y honorabilidad.

Javier ha comenzado a hablar.

—Bien, os hemos llamado porque tenemos que haceros un anuncio.

He escuchado con atención, impertérrito y sonriente, lo que Hildur me había anunciado en su despacho cinco minutos antes. He notado que Appletree estaba agitando sus orondos muslos como si tuviese el síndrome de piernas inquietas, la situación le estaba superando por momentos. Javier nos ha informado de que Hildur se marcha a Reikiavik unos meses. Debe atender a su madre, que se encuentra herida por una mordedura del zorro doméstico con el que vivía desde que enviudó hace tres años. Nos ha explicado que en

Islandia es bastante habitual convivir con un zorro y todos nos hemos quedado callados, asintiendo como si estuviésemos habituados a algo tan disparatado.

Ahora que lo pienso, cuando Hildur me ha anunciado esta mañana la noticia, no he tenido la capacidad de procesarla en profundidad. En primer lugar, no sabía que hubiese perdido a su padre hace tres años. Me llama poderosamente la atención que mi jefa haya conseguido obviar su orfandad durante todo este tiempo, habida cuenta de la cantidad de horas que pasamos en la misma torre compartiendo hastío. Sí, Paul, la ocultación de Hildur, lejos de dolerme, me ha fascinado por completo. Si ella ha estado tres años sin decirnos que era huérfana de padre, no es tan grave que yo no le haya compartido la muerte de Clara, ¿no crees?

Javier ha continuado. Yo seguía sin mostrar la más mínima sorpresa, pero, entonces, ha sucedido algo que me ha dejado igual de anonadado que al resto de mis compañeros: nos ha comunicado que tenemos una jefa sustituta.

Hildur no me había comentado nada de una sustituta, es tan manipuladora que se había focalizado en exclusiva en anunciarme su partida, lo que, por consiguiente, representaba una excelente oportunidad para demostrar a la firma lo que soy capaz de hacer.

He seguido escuchando con atención los detalles que tanto Hildur como Javier nos querían comunicar sobre nuestra nueva jefa, cuyo nombre es Aline; y, una vez que han terminado de presentarla, el silencio ha dado paso al tímido susurro de mis compañeros. Todos han empezado a comentar cosas acerca de Aline, conversaciones poco trascendentales como que habían trabajado alguna vez con ella o que compartían algún cliente, el típico rastreo para ir ganando puntos cuando viene alguien nuevo, sobre todo si se trata de la persona de la que va a depender nuestro futuro más inmediato en ausencia de Hildur.

Yo permanecía callado. No es que no quisiera unirme a las elucubraciones, Paul, es que, en mi caso, la conozco extraordinariamente bien y no solo porque se trate de la socia más importante de la oficina de Nueva York; no solo porque sea la que más factura y a la que siempre nombran en la revista interna que la compañía distribuye todos los meses. Conozco extraordinariamente bien a Aline porque fue mi jefa hace muchos años, cuando era directora en Madrid. Aline fue mi mentora, mi confidente, fue muchas cosas para mí.

Javier ha cerrado su discurso recordando que venían semanas decisivas en las que la firma valoraría las candidaturas de los directores para ser socios y nos ha deseado la mayor suerte del mundo. Nos ha dicho que todos somos ejemplares y merecedores de ese gran honor y su homilía ha sonado grácil y mecánica, como la voz en *off* de los aviones que informan sobre los procedimientos de evacuación en caso de emergencia. He notado como Appletree se relajaba un poco y asentía con satisfacción; es tan bobo que ha debido de pensar que las palabras de Javier podían ir dirigidas hacia él.

Luego, al finalizar la reunión, en el momento en el que estábamos saliendo de esa sala de presidencia, Javier me ha hecho un gesto para que me acercase. Delante de Hildur, me ha informado de que Aline estaba particularmente contenta con el hecho de tenerme como director. Appletree, que se había quedado rezagado como un guardaespaldas impedido, ha comenzado a sudar; he notado que ralentizaba su paso, intentando escuchar nuestra conversación privada y, al no conseguirlo, se ha alejado inquieto y desesperado; pensaba, con probabilidad, que estaba en desventaja frente a mí por no conocer a nuestra nueva líder.

He respondido a Javier de manera cordial, insistiendo en

que, tratándose de Aline, quedaríamos en buenas manos, pero he reiterado que echaríamos de menos las de Hildur, una mentira piadosa, nadie puede echar de menos esas garras de celador con antecedentes. Y me he despedido de ellos diciendo que la firma podía contar con mi colaboración absoluta en esta transición. Lo he dicho sonriendo porque ya te he comentado que tengo la capacidad de sonreír como si fuese un mimo, aunque debo reconocer que la noticia de Aline me ha desestabilizado por completo.

No puedo decirte si me siento contento o triste, Paul; quizás lo que me ha pasado esta mañana es que estaba asistiendo a demasiados cambios inmediatos en un momento en el que lo único que tenía que hacer era retirarme.

He regresado a mi sitio por las escaleras y, cuando he llegado, Appletree ya estaba sentado en el suyo. No ha podido evitar preguntarme si conocía a Aline. He respondido en silencio, con un gesto afirmativo de la cabeza, sin ofrecerle ningún tipo de explicación ni de contexto adicional, con el único propósito de prolongar su agonía. Y también porque creo que mi nuevo estado civil me ha convertido en un sádico sin escrúpulos. Es entonces cuando me he puesto a escribirte.

Lo cierto es que Appletree no podría imaginar nunca todo lo que viví con Aline.

Cuando la conocí, yo llevaba cuatro años en la compañía y era igual de engreído que todos los niñatos de los que te he hablado antes. Recuerdo que la habían reclutado de uno de nuestros principales competidores, ya sabes que solo somos cuatro grupos los que dominamos el sector, y la habían nombrado directora.

Aline tenía el mismo cargo que tengo yo ahora, pero, a diferencia del comportamiento que demostramos todos los directores con los analistas, esto es, saludarlos y no volver a dirigirles la palabra en cuatro o cinco años, Aline se comportó de manera diferente; por lo menos conmigo.

Te confieso que, cuando me la presentaron, me llamó la atención. No era especialmente llamativa, aunque sí sensual, un estilo de mujer que te hechiza sin necesidad de ser despampanante. Aline no era tan guapa como Clara, pero sí igual de atractiva, lo que los franceses llamáis *une femme charmante*. Me recordó a Anouk Aimée, ya sabes, la actriz de *Un hombre y una mujer*. Tenía esa belleza algo dura.

Enseguida y, como pasa siempre en las oficinas ante la llegada de una mujer atractiva, Patty y Selma no dudaron en propagar el rumor de que se acababa de divorciar, como si eso la convirtiese en una depravada.

Lo que me gustó más fue su voz rasgada, la voz delatora de alguien con mucha experiencia vital detrás. Quizás fue eso lo que me atrajo tanto. No me malinterpretes, Paul, no la miré con lascivia, tampoco tuve una erección espontánea y nerviosa como un adolescente onanista, simplemente me gustó lo que vi. A lo mejor es que siempre he sido vulnerable a la erótica del poder.

Recuerdo que, a los dieciséis años, me enamoré de mi profesora de Matemáticas, una osadía absurda y equivocada que no me reportó ningún tipo de satisfacción más que las mejores calificaciones que he tenido en toda mi vida en esa asignatura. A los veinte, mantuve una aventura platónica y clandestina durante meses con la tía de un amigo mío que me recordaba a Sharon Stone, una Mrs. Robinson tan incauta como inteligente. Hay algo en las mujeres con autoridad que me atrae. Incluso Clara, que no era en absoluto autoritaria, me resultaba tremendamente poderosa. No sé si es la presunción de que pueden enseñarme algo que desconozco o un complejo freudiano que debería resolver contigo, pero lo cierto es que Aline me atrajo.

Y, como me ha pasado siempre cuando una mujer me ha atraído, acabé poniendo mi total interés en saber todo de ella. Aunque, en ese momento, ya supiese que no es correcto traspasar determinadas fronteras.

Aunque, en ese momento, ya supiese el tremendo error que supone mezclar la vida profesional con la vida personal.

Aunque, en ese momento, me acabase de casar con Clara.

Creo que prefiero no seguir hablándote de ella, Paul, no me parece correcto.

Me refiero a Aline.

El duelo que debo afrontar es la pérdida de Clara, no lo voy a mezclar con una aventura que pasó hace más de diez años. A lo mejor, es que estoy un poco más sensible de lo habitual y he atribuido demasiada importancia a aquella historia; no se la des tú, te lo pido por favor.

Tengo la sensación de que los terapeutas enseguida explicáis la angustia de vuestros pacientes por este tipo de episodios aislados. He intentado borrar las alusiones que ya he hecho sobre Aline, pero me ha parecido muy complicado y, de todas formas, no sé por qué me preocupo, tampoco tengo tan claro que te vaya a enviar este diario. Además, los inútiles de Sylvia y Eric han interrumpido mi escritura.

Mi equipo no se separa nunca, son como esas hermanas tan siniestras que recorrían el pasillo en *El resplandor*. Me han preguntado si tendríamos por la tarde una reunión de *catch-up*, que, a pesar de que suena muy solemne, se resume en que yo les paso un listado de los temas pendientes, ellos me mienten y dicen que están avanzando y a mí se me ocurren más ideas y más tareas pendientes para atosigarlos.

Les he respondido que, por supuesto, tendríamos esa reunión.

Aunque, si te digo la verdad, Paul, no sé lo que les voy a decir, en estas tres semanas no he podido concentrarme en absolutamente nada. Me da miedo que incluso ellos, que no pueden ser más incompetentes, detecten que no estoy enterado de los asuntos.

Al principio de las vacaciones leía los *e-mails*, por puro automatismo, o deformación profesional. Trataba de obligarme a no contestar o a reenviarlos, de alguna manera quería hacer constar que estaba de vacaciones y podía ejercer mi derecho a no ser interrumpido en mi asueto. Sin embargo, siempre acababa actuando de alguna manera, era superior a mí. Clara me miraba con severidad cada vez que cogía ese aparato, ya te he dicho que en los últimos tiempos no llevaba bien mi dedicación a la firma.

Y entonces pasó todo y dejé de responder. No pienses que lo hice a propósito, de hecho, intentaba estar presente y productivo, pero era inútil, Paul, leía aquellos correos con el mismo interés con el que te aprenderías un listín telefónico. No sabía qué decir, no sabía qué hacer, no sabía casi ni dónde estaba. Ni siquiera te puedo asegurar que me acuerde con detalle de todo lo que he hecho en este tiempo, me vienen imágenes a la cabeza, por supuesto que sí, aunque son vagas y abstractas.

Hildur me ha hecho uno de sus horribles gestos con las manos para que fuese a verla a su despacho, por lo que he tenido que pedirles a Sylvia y a Eric que se marchasen. He visto que se alejaban otra vez juntos como siameses oportunistas mientras yo entraba en el reino de mi jefa. Pensaba que se iba a disculpar por no haberme dicho nada de su nueva sustituta. Al contrario, de una manera muy seca, su manera de siempre, me ha entregado un tocho de papeles diciendo que tenía un último encargo antes de marcharse a Reikiavik.

Al parecer, un nuevo cliente está interesado en contratar los servicios de la firma; se trata de alguien muy potente, propietario de una empresa que factura varios millones de euros al mes y pretende expandir su negocio en Francia. Necesita que una firma como la nuestra le ayude en su proyecto de internacionalización.

Hildur me ha pedido que analizase el dosier y me pusiese en contacto con él, también con nuestros socios de Francia. Debía organizar una reunión en París con todos ellos lo antes posible.

Otra vez he proferido un sonido dubitativo. Durante una milésima de segundo, he recuperado la perspectiva y me he visto tentado de decirle que no me podía hacer cargo de nada, que era una locura asignarme cualquier tipo de responsabilidad adicional en estos momentos de mi vida. Y, como si esa mujer fuese capaz de leerme el pensamiento, se ha anticipado diciéndome que tanto ella como Aline consideraban que yo era el único director capacitado para llevar esa cuenta; al fin y al cabo, soy el único francófono de toda el área. También me ha asegurado que no me quitaría demasiado tiempo con respecto al resto de mis clientes (otra de las clásicas mentiras con las que Hildur y todos los demás en nuestro nivel solemos despachar tareas).

He asentido con cierta resignación y he salido del despacho con todos esos papeles; de manera automática, me he sentado en mi mesa para revisarlos.

Durante las siguientes dos horas, he analizado el dosier. Te reconozco que me ha venido muy bien concentrarme en una historia totalmente ajena a la realidad de mi vida. Al estudiar esos papeles, me he olvidado de todo lo que había pasado esta mañana, me he olvidado de mi mentira, de la historia de Aline. Es como si me hubiese inmerso en un universo paralelo, una especie de metaverso.

Sé que no debería desvelarte la identidad de mi nuevo cliente, soy un profesional y me debo a una obligada confidencialidad, en eso nuestros trabajos son iguales; pero voy a romper las reglas, confío en ti. Además, me empieza a cansar hablarte tanto de mí mismo.

Mi cliente se llama Carlos Álvarez y es ingeniero industrial, aunque no un ingeniero industrial al uso; mi cliente es inventor. Nunca he conocido a ningún inventor, ¿tú?

En la universidad me contaron que los mayores innovadores son aquellos que ponen un palo en los sitios más insospechados, de ahí nació el chupachups o la fregona.

Carlos Álvarez decidió sofisticar el asunto del palo y creó la Tortilla Fácil. Fundamentalmente, son dos sartenes que se pueden unir para darle la vuelta a una tortilla con seguridad; un utensilio simple, cuyo único valor reside en garantizar que no acabarás desquiciado y con la ropa llena de manchas cuando cocinas tortillas.

El invento en sí me ha parecido sencillo y pueril, Cataclismo y Cornelius podrían haberlo inventado. Lo que me ha desconcertado por completo es la cantidad de dinero que ha amasado este hombre vendiendo ese artilugio. La compañía de Carlos factura más que un casino; factura, de hecho, bastante más que muchos socios de la firma juntos. Sí, Paul, creo que es, con diferencia, la actividad más lucrativa de todos los clientes que he tenido.

He navegado un poco por la página web de su compañía. Parecía un bazar. A lo largo del tiempo, Carlos ha expandido el catálogo de productos y comercializa la mayoría de los cachivaches que anuncian en la teletienda por la noche, objetos dispares, pero de similar y dudosa utilidad como la Tortilla Fácil, a los que, entiendo, sucumben muchos insomnes que no pueden conciliar el sueño si tienen una tarjeta de crédito a mano.

He visto que ofrecían plumeros multicolores que se retuercen por los rincones más inhóspitos de cualquier hogar, también cuchillos japoneses con los que es posible partir un avión en dos y luego seguir pelando tomates. He visto camas que se hinchan en un minuto y en las que una campeona olímpica de gimnasia rítmica puede hacer una *performance* mientras otro individuo ni se inmuta.

Me ha dado cierta tranquilidad comprobar que Carlos no vende ninguna crema como la que utilicé yo para intentar eliminar el flanco, por lo que enseguida he considerado que se trataba de un negocio honesto e increíblemente rentable.

He decidido comprarme un rotulador que tapa los arañazos del coche y un masajeador cervical. Lo he hecho con el único fin de familiarizarme con su empresa, Paul, no pienses nunca que soy uno de esos hombres desvelados con tarjeta. También he adquirido una promoción de sartenes Tortilla Fácil. No creo que me ponga a cocinar a estas alturas, pero quiero enterrar el hacha de guerra con Vilma y que aprecie que soy un jefe comprensivo que facilita las tareas y pone todos los medios a disposición de sus empleados.

Le he escrito un correo electrónico a Carlos, presentándome y anunciando que yo sería la persona encargada de acompañarle a París. También le he explicado que centralizaría todas las comunicaciones con nuestros socios de allí y que me encargaría de coordinar la logística de nuestro viaje; él no debía preocuparse por nada.

Una vez enviado, he sonreído, me he sentido satisfecho, incluso he visto que Appletree me miraba sorprendido porque estaba jugueteando con los dedos encima de la mesa, que es el gesto que hago siempre cuando he culminado con éxito algún asunto importante. Durante un rato, he sentido que recuperaba mis habilidades profesionales de siempre; estaba enviando un correo por primera vez en tres semanas, tenía un proyecto, algo nuevo que me sacaría de la espiral de confusión y perplejidad en la que me encuentro.

No obstante, una milésima de segundo más tarde me ha asaltado la duda.

Lo más sensato era parar. Lo más responsable era volver al despacho de Hildur, contarle todo y retirarme un poco de la circulación.

He estado a punto de hacerlo, de hecho, me he levantado. Pero luego, Paul, he mirado a mi alrededor. He visto que todas las personas de aquella planta estaban concentradas o, por lo menos, parecían estarlo. He visto a través del cristal de su despacho a Hildur, que había posado sus pies gigantes encima de la mesa y mantenía una conversación telefónica que la hacía sonreír. He visto como mis compañeros ignorantes iban a proseguir su camino hacia el liderazgo y yo me quedaría anclado como Patty y Selma, o quizás cheposo como Appletree; cheposo y viudo.

Entonces me he sentado y he abierto una hoja de cálculo para listar todo lo que debería organizar.

Lo primero era gestionar la logística relativa a los billetes y a la estancia. Eso era relativamente fácil, la firma cuenta con su propia agencia de viajes, por lo que sería posible hacerlo más adelante. También debía organizar una serie de reuniones con Jean-Baptiste, el socio de París con el que me llevo mejor.

Le he llamado. Jean-Baptiste no ha tardado en salivar imaginando los potenciales honorarios que podría obtener y me ha prometido disponer una puesta en escena digna de este cliente. Nos espera en sus oficinas el viernes a las diez de la mañana con todo un arsenal de directores y ejecutivos dispuestos a demostrar que son indispensables para que la empresa de Carlos crezca más allá de nuestras fronteras.

Cuando he colgado, me he vuelto a sentir bien. Sé que Jean-Baptiste me aprecia. Le hice comprender desde el inicio de nuestros contactos mi profundo malestar por no haber nacido en Francia y me disculpé de manera anticipada por osar relacionarme con su oficina aun siendo español o tercermundista. Tengo comprobado que esta es la táctica más adecuada para trabajar con los franceses, no te ofendas, Paul, es una realidad.

También le mencioné que Mimi había nacido en Poitiers, que es donde mejor francés se habla en el mundo, lo que me convierte, en tercer o cuarto grado, en un hombre francés y él, como era de esperar, bajó la guardia. Desde entonces, me respeta, siempre dentro de sus limitaciones de hombre francés, por supuesto.

Sin necesidad de mirar el reloj, he sabido que llegaba la hora del almuerzo porque una bofetada repugnante de olor a comida ha conseguido apartarme del informe de Carlos.

No sé si te he comentado que, además de la pradera, disponemos de una cocina. En realidad, no es una cocina como tal, se trata de una sala en la que han instalado varias neveras y microondas, y han habilitado unas mesas y unas sillas para que la gente almuerce sin necesidad de salir de la torre.

Muchos de mis colegas, agradecidos con este gesto tan sostenible y ecológico, han pasado de comer un menú indigesto de los restaurantes cercanos a traer sus propios táperes espantosos con mezclas que huelen a hornillo de avión. Además, parecen disfrutar intercambiando comentarios sobre el sofrito o las recetas de Thermomix mientras comen con maneras toscas. A Appletree le encanta traer su táper porque dice que así ahorra y se alimenta de forma más saludable, y yo asiento mientras veo que cada vez tiene más tripa, más chepa y menos pelo.

Hildur siempre come en su despacho acristalado. A ella,

Patty o Selma le traen la comida, que es de un sitio especializado en menús sin gluten. Hildur devora trozos de bizcocho y tartas especiales para celiacos mientras bebe cerveza sin alcohol, directamente de la botella, como si fuese un entrenador de béisbol.

Yo nunca he traído un táper, nunca he traspasado esa línea roja. Prefiero morir de inanición antes que sentarme a compartir mis intimidades culinarias con todos ellos. Muchas veces me escapaba con Hugo, el único amigo que he tenido en la firma y que compartía conmigo estas teorías.

Hugo y yo aprovechábamos ese rato para criticar a toda la compañía y volver más enervados aún; era una terapia algo tóxica que nos permitía afrontar las jornadas que siempre se alargan hasta la noche. A Hugo le han trasladado a la oficina de Múnich y hace tiempo que no nos vemos. Me alegré por él porque sé que le encanta la cerveza y el chucrut. Y recuerdo echarle de menos, sobre todo las primeras semanas en las que me había quedado sin compañero de fatigas.

Pero ahora no, Paul, ahora no echo de menos a nadie.

A Hugo tampoco le he contado mi nueva situación, no me ha apetecido, y eso que me llamó por teléfono la semana pasada. Recuerdo haberle colgado y enviado un mensaje diciendo que estaba muy liado; que le llamaría muy pronto. Hugo es educado y no me ha preguntado nada, pero sé que debe intuir que ha pasado algo. Él sabía que me iba de vacaciones, de hecho, estuvimos hablando del ictus que le iba a dar a Hildur cuando le solicité las semanas que me correspondían por haber trabajado todo el año sin descanso. Aunque en algún momento debería llamarle, ahora no lo voy a hacer, no me siento capaz.

También, de vez en cuando, comía con Clara. Sí, Paul, de vez en cuando venía a buscarme a la oficina en el Smart y comíamos juntos en casa, porque era nuestro momento de verdadera conexión adulta, no de padres o pareja quejicosa que no se mira a la cara porque escapa de sí misma y prefiere refugiarse en la película mediocre que cualquier persona exhibe en una red social.

He cogido mi chaqueta, las llaves del Smart y he salido como una exhalación.

A las 13.27 he llegado a mi casa.

Mi hogar es mi refugio, Paul, el sitio que más me gusta en general; desde el amplio *hall* de entrada, se puede divisar el interior de la cocina a través de una enorme cristalera, es la misma fórmula que el despacho de Hildur, pero en versión piso de lujo.

Bueno, no, es mucho más sofisticado. La cocina parece un salón coqueto; tiene alacenas hasta el techo que Clara diseñó, donde descansan vajillas antiguas de Limoges. A Clara le obsesionaban esas vajillas, siempre las comprábamos en los mercados de pulgas franceses. Y también hay una cristalería de Gordiola que nos regalaron cuando nos casamos.

Creo que no te he comentado que Clara era arquitecto; nunca digo «arquitecta» porque, en el lenguaje inclusivo, la mujer siempre va en segundo lugar, y yo no creo en la igualdad del hombre y la mujer, reconozco la superioridad de ellas, por lo menos, la de Clara.

Todo el mundo que haya estado casado alguna vez con un arquitecto debe reconocer que, además del talento que suelen tener para la creación de los espacios, también poseen cierta tendencia a utilizar expresiones engoladas como «lenguaje estético», «sutileza visual» o «armonía proporcionada»; expresiones irritantes que con el tiempo he hecho mías e incluso he llegado a comprender. Tuve la suerte de casarme con una arquitecto de gusto exquisito y compramos este enorme apartamento que no habían reformado desde los años cincuenta.

La creatividad de Clara era inversamente proporcional al control del presupuesto, por lo que nos endeudamos hasta que mis nietos conduzcan, pero no me preocupó entonces, porque en Japón llevan toda la vida haciendo esto, y no me preocupa ahora, cuando su muerte va a quitarme de un plumazo la mitad de la hipoteca.

Sí, Paul, la muerte inesperada de mi mujer me convertirá en una persona con menos preocupaciones económicas. El banco nos obligó a suscribir una póliza de vida a cada uno de los dos. Evidentemente, nunca pensé que la utilizaría. Al parecer, con la muerte de Clara, la mitad de esta casa ha dejado de pertenecer al banco, o eso es lo que me ha dicho Robert, mi abogado. Además de tenerte a ti como terapeuta, cuento con un abogado, Paul, lo que debe de ser el indicador definitivo de que me he hecho mayor.

Robert es la persona que me está ayudando con todos los trámites tan espantosos que suceden a una muerte. Y también tiene un nombre francés, como tú, pero me ha asegurado que es catalán.

Recuerdo que Clara me llamó cuando descubrió este piso y yo me escapé de la oficina. La chica de la agencia inmobiliaria se llamaba Deborah y mascaba chicle. Deborah aseguraba ser arquitecto, como Clara, y, durante aquella visita, los tres sabíamos que no era cierto. Deborah era fanfarrona y embustera, como la mayoría de los agentes inmobiliarios y, en un momento dado, garantizó haber hecho prácticas también en la firma.

Estoy seguro de que Deborah mintió al ver que yo llevaba un portafolios corporativo, el típico que siempre estamos obligados a llevar delante de los clientes, como si por llevarlo tuviésemos el derecho de facturarles un diez por ciento adicional. Yo sabía que no era posible que Deborah, con ese nombre y ese tufo a polígono y pastillas de éxtasis, hubiese hecho prácticas en la firma. Lo más irónico de todo es que yo llevaba el portafolios para darme importancia y hacer ver que teníamos solvencia financiera suficiente para adquirir esa vivienda gigantesca, por lo que quizás era igual de impostor que ella. Al final nos hicimos con la casa y Deborah con su comisión.

Tras dieciocho meses de obras en los que el contratista se convirtió en mi mejor amigo y el ser que más he odiado en función de la semana, estrenamos un apartamento elegante, cosmopolita, refinado; un apartamento que fue portada de *AD*, la biblia estética de cualquier arquitecto o interiorista importante, una de las publicaciones por las que no dudarían en asesinarse entre ellos con tal de conseguir una página de exposición.

Clara lo consiguió; pero, como era elegante y discreta de manera innata, no presumió, no dijo nada, se mantuvo en un segundo plano sin exaltar su orgullo y compartir con el resto del mundo un poco de vanidad. Yo también permanecí mudo; aunque no por elegante y discreto. Me callé porque tenía la completa seguridad de que, si mostraba la extraordinaria vivienda que Clara había construido, el resto de mis compañeros me envidiarían e intentarían sabotearme por algún lado. Por mucho que me encantase exasperar a Appletree hasta extremos insólitos de rabia, opté por mantenerme prudente.

Cornelius me ha recibido con su cara de querubín pillado en flagrante delito. Es igual que yo, solo que en rubio con ojos azules. Sí, Paul, has leído bien, rubio con ojos azules, algo insólito para alguien como yo, a quien han llegado a confundir con un turco. Pero se parece a mí, eso es indiscutible. Es mi versión de Paul Newman.

Cornelius estaba sentado en una trona colocada en el *office* de la cocina, con toda la comida desparramada por el babero. Trataba de desquiciar a Vilma, que le intentaba enseñar buenos modales en la mesa, sin éxito alguno. Ella me ha mirado e inmediatamente ha seguido dando de comer al niño. He percibido el mismo desprecio por su parte que esta mañana y he preferido no comentarle nada acerca de la Tortilla Fácil.

Creo que está exagerando con todo el asunto de Clara. Siempre pensé que Vilma no aguantaba demasiado a su jefa, no por nada personal, es que nadie aguanta a su jefa, soy el mejor ejemplo de ello. Pero Vilma está triste, muy triste; parece incluso más triste que yo, Paul. Me ha hecho saber que no apoya en absoluto mi decisión de ocultar el destino de su madre a mis hijos. La semana pasada me dijo que la estaba convirtiendo en cómplice y no sé cuántas frases más, unas afirmaciones con las que probablemente estoy de acuerdo y por las que, en condiciones normales, la habría despedido, porque tampoco se debe tolerar que una empleada te hable de esa manera. No obstante, no puedo prescindir de ella, Paul, es lo único que da cierto equilibrio a mi cotidianidad. Vilma y yo hemos llegado al acuerdo tácito de no molestarnos, de coincidir lo menos posible.

Vilma había dispuesto mi almuerzo en el comedor, hoy tocaba crema de calabacín y un poco de merluza. En mi vida de antes, habría devorado esos platos; ahora, en cambio, no puedo, Paul, solo el hecho de imaginar que tengo que comer me cierra el estómago.

Me he sentado a la mesa y he movido la crema con la cuchara; también he destrozado un poco la merluza, solo para no ofender a Vilma y que tampoco piense que estoy perdiendo la salud.

Cornelius ha venido al salón y ha comenzado a maltratar

unos libros de arte que hay encima de una *coffee table* de Isamu Noguchi, un virtuoso diseñador japonés de los años sesenta, cuyas mesas bajas son tan poco prácticas como magistrales. Pagamos mucho dinero por ella y, aunque debido a mi altura me resulte muy incómoda, no estoy en absoluto arrepentido. Si algo he aprendido de Clara, Paul, es que todas sus propuestas decorativas acababan bien.

Al lado de los libros de arte, hay una pequeña colección de ceniceros de hoteles emblemáticos que Clara solía robar. Sí, Paul, una de las debilidades de mi mujer era llevarse ceniceros de hoteles como el Claridge's de Londres o el Ritz de París, hoteles a los que siempre íbamos a tomarnos una copa, que es la versión *low-cost* cuando se carece de presupuesto para pernoctar en esos templos. Clara se apropiaba de los ceniceros con una habilidad asombrosa, como una elegante carterista; una de esas debilidades que a mí me encantaban porque Clara nunca fue fumadora, pero sí esteta. Estos ceniceros, colocados en la mesa junto con el libro de fotografías de Peter Lindbergh, hacen que nuestro salón tenga lo que los franceses llamáis el *je ne sais quoi*.

Cuando iba a reñir a mi vástago, se ha dado la vuelta y me ha escrutado detenidamente con sus enormes ojos azules inexplicables, en ocasiones grises, que me recuerdan al océano Atlántico de la costa de Biarritz. Doce segundos más tarde ha decidido sonreír, dando por hecho que apoyaría cualquiera de sus fechorías y, si soy sincero, tenía toda la razón.

Me gusta mi hijo porque es un ser reflexivo; no es un bebé de sonrisa distraída a la primera de cambio. Además, no habla. Quiero decir, no es mudo ni nada por el estilo, pero, al ser tan pequeño, no me pregunta todo el rato cuándo va a llegar su madre y eso me libera. Aparentemente Vilma y yo somos suficiente para él.

Cornelius observa la vida desde la distancia y la perspectiva correctas, de forma nítida, alejada de cualquier estereotipo, como solo la mirada sabia de un niño puede hacer. Si decide que algo le gusta, sonríe y se interesa; en el caso contrario, lo ignora de manera displicente y serena, acorde con su irreprochable cortesía.

Cornelius ha venido hacia mí en una especie de trote imposible de imitar para alguien mayor de dos años y le he cogido en brazos. Le he sentado en mis rodillas y se ha comido la crema y el pescado, es un niño tremendamente servicial. Al poco rato, Vilma me ha traído un café solo y se lo ha llevado a dormir una siesta.

Cuando he acabado el café, he ido a mi dormitorio con el fin de prepararme y volver a la oficina. Mientras me cepillaba los dientes frente al espejo de mi baño, me he sentido una persona por completo privilegiada por poder lavarme los dientes en la intimidad de mi casa. Considero que lavarse los dientes en el baño del trabajo delante de cualquier compañero es un acto zafio y sórdido, otro paso previo a la pérdida inmediata de la dignidad, como el táper o mi vestimenta de nadador en prácticas.

Me he fijado en que el tubo de pasta de dientes estaba a punto de terminarse y me he visto cogiendo unas tijeras de manicura del cajón de Clara. Ella odiaba malgastar el dentífrico y, cuando estaba en ese punto, lo cortaba por la mitad para aprovechar los miligramos de solución que quedasen. He pensado que al final Clara había conseguido lo que no fue nunca capaz de obtener conmigo: que cortase ese tubo de pasta de dientes.

A las 14.30, he aparcado de nuevo el Smart y he coincidido en los tornos de entrada con Sylvia y con Eric. No aguanto esos tornos, me hacen sentir como si fuésemos vacas con pendientes que entran en el matadero. Hemos subido los tres en el ascensor y, como no han sabido contener el silencio necesario que exige la buena educación, han comentado que les impresionaba cómo me las había arreglado para tardar tan poco tiempo en comer.

He sonreído y les he dicho que todo es cuestión de saber planificar. He notado su odio —comprensible, en cualquier caso— porque es una respuesta irritante e inverosímil, y yo he seguido sonriendo porque soy el jefe y no voy a reconocer que he tardado tan poco tiempo porque he comido solo. O porque no he comido. He anotado mentalmente que debo medir mejor los tiempos si no quiero levantar sospechas.

Sylvia quería seguir hablando y me ha preguntado por mis vacaciones. En ese momento, Paul, y todavía ignoro el motivo, mi cerebro ha dado una instrucción automática a mi boca y de la misma ha salido un «espectaculares»; un «espectaculares» que ha sonado mucho más alegre y divertido de lo que pretendía, mucho más jovial de lo que he sido siempre en el trabajo. Y, mientras verbalizaba esa mentira, he notado en mi estómago una contracción intensa, casi eléctrica, que han debido de percibir porque inmediatamente me han preguntado si me encontraba bien; había empezado a sudar.

Les he dicho que tenía flato. Sylvia y Eric se han quedado un poco extrañados porque tener flato en un ascensor es bastante infrecuente. Tampoco me he quedado a observar su reacción, habíamos llegado por fin a la planta. Me he despedido de ellos diciéndoles que luego nos veríamos en la reunión de *catch-up* y me he metido en el baño.

En el lavabo, me he dado agua en la nuca, que no sé para lo que sirve, pero mi madre siempre ha dicho que es importante cuando sientes ansiedad. He reconsiderado la opción de hablar con Hildur, de contarle todo lo que ha pasado.

Me he imaginado entrando en su despacho, diciéndole

que tenía algo importante que comunicarle; me he imaginado la conversación, la manera en la que habría justificado mi silencio durante estas semanas con la excusa de la enajenación mental transitoria. He visualizado los cambios que la cara de Hildur habría experimentado ante mi noticia, desde la sorpresa inicial hasta la consternación.

He visualizado incluso como Hildur me habría dado el pésame y se habría mostrado comprensiva, diciéndome que podía contar con su apoyo en un momento tan difícil. He visto mi imagen saliendo de ese despacho, recorriendo todo el pasillo hasta el ascensor entre los murmullos y las miradas de compasión de mis compañeros, incluso de incredulidad, los gestos de cuando sabes que ha pasado algo grave, pero todavía no te has enterado de qué exactamente. He visto en mi cabeza los susurros de Patty y de Selma, y a Appletree entrando en el despacho de Hildur para hacerse cargo de todos mis clientes.

Entonces, Paul, mientras terminaba de secarme las manos, he tomado una determinación.

He vuelto a mi sitio.

Necesitaba configurar una hoja de ruta, un método preciso y minucioso para evitar que alguien me sacase del armario de la viudedad.

De niño leí todas las novelas de Agatha Christie y sé que siempre se descubre al asesino por el mínimo detalle. No es que sea un asesino, Paul, solo necesitaba una respuesta automatizada y convincente por si surgía el tema de Clara. Nadie me podía volver a pillar en un renuncio como me había pasado en el ascensor.

Clara no tenía nada que ver con el mundo en el que yo

me muevo, ella trabajaba como *freelance* en el estudio de arquitectura de Cristina, una amiga de la universidad.

Es difícil, por lo tanto, que surgiese un tema sobre ella en alguna reunión con un cliente o en cualquier intercambio profesional. Es difícil, pero no imposible; Appletree comentó hace un par de meses no sé qué teoría de los seis grados de separación, que dice que bastan solo cinco intermediarios para contactar con cualquier persona del planeta. Aunque Appletree es imbécil y no debería darle ningún tipo de credibilidad, recuerdo haber buscado en internet esa teoría y sorprenderme al comprobar que sí existe. Es decir, cualquier persona con la que me cruce y con la que tenga una mínima relación profesional podría estar conectada con ella y, por lo tanto, hacer preguntas.

Necesitaba ubicar a Clara fuera de mi esfera profesional, incluso fuera de España. Me ha parecido adecuado continuar con la excusa del viaje, que es lo mismo que le he dicho a Cataclismo, todas las mentiras reforzadas suenan más convincentes.

Sí, Paul, a partir de ahora, diría que Clara se encontraba de viaje; de viaje de trabajo, que es una excusa perfectamente válida y la empodera. Además, mi mujer elegía los proyectos que quería hacer; en general, encargos muy caros de clientes extranjeros, por lo que he decidido que se encontraría en Abu Dabi, decorando villas. Villas de lujo de un empresario emparentado con el jeque.

Estarás de acuerdo conmigo, Paul, en que es una coartada brillante; o, en todo caso, un destino mucho menos triste que el real.

También me he acordado de Cristina; debería llamarla. No le voy a comentar mi ardid, por supuesto que no, tampoco le incumbe; pero sería correcto devolverle una de las veintisiete llamadas que me ha hecho desde el día en que sucedió todo. He estado a punto de marcar su número. Luego, me he vuelto a acordar de que estaba en medio de la pradera y que, desde luego, no debía mantener esa conversación delante de nadie. He decidido que la llamaría por la noche, debo hacerlo. Aunque me pasa lo mismo que con Hugo; no me apetece hablar.

La semana pasada, mientras no podía escribirte, intenté listar en un folio a todas las personas a las que les debía una llamada; todas las personas que se han enterado; todas las personas que están preocupadas por mí y me han escrito mensajes que, en el mejor de los casos, he leído en diagonal; mensajes que tampoco he contestado.

Rompí ese folio; me pareció un tema denso y complicado. Le he cogido una manía horrorosa a toda la gente que parece estar desolada por la muerte de Clara. Es como si me pareciese un despropósito que todas esas personas, que son muchas, pudiesen estar afectadas, es como si me fuesen a quitar la exclusividad del dolor por su desaparición.

Es posible que te resulte frío, pero no me apetece iniciar una conversación lánguida y melancólica que me va a incomodar mucho y probablemente acabe con el lloro desconsolado de mi interlocutor y sea yo quien tenga que consolarle. O lo que es peor, que llore yo, de manera entrecortada e ininteligible, con mocos y lágrimas deslizándose por mi cara. Siempre he detestado a la gente que llora, Paul, quizás te pase lo mismo, aunque tengas que tratar a multitud de personas llorosas. Me imagino que debe de ser por mi educación, al final todo se reduce a eso, ¿verdad?

A mí me educaron en un sistema en que la exaltación de cualquier tipo de emociones era considerada una vulgaridad, un comportamiento más propio de la clase popular, que no sabe contener sus estados de ánimo, que de la élite burguesa, que ha gastado enormes cantidades de dinero en enseñar a sus hijos cómo hacerlo.

Tampoco pretendo reprochar algo a mis padres en este sentido; al igual que con el tema de la infidelidad, pienso que los terapeutas aprovecháis la mínima excusa para responsabilizar a los progenitores de todos los fantasmas y comportamientos nocivos que desarrollamos los adultos, y esto me parece ingrato, una solución fácil y previsible. Espero que no te lo tomes a mal, pero, desde la honestidad, Paul, pagar tanto para saber que la educación de tus padres te ha hecho un ser tremendamente desgraciado me parece un timo.

Lo cierto es que todavía no he llorado por Clara; tengo la sensación de que las lágrimas se han secado en este asunto y no quieren aparecer bajo ningún concepto. Quizás es que las circunstancias ahora mismo son salvajes y mi mente todavía no ha reaccionado, siempre me he considerado una persona de extraordinaria sensibilidad.

Appletree me observaba. Seguía con ese tembleque en la pierna y me he fijado en que llevaba unos zapatos de suela de goma muy ancha, como de ejecutivo con problemas de fascitis; unos zapatos que a ti también te habrían parecido un despropósito. He deducido que Hildur ya le ha debido de comentar lo de mi viaje a París con el cliente nuevo, lo que, junto con la noticia de Aline, le habrá desestabilizado por completo. Bien.

En el momento en el que me ha saltado el aviso de mi reunión de *catch-up*, he recibido la contestación de Carlos Álvarez; me agradecía el *e-mail* y me indicaba que, debido a un problema de agenda, no podría verme antes del viaje. Carlos me ha enviado otro dosier de su compañía para que lo estudie y se ha despedido de mí hasta el jueves. También me ha recomendado un par de zonas de París para que busque un hotel decente y yo le he respondido que no se preocupase, que estaba hablando con un perfecto guía de París.

Lo he mandado imprimir porque soy incapaz de estudiar algo en otro formato que no sea el papel y, mientras la impresora colapsaba con mis documentos, Sylvia y Eric se han acercado con paso firme hacia mi mesa, provistos de sus cuadernos y de sus sonrisas impostadas.

Les he pedido que, por favor, me trajesen el dosier de la impresora, solo porque sé que les molesta que les asigne ese tipo de tareas más propias de una secretaria que de dos gerentes. Cuando lo han hecho, me he levantado y nos hemos ido a una sala de juntas que hay en la planta 12. Siempre está vacía y yo suelo utilizarla para todos mis asuntos, desafiando las nuevas leyes de distribución de la firma, que estima que, con la política de puertas abiertas, nadie debería tener ningún tipo de reunión clandestina.

Bobadas.

Hemos empezado la reunión. Sylvia y Eric se han interrumpido mutuamente; igual que siempre. Tal y como había previsto esta mañana, se han peleado por hablar, han intentado hacer ver que uno trabaja más que el otro y, a pesar de haber insistido en que son un equipo que se complementa y que se coordina a la perfección, no han podido disimular el hecho de que son dos falaces hipócritas.

Los he escuchado con atención. Me he permitido hacer un par de sugerencias, solo para demostrar que soy el jefe y que tengo más capacidad que ellos, y he dado por finalizado el encuentro.

Hemos vuelto a nuestra planta.

Me libera pensar que convertirme en viudo no me ha hecho más tonto. Clara siempre me decía que no era listo, que era muy inteligente, pero que me faltaba rapidez, picardía; todo lo que tenía ella. Yo, aunque no estaba del todo de acuerdo, lo aceptaba porque, viniendo de ella, me parecía el mejor de los halagos. Mi mujer no era en absoluto zalamera. Eso me encantaba, Paul, nada me enerva más que alguien adulador o empalagoso, me pasa lo mismo que con el lloro, lo rehúyo.

Las pocas veces que Clara me alababa, me sentía un poco incómodo. No sabía qué decir, a pesar de que en mi interior estuviese orgulloso y agradecido. Me gustaría saber qué pensaría sobre lo que estoy haciendo. No sé si se sentiría ofendida por negar su muerte o me felicitaría por mi astucia de callarme y de conseguir que, por fin, me hagan socio.

El resto de la tarde la he pasado concentrado en el dosier de Carlos Álvarez. A medida que descubría todo su imperio, me sentía fascinado, incluso me han entrado ganas de seguir comprando más *gadgets* de la teletienda.

La parte buena de mi trabajo, Paul, además del dinero, es que ocupa mi mente. No todos los trabajos poseen esa capacidad; el tuyo sí, desde luego, te debes de pasar todo el día escuchando problemas aburridísimos de personas en estado de *shock*, me imagino que yo debo de ser uno de tus pacientes más interesantes y menos torturados.

Mi trabajo me ha permitido hoy, contra todo pronóstico, olvidarme un poco de la muerte. Si fuese, por ejemplo, el cobrador de un peaje, sería más fácil caer en una espiral atormentada de pensamientos negativos, ¿no crees?

Cuando me he ido a levantar para comprar una botella de agua, otro acto humillante desde que no tengo despacho, he recibido la comunicación oficial de la firma con el nuevo organigrama. En el *e-mail* se nos informaba de que Aline tomaría a partir de mañana el control de todas las áreas de Hildur y nos convocaba a las doce del mediodía para nuestra primera reunión de equipo. Entonces, he tenido el segundo pinchazo de flato de la tarde.

He cogido la chaqueta, las llaves del coche y, ante la atónita mirada de Appletree y del resto del *staff* que se encontraba en la pradera, me he marchado.

Cuando me he metido en el ascensor, el reloj digital marcaba las 19.30. Sí, pensarás que existen lugares en el mundo en los que, a esa hora, la gente cena. En Francia, ya os estaríais preparando incluso para meteros en la cama, pero irme de la oficina tan pronto ha sido un acto de enorme valentía.

Tienes que saber que existe una regla no escrita en la torre que nos impide salir de la oficina si todavía hace sol y, si es invierno, como ahora que anochece mucho antes, no debes jamás dejar tu escritorio antes de las nueve de la noche. Hacer eso es de vagos, de maleantes, de oficinistas de poca monta.

También tenemos prohibido salir antes que Hildur.

Al igual que sucede con la primera regla, no es algo oficial, es un mandato que adquieres en el momento en el que empiezas a trabajar en la firma. Si te marchas antes que Hildur, ella nunca dice nada, permanece sentada en su despacho, sin ni siquiera mirar a través de esas cristaleras. Su venganza es fría y calculada: en el momento en el que alcances la frontera pacífica del exterior, recibirás un correo suyo diciendo que te ha intentado localizar, pero que no te preocupes, que ya hablaréis mañana. Y tú pasarás una noche espantosa con el sentimiento de haber sido atrevido e irresponsable. Al día siguiente, Hildur no comentará nada y tú esperarás dos o tres meses para repetir esa osadía.

Cuando he llegado al coche, estaba esperando su *e-mail*: no he recibido nada. Puede que, como se va a Reikiavik, se haya vuelto laxa y holgazana.

Once minutos más tarde he llegado a casa. Creo que hacía más de diez años que no volvía tan pronto; cuando he girado la llave en la cerradura, se oían las risotadas de Cataclismo, que acababa de salir del baño y le intentaba poner una diadema de unicornio a su hermano mientras Vilma la perseguía con el pijama a cuestas intentando que se vistiese de una vez. Los hombres siempre sufriendo este tipo de agresiones desde nuestra más tierna infancia.

La típica escena de anuncio de galletas, en la que un padre llega a casa derrotado del trabajo y sus hijos le abrazan y le dan sentido a su vida, es falsa, rotundamente ficticia, por lo menos esta tarde. He interrumpido su fiesta particular, como si fuese un ogro malhumorado, y los he obligado a centrarse para cenar e irse a la cama.

Desde que Clara no está, he desarrollado una obsesión por que mis hijos estén acostados a las ocho de la tarde. No quiero que su descanso o su sistema neurovegetativo se vea alterado por mi irresponsabilidad, Clara no lo permitiría. Vilma los ha sentado en el *office* de la cocina y yo me he ido a mi cuarto para darme una ducha rápida y ponerme el pijama.

Cuando he salido, me estaban esperando en su dormitorio.

Mis hijos comparten habitación porque cuando Clara diseñó esta casa solo teníamos a Cataclismo y prefirió hacer un cuarto enorme de jugar en lugar de dos habitaciones. No me importa en absoluto que los hermanos duerman juntos, es temporal y sé que en algún momento deberé ocuparme de este asunto, pero, como en todo lo que me incordia, prefiero aplazar las decisiones. Además, ¿cómo voy a plantear una obra sin ella?

Clara no dudaría en resucitar para cuestionar mi criterio estético.

Cornelius y Cataclismo se han metido en la cama, esas

dos pequeñas camas que chirrían desde el inicio de los tiempos. Yo las monté y no sé por qué lo hice, Paul, nunca he sido un manitas. Recuerdo que Clara las encargó en esos grandes almacenes suecos que tienen muebles con nombres de más de tres consonantes seguidas y albóndigas de caca de perro, y me imagino que yo, en un exceso de testosterona, decidí que a lo mejor ser padre implicaba poseer la habilidad de montar mobiliario. Craso error; le prometí a Clara que arreglaría las camas. Le prometí a Clara muchas cosas que creo que no voy a poder hacer, Paul. Otra vez el conato de autocompasión.

Mi hija me ha tendido un cuento con cara de absoluto entusiasmo: *Caperucita roja*. Nunca me gustó ese cuento, pero he comenzado a leer. Creo que, por ahora, es suficiente que me limite a manipular su gusto musical, más adelante empezaré con la literatura.

He oído los ronquidos sutiles de Cornelius. Estoy seguro de que se ha dormido enseguida para hacerme un favor; debido a su elevada inteligencia, no le interesan en absoluto estos cuentos de niños, moralistas y sin criterio alguno. Sé que, al igual que me pasa a mí, a Cornelius le aburren y estoy orgulloso de ello.

Cataclismo, sin embargo, parecía muy interesada. Al poseer también ella una intelectualidad enorme, no ha parado de interrumpir y cuestionar la historia. Bien.

A la niña no le terminaba de cuadrar que Caperucita fuese sola por un bosque, porque eso es peligroso y sabe que yo nunca se lo permitiría. Tampoco le ha convencido que la abuela, una anciana con problemas de movilidad, pudiese abrir la puerta si estaba tan enferma. Y, por supuesto, no ha comulgado con la idea de que ninguna de las dos llevase un teléfono móvil para avisar a la policía sobre lo que sucedía.

He conseguido convencerla de que en los cuentos se

acepta cierta libertad de interpretación y que, en ningún caso, debe creerlos del todo. Cataclismo ha bostezado y, en menos de treinta segundos, se ha hecho el silencio más absoluto. La (buena) conciencia de los niños permite ese descanso tan profundo.

Me he levantado con todo el sigilo que esa cama mediocre me ha permitido y me he ido al comedor, donde Vilma, antes de retirarse a descansar a su habitación, me había dejado una bandeja con una tortilla francesa y una ensalada. Aunque no había comido en todo el día, seguía sin hambre.

He ido a la cocina y he cogido un puñado de almendras porque sé que tengo que ingerir algo si no quiero caer redondo. Luego he sopesado abrir una botella de *chardonnay* que siempre tengo enfriando en la nevera (es la única bebida alcohólica que Clara tomaba). Sin embargo, he optado por servirme un vaso de agua helada con gas y una rodaja de limón. No debo acostumbrarme a beber solo, Paul, esa es otra cosa con la que he sido muy cuidadoso desde lo de Clara. Ahora sería demasiado fácil empezar por un vino en soledad y acabar escondiendo botellas de vodka vacías en la lavadora. Ya es demasiado complicado ser viudo como para añadir problemas de adicción o de alcoholismo.

He encendido la tele del salón y me he sentido como Macaulay Culkin en *Solo en casa*. A Clara le parecía de una pésima educación cenar viendo la tele. En mi defensa debo aclarar que técnicamente no estaba cenando, solo bebía agua y masticaba mis almendras. Necesitaba buscar un programa que me relajase de verdad. Tras varios cambios de canal, he encontrado algo de telerrealidad: varias parejas se encuentran en una isla y se dejan tentar por desconocidos con el fin de poner a prueba su relación.

Por supuesto, todos los concursantes acaban traicionándose y el *reality* se convierte en una película pornográfica.

He visto el programa durante cinco minutos y admito que, a pesar de que son personas que no han leído más de dos libros en su vida, me he conseguido relajar, incluso he querido interesarme enormemente por ellos.

Luego he apagado la tele, sentía que estaba embruteciendo mi mente en exceso. Además, ya había terminado mis almendras.

Me he quedado en silencio, contemplando las molduras del techo de mi casa y la biblioteca contigua del salón, iluminada con una luz tenue que da calidez a la estancia. Hicimos muy bien en gastarnos esa barbaridad de dinero en luces, aunque supusiese aumentar el préstamo hipotecario unos diez años. Esta casa fue la mejor obra de arte de Clara. Diseñó hasta las bisagras doradas de las puertas francesas del salón. ¿Conoces a alguien que diseñe bisagras?

Esta casa, Paul, dice tanto de ella que algunas veces tengo la sensación de que no se ha ido y simplemente está ausente de manera temporal. Sí, es como si se encontrase en la habitación de al lado y que, por nuestros distintos tipos de horarios o actividades, no nos encontrásemos. No pienses tampoco que poseo algún tipo de poder esotérico y que estoy como Whoopi Goldberg en *Ghost*, pero debo admitir que, en mi cabeza, tengo la sensación de que sigue por aquí.

He cerrado el castillo. Clara siempre se refería de esta manera al acto en el que cierro la casa con llave y activo la alarma. Cuando he entrado de nuevo en el salón para apagar las luces, me he quedado unos segundos a oscuras, observando a través de las enormes ventanas el edificio de enfrente.

La calle en la que vivo es estrecha y mi piso es muy alto, por lo que, de vez en cuando, me dedico a espiar a los vecinos de ese edificio. Debo decir que se me da extraordinariamente bien.

En el tercer piso, cenaba mi matrimonio favorito; una adorable pareja que suma ciento ochenta años entre los dos. Al igual que todas las noches que los he visto, iban vestidos de forma elegante y, como siempre, permanecían en silencio, sin hablar.

Quizás he enviudado demasiado pronto, Paul, pero el resultado tiende a ser el mismo, es muy difícil conversar con alguien durante los próximos cincuenta años, ¿no crees? Cuando sigues casado después de tanto tiempo y superas todo tipo de situaciones que la propia vida te plantea, sean fáciles, difíciles, abruptas, inesperadas, cuando sigues compartiendo un mismo espacio, quizás lo único que sucede es que simplemente ya no tienes nada que decir.

Aunque yo sí lo tenía, Paul, te lo aseguro.

En algún momento estas semanas, me he preguntado cuánto tiempo habríamos durado Clara y yo, es lo más cerca que he estado de la autocompasión. Al principio de nuestra relación, estaba seguro de que seríamos como los pingüinos, juntos hasta el final. Ahora, sin embargo, sé que no va a suceder, creo que me he vuelto más escéptico o realista; comienzo a dudar. No te puedo decir si me habría consolado más separarme que enviudar.

Me he retirado a mi dormitorio, eran las 21.30. Lo sé porque he mirado el reloj y me ha ofendido manejar estos horarios. Lo siguiente es llevar un pañal o que se me caiga un diente. Debería haberme quedado en la oficina, por lo menos así me aseguraría de no meterme en la cama como un octogenario con reuma.

Lo cierto es que no necesito muchas horas de descanso, Paul; incluso me parece que las personas que duermen hasta el mediodía son zánganas y primitivas. Siempre solía dormirme mucho más tarde que Clara, llegaba muy tarde a casa y me gustaba estar despierto hasta la extenuación. Entonces, me acostaba y desfallecía; conseguía descansar de manera plácida las pocas horas que necesito para recuperarme.

En cambio, ahora, Paul, cada vez que voy a cerrar un ojo, me asalta un pensamiento desagradable y me activo, es como si estuviese en un estado de alerta constante.

No me he querido tomar ninguna pastilla porque me da miedo acabar como un zombi o como un heroinómano obsesionado con las palmeras de chocolate.

En estas últimas semanas, he recurrido a las novelas históricas que me regala mi padre, que, además de acérrimo lector, es un enamorado de esa materia, y, aunque no he conseguido dormir como antes, sí he logrado cerrar los ojos y transitar por algo que se parece al sueño; pero hoy no me apetecía leer.

Me he sentado en el escritorio antiguo que Clara dispuso en nuestra habitación y me he puesto a escribirte; me gusta este espacio.

Al igual que con el resto de la casa, este cuarto es el reflejo de su personalidad. La iluminación tenue, las enormes puertas a medida de pintura lacada, el baño dentro de la habitación que incluye una bañera exenta que nos costó un año de colegio y que recuerdo haber utilizado una vez juntos.

La cama está abierta de forma pulcra, como siempre, por los dos lados; Vilma ha seguido haciendo exactamente los mismos rituales que cuando éramos dos y creo que son estos detalles los que me hacen pensar que Clara sigue aquí; pero también los que me recuerdan que nada volverá a ser como antes.

SEGUNDO DÍA

Martes, 25 de febrero de 2020

Para: Paul (terapeuta)

Asunto: Resumen lunes

Apreciado Paul:

Siento avisarte con tan poca antelación, pero me es imposible en absoluto ir a tu consulta esta tarde, me ha surgido un viaje a París el jueves y lo tengo que preparar.

Ayer fue mi primer día en el trabajo y lo cierto es que ha ido todo mucho mejor de lo que pensaba, ya te contaré en detalle. Además, esta noche he dormido bien; sí, Paul, creo que volver al trabajo me ha sentado especialmente bien. Incluso me planteo suspender la terapia, quizás lo único que necesitaba era recuperar las rutinas y volver a trabajar.

Bueno, te mantendré informado, en cualquier caso.

Un cordial saludo (lo he puesto para que veas que me encuentro mejor y que puedo convivir con esta fórmula de despedida).

Martes, 25 de febrero de 2020

No, Paul, no es que no haya querido ir a verte esta tarde, pero entiende que era totalmente inadecuado escaparme por segunda vez de la torre esta semana, habría desatado sospechas.

Ahora todo es complicado.

Quizás, en un par de semanas, una vez que me nombren socio, tenga más flexibilidad para irme de la oficina cuando me dé la gana; ahora no, ahora debo permanecer concentrado y atento.

He dormido mal, muy mal, me he despertado varias veces; al principio tenía frío, luego calor. He soñado que Hildur me acusaba con el dedo y me llamaba viudo mentiroso. En mi siguiente sueño, asistía al funeral de Clara y ¡le daba el pésame a Appletree! Como si fuese él el viudo.

Cuando me he despertado, he olido la cafetera y he pensado que Clara habría preparado café y se habría marchado a trabajar. Preparar café era lo único que Clara sabía hacer en la cocina. No obstante, cuando he atravesado el largo pasillo y he visto que en la cocina no había nadie, me he empezado a preocupar porque te prometo que he olido café.

Evidentemente, Vilma seguía dormida, igual que los niños, eran las seis de la mañana.

He cogido el Smart y me he ido a nadar. Ha sido horrible, Paul, incluso peor que ayer.

A pesar de estar en el agua los cincuenta minutos que nado siempre, solo he hecho sesenta largos, un ritmo que me ha desestabilizado por completo. He calculado que es más o menos lo que tardaría una señora mayor con perlas y con un peinado al estilo de Camilla Parker-Bowles nadando a espalda: una señora probablemente viuda como yo. En mi defensa te diré que ayer, antes de meterme en la cama, me tomé una pastilla; nada psicotrópico, ya te he dicho que esas cosas no me van.

Me tomé una de mis pastillas para la alergia y creo que me ha dejado ralentizado; sí, esta mañana me sentía como un ñu intentando cruzar el río Mara.

No sé si habrás visto alguna vez un ñu, Paul; si fuese el caso, estarás de acuerdo conmigo en que es un animal incompetente y carente de interés. Cuando nos casamos, Clara insistió en que nuestro viaje de novios fuese un safari por Tanzania. Nunca solíamos ponernos de acuerdo en los destinos de los viajes, yo soy un urbanita extremo y a ella le encantaba el campo, la naturaleza, la belleza salvaje de cualquier espacio exterior.

Mi idea de recorrer el valle de Napa en un Mustang descapotable, tomando vino californiano como una Angela Channing maniaco-depresiva, no le resultó nada convincente y acabamos en ese safari.

En ese viaje la vi feliz.

Clara no era dada a exteriorizar sus sentimientos, ya te he dicho que por encima de todo era elegante. Y las personas elegantes se rigen por la templanza en las emociones o, al menos, por la templanza en la manera de manifestarlas, es como lo que te expliqué ayer con respecto al lloro o al halago.

Las personas elegantes como Clara nunca muestran una alegría desmedida como la de mi hija cuando le dejo comer helado, pero tampoco se ponen histéricas si les vienen mal dadas. No pienses en ningún caso que mi heredera no es elegante, ella es una pequeña Audrey Hepburn, aunque sí es cierto que se lamenta como una yihadista arrepentida cuando escribe con faltas de ortografía o cuando considera que sus dibujos no muestran todo lo que quiere reflejar. Entenderás que decirle dónde está su madre podría provocarle un colapso.

En ese viaje a Tanzania, recuerdo a Clara contenta, relajada, en paz. No sé si fue por la belleza de los atardeceres de África, o la ilusión del viaje de novios, o los efectos de las pastillas que tomamos para la malaria, pero estaba entusiasmada.

Clara veía a aquellos elefantes gigantescos y se emocionaba. Yo no, de hecho, me aterrorizaba que se encaprichasen de nosotros.

Clara contemplaba con fascinación la manera en que esos ñus tan desagradables cruzaban de un lado a otro el río, tratando de esquivar a los cocodrilos. Yo no, recuerdo haberles dejado de prestar atención muy pronto porque, cuando has visto los primeros cien mil ñus, te deja de hacer efecto ese paisaje y su existencia te parece vacía.

Me pasé todo el viaje obsesionado con la idea de que las moscas tse-tse me atacaran y, mientras Clara observaba a las madres leonas juguetear con sus cachorros, yo me dedicaba a expandir por el todoterreno repelente de mosquitos, como si fuese una anciana poseída con un bote de laca. Nuestro guía no daba crédito, Clara tampoco. Me hizo prometerle, en cualquier caso, que en algún momento de nuestra vida volveríamos a África y yo asentí, aunque sabía que haría todo lo que estuviese en mi mano para no repetir esa experiencia tan cara y complicada.

Ahora volvería allí sin pensarlo. Ahora viajaría con ella a cualquier lugar del mundo sin protestar, porque era mi compañera de viaje favorita; incluso dejaría de lado mis alergias.

Me volví alérgico a los dieciocho años, Paul, una edad poco ortodoxa para empezar a ser alérgico, me hago cargo.

Empecé a estornudar cada vez que pasaba tiempo en el coche con mi primera novia, una niña asmática y malísima persona. Siempre he pensado que fue ella quien me pegó su alergia, como si fuera una enfermedad venérea. Pensé que, al terminar esa relación, se acabarían, y más de veinte años más tarde sigo estornudando entre enero y mayo; muchas veces tengo que ir con gafas de sol como si fuese una estrella de rock o una persona invidente porque los ojos me lloran como si me pasase el día cortando cebollas.

Cuando he terminado de nadar y mientras me cambiaba y me ponía un traje de persona adaptada a la vida en sociedad, me he vuelto a mirar en el espejo. He visto que me había cambiado la cara.

Me he dado cuenta, Paul, de que se me ha puesto cara de cabrón.

Tampoco te puedo decir que me quede mal del todo, incluso creo que me da cierto atractivo siniestro, como Johnny Depp, pero lo cierto es que no me identifico en absoluto con mi nuevo rostro; me siento mal. Quizás haya cambiado por ocultar mi estado civil y no organizarle un funeral en condiciones.

Me he escapado del espejo y, al llegar a casa, se ha repetido exactamente la misma escena de ayer: los niños igual de despeinados, Vilma igual de resolutiva y eficiente; y su mirada odiosa otra vez.

Cataclismo me ha dicho que estaba muy elegante y yo me he puesto muy contento porque mi hija no ha detectado mi nueva cara de cabrón.

Luego hemos bajado en el ascensor y al salir nos hemos encontrado con Avelino, el portero, que barría de manera concienzuda el vestíbulo. Le he sonreído con energía, como si fuese un político que va a firmar reales decretos para acabar con los problemas de natalidad en el país, y, en un automatismo sin precedentes y sin que él preguntase nada, le he dicho que Clara le enviaba un saludo.

Es terriblemente fácil dar a entender que continúa con vida: basta un comentario, una frase anodina, una alusión corriente, para que todas las personas piensen que sigue presente. Es terriblemente fácil engañarlos a todos.

Menos a mi hija.

Con el fin de evitar que Cataclismo sacase algún tema escabroso, en el momento en el que nos hemos metido en el Smart, le he empezado a hablar en francés; *madame* Merkel me pidió ayer que lo hiciese.

Bueno, en realidad, no me lo pidió como tal, ya te he dicho que no le di pie a que hablase conmigo; me lo escribió en una especie de cuaderno de correspondencia, en el que los educadores nos informan sobre el devenir de nuestras pequeñas élites.

Madame Merkel ha manifestado por escrito en ese cuaderno su enorme preocupación sobre Cataclismo, que aparentemente ha dejado de expresarse en francés. Y en el liceo francés eso es un problema, tú lo entenderás, Paul, es probable que hayas estudiado en el mismo sistema.

Cuando supe que Clara estaba embarazada, impuse que mis hijos estudiaran allí: yo lo había hecho, mi madre también, es evidente que por orden de Mimi, la abuela francesa de la que te he hablado antes; de hecho, la única condición que Mimi le puso a mi abuelo para abandonar las Galias fue que la familia que creasen no rompiese jamás los lazos culturales con el país vecino. Vengo de un linaje en el que tener un hijo que no reciba una educación francesa equivale, por lo tanto, al ostracismo intelectual, a la marginalidad académica. Mis padres habrían considerado menos grave abandonar a cualquiera de sus nietos en un poblado chabolista que el hecho de que no hubiesen estudiado en el liceo francés y, con toda probabilidad, Mimi se habría aparecido en mis sueños con mirada inquisitoria y de reprobación, al estilo de Hildur o de *madame* Merkel.

Recuerdo el momento en el que Clara vino a anunciarme la noticia a la puerta de la torre. Me llamó y me dijo que se encontraba paseando por la zona y que le apetecía desayunar conmigo. Su interrupción me pareció extraña e inoportuna, ya te he explicado cómo han funcionado siempre las ausencias en la oficina. No obstante, me escapé y nos metimos en una cafetería cercana. Debían de ser los inicios de la primavera porque el sol me cegaba.

Nos sentamos y Clara sacó del bolsillo de su chaqueta de ante el teléfono móvil, me enseñó una foto: era una prueba de embarazo.

Me quedé en silencio, mirándola con mucha emoción, seguro, porque estaba emocionado. Hay veces que las emociones fuertes te paralizan.

Por supuesto, nos abrazamos y besamos, estábamos ilusionados, pero, en lo más profundo de mí, me empecé a agobiar. Sí, desde el momento en el que supe que me convertiría en padre, me empecé a preocupar de verdad. Le dije a Clara que nuestro bebé estudiaría en el liceo francés y ella, atónita ante mi insistencia, no me tomó muy en serio, en aquel momento era más urgente buscar un ginecólogo.

Me imagino que ya te has dado cuenta de que soy una persona perseverante y manipuladora: la niña acabó escolarizada en el liceo francés.

Cuando llegó el momento de elegir un centro educativo, me dediqué a sabotear todas las alternativas propuestas por Clara. Me he ganado, probablemente para siempre, la antipatía absoluta y permanente de los directores del British Council, del King's College y de la Deutsche Schule de Madrid. También la de la directora de un colegio del Opus Dei a la que le dije que lo que más apreciaba en la vida era una educación mixta y laica, y que lo último que priorizaba era que mi hija aprendiese a tocar la flauta. De una manera tan deliberada como ficticia, le conté que en su día conocí a una monja lesbiana que escribía relatos eróticos por internet; podrás imaginar el resultado.

Cataclismo me ha agradecido mucho esta elección, quizás porque no me he cansado de repetirle lo orgulloso que estoy de que vaya a ese colegio. Sí, Paul, he hecho un gran ejercicio de presión en todos mis trayectos con ella; quizás tengo la costumbre de presionar a las personas en las que ejerzo algún tipo de influencia de la misma manera que la firma lo hace conmigo porque, lo creas o no, Paul, esta es la responsable de que, durante muchos años, me haya considerado un ejecutivo por encima de los demás. Y debo decirte que, sin duda, lo ha conseguido; Clara era la única persona que me devolvía a la realidad.

Mi hija es dócil, pero sabia; al ver que iniciaba una conversación con ella en otro idioma, me ha mirado estupefacta y, acto seguido, se ha empezado a reír en mi cara. Nada te pone más en tu sitio que la reacción espontánea de un niño que no tiene ningún tipo de impostura adquirida. Me he callado y he puesto en Spotify una lista de canciones francesas. Aunque sigo sin querer escuchar música, la educación de mi hija compensa cualquier esfuerzo por mi parte.

Hemos entrado en el aparcamiento del colegio escuchando *La vie en rose*, de Édith Piaf, que siempre me ha deprimido más que cualquier película del Holocausto y que a Cataclismo parece haberla fascinado. No estoy seguro de que vaya a conseguir que hable mejor en francés, quizás la estoy iniciando en un tortuoso camino para convertirla en una compositora atormentada y fumadora.

Cuando hemos llegado a clase, *madame* Merkel ha intentado de nuevo acercarse para hablar conmigo. Como no me daba por aludido, me ha hecho un gesto como los de Hildur para que vaya a su despacho; un gesto al que he respondido señalando mi reloj y moviendo la boca como para decir que tenía que irme a una reunión. No me he quedado a ver su reacción: me he girado y he vuelto apresuradamente al coche.

Lo sé, estoy siendo un impresentable, un absoluto cobarde con cara de cabrón. Debería decirle a *madame* Merkel que Clara no está. Y lo debería hacer cuanto antes, aunque solo sea por el bien de Cataclismo. Pero no lo he hecho, Paul, no he sido capaz. Y no me juzgues, ahora todo es complicado.

Luego he llegado al trabajo y, cuando he pasado a lo largo de la pradera, todo estaba exactamente igual que ayer. Patty y Selma fingían trabajar, hoy quizás más siniestras que ayer porque Selma se había pintado los labios de rojo, pero, como es una señora mayor, en ella el pintalabios parecía marrón.

Los imberbes melenudos y un poco drogadictos tecleaban con frenesí en sus ordenadores y había ruido, mucho ruido, muchos teléfonos sonando. Me ha gustado esa actividad, francamente; incluso te diría que me ha invadido una alegría injustificada. Debo de estar más trastornado que nunca, Paul, jamás había sentido ese chute de energía al entrar en la oficina.

Aunque no he visto a ni a Sylvia ni a Eric en sus puestos,

sé que habían llegado, la falsificación pretenciosa del bolso de Louis Vuitton de Sylvia expuesta encima de su mesa la delata, al igual que la chaqueta arrugada y con olor a club de alterne del respaldo de la silla de Eric.

El despacho acristalado de Hildur estaba vacío, con la luz apagada, como si no hubiese entrado en él desde ayer. He supuesto que estaría con Aline preparando la reunión de las doce; estoy seguro de que a Hildur no le parecería correcto que estuviésemos merodeando en su primer encuentro con Aline, no le haría ninguna gracia que viésemos cómo traspasa su cartera ministerial a una mujer más joven y atractiva que ella: a una mujer que, a diferencia de ella, tiene aspecto de mujer.

Cuando he llegado a mi sitio, Appletree estaba de pie, dándome la espalda y maquinando algo en la fotocopiadora. He pensado que, con toda probabilidad, estaría escaneando alguna providencia de embargo o imprimiendo alguna de sus presentaciones espantosas que me aburren más que los ñus de mi viaje de novios.

He observado su chepa; también su culo de señora, claro. Definitivamente, parecía un jorobado de Notre Dame atormentado por sus deudas.

He debido de hacer demasiado ruido, porque, justo cuando estaba acomodando mi culo de nadador en la silla ergonómica, Appletree se ha dado la vuelta para saludarme y, aunque le he devuelto el saludo entusiasmado y por inercia, lo que he visto me ha dejado estupefacto: se había cortado el pelo, Paul.

Appletree había osado rasurarse ese bisoñé tan pobre y ya no se parecía a Krusty, el Payaso; bueno, sí, era Krusty en un campamento militar. O Krusty víctima de un accidente nuclear.

He encendido el ordenador y he comenzado a escribirte.

El hecho de que Appletree intente causar una buena impresión a Aline es ridículo desde cualquier punto de vista. Puede que pienses que lo de ese corte de pelo tan de saldo es quizás una casualidad, pero te aseguro que no, Paul, he comprobado que Appletree solo se lo corta cada tres meses y siempre lo hace justo después de que nos ingresen la nómina. Ya te he explicado que es miserable y tiene muchos problemas económicos. Por otra parte, tampoco necesita mucho más, el folículo piloso de Appletree es algo que ni siquiera el doctor Cabello podría arreglar.

Me divierte mucho pensar la inquietud que le está provocando la rapidez con la que tecleo; ahora mismo, no sabe que te estoy hablando de él; tampoco sabe que te escribo sobre Aline, y esta clandestinidad me resulta fascinante.

Al igual que con Avelino, poseo una capacidad espeluznante para hacer ver todo lo contrario de lo que soy, o todo lo contrario de lo que estoy haciendo.

Ahora mismo, finjo que trabajo de manera ávida, cuando, en realidad, escribo este diario. Ahora mismo, por ejemplo, podría simular que Clara continúa conmigo, solo tendría que descolgar mi teléfono móvil y decir «hola, mi amor», aunque no haya nadie al otro lado de la línea. Ahora mismo, me comporto como el candidato perfecto para que me hagan socio de la firma y me parece que esta capacidad de impostar es adictiva porque, a medida que te escribo, se me ocurren más excusas, más coartadas, más mentiras; incluso creo que podría disimular con Aline.

He querido contarte varias veces esta historia. No obstante, cuando lo intento, no soy capaz de hacerlo, borro el párrafo, una y otra vez.

Al principio pensaba que se debía a que soy un hombre cauto, alguien que jamás dejaría por escrito un comportamiento inadecuado, pero solo tengo que leer todo lo que llevo hasta ahora para desmontar esta teoría.

Luego ha asomado en mí cierto sentimiento de culpabilidad. Un sentimiento extemporáneo y sin ningún tipo de lógica. Y es que, cuando quedaba con Aline, no me sentía mal por estar casado, recién casado, Paul, lo que resulta de una hipocresía extraordinaria; la misma hipocresía que quizás mantengo ahora, al haber decidido deliberadamente ocultar la muerte de Clara.

Pero no es por hipocresía por lo que no te he contado hasta ahora esta historia. Creo que, si no te confieso lo de Aline, es porque estoy avergonzado; tan avergonzado que ni siquiera te lo puedo describir.

Cuando pienso en esa aventura, todo me parece irreal, incluso trivial, pese a que engañar a una mujer recién casado no sea trivial en absoluto. Lo que quiero decir es que veo muy lejano el mundo que viví con Aline, lo que aprendí de ella, incluso el hombre que era con ella; sí recuerdo, en cambio, estar verdaderamente triste cuando me dejó y creo que es eso lo que me avergüenza.

Cuando Aline decidió terminar nuestra historia, sentí toda la tristeza que no soy capaz de sentir ahora; aunque es cierto que nunca me habían dejado y la intensidad de las sensaciones que te suceden por primera vez es única, ¿verdad?

La primera picadura de avispa, la primera herida, el primer orgasmo. Después, cuando todo vuelve a suceder, no es tan intenso, dado que ya has pasado por ahí, tu cuerpo recuerda las respuestas, tu mente el dolor, la angustia, el placer. No es que sientas menos, es que ya sabes lo que vas a sentir.

Sin embargo, quedarse viudo es la excepción a esta regla, claro, porque yo, ahora mismo, no sé ni lo que siento.

Aline fue la primera mujer que me abandonó y, a pesar de que no lo hizo de una manera tan irrevocable como Clara, sentí por primera vez la impotencia de no poder estar con la persona con la que quieres estar en el momento en el que quieres estar con ella.

Admito que me dolió que tuviese tan claro que nuestra versión de *Atracción fatal* debía terminar. No pienses que Aline me dejó un conejo dentro de una olla con agua hirviendo, ni que ella entablase una relación obsesiva con Clara como Glenn Close en esa película, pero nuestra historia sí era una especie de atracción fatal: algo tan adictivo como indebido; quizás más por la relación jerárquica que por mi estado civil.

Aline se mostraba totalmente impasible ante el hecho de que yo estuviese casado, recién casado. Y yo también, lo que me convierte, con toda probabilidad, en alguien más perverso todavía que el personaje de Michael Douglas, porque puede que él sí estuviese sufriendo cierto tedio en su relación; yo no. Y Michael se dio perfecta cuenta de que tenía que acabar esa aventura como fuese; yo no.

Yo no quería terminar con Aline. Tampoco pienses que habría dejado a Clara por ella. A mí me gustaba estar con las dos; me encantaba estar con las dos. Ser el amante de Aline me hizo mejor amante en general, incluso con Clara; y ser el marido de Clara me hizo mejor persona en general, incluso con Aline.

Por eso creo que no quería renunciar a ninguna; fui un inmaduro, un egoísta, Paul, me hago cargo, aunque en ese momento fuese incapaz de verlo.

Aline, en cambio, tenía muy claro lo que quería de mí y el tiempo que lo quería tener. Eso es algo de lo que me di cuenta meses más tarde cuando, en el fondo, seguía recuperándome de su abandono. Y me parece que tardé tiempo en asimilarlo, porque nunca me dio una explicación.

Tampoco yo se la pedí, Paul, incluso no sé si tenía derecho a hacerlo; al fin y al cabo, yo era el que estaba comprometido y ella era una mujer libre que podía hacer lo que quisiese, ¿no?

Cuando Aline se marchó de Madrid y, por lo tanto, de mi vida, no pude compartir con nadie esa vorágine de sentimientos. Era una relación clandestina e inapropiada. Con todo, si no lo hubiese sido, a lo mejor tampoco lo habría hecho. Soy extraordinariamente reservado para el dolor, parezco condenado a escapar de cualquier duelo. No puedo vivir ahora el de la muerte de Clara como no me fue posible vivir entonces el de la ruptura con Aline; aunque a lo mejor tampoco debería elevar el abandono de Aline a la categoría de duelo.

No lo sé, Paul, no encuentro las palabras correctas que definan la ruptura de un amante, lo que sí recuerdo con nitidez es sentirme más triste que ahora. Luego se me pasó, claro. Además, es entre los treinta y los cuarenta cuando te realizas profesionalmente, o personalmente, o no te realizas en absoluto y te vuelves incapaz de gobernar lo que te queda de vida.

En todos estos años, me ha dado tiempo a ser padre, me ha dado tiempo incluso a enviudar, aunque todavía me cueste conjugar este verbo.

Y sé que Aline también ha evolucionado; o eso parece. Desde que se marchó a Nueva York, no hemos vuelto a coincidir. Gracias a mis fuentes, supe que se casó y que no ha tenido hijos. Mi fuente es su Facebook, Paul, tampoco me voy a hacer el interesante. Sí, gracias a Mark Zuckerberg, me enteré de que Aline, al poco tiempo de salir de Madrid, se casó con un ejecutivo americano, extremadamente capitalista y financiero, como ella. Su marido resultó ser lo más parecido a mí, pero en versión más adulta; un yo con diez años más. No un yo diez años después, que me he convertido en un viudo encubierto y con cara de cabrón. El hombre con el que se casó Aline era como yo me proyectaba en esa época diez años más tarde, es decir, socio de una multinacional, con éxito y poder.

En su día, me puse celoso. ¿Puede un hombre casado estar celoso de que su amante se case con otro? Quizás fue en esa época cuando me convertí en un cínico; quizás fue en esa época cuando la cara me empezó a cambiar, pero yo no me he dado cuenta hasta ahora y en todo este tiempo el cinismo se ha expandido en mi cuerpo como la alergia de mi primera exnovia. Quizás es el cinismo lo que me ha acompañado desde entonces y por eso ahora, cinco minutos antes de las doce del mediodía, voy a entrar en el baño para comprobar si estoy lo suficientemente guapo a fin de causar la mejor de las impresiones en el reencuentro con mi antigua amante, a pesar de que todo aquello me parezca trivial.

Sigo contándote luego, Paul.

He subido en el ascensor sin esperar a que viniese Appletree, que ha entrado en el baño justo cuando yo salía. He notado que había cambiado de fragancia; ya no huele a pachuli. He intuido que Appletree se ha rociado con lo que creo que es algún desodorante de los que pretenden activar las feromonas, lo que, en su caso, le hace más ridículo todavía. Por supuesto, no hemos cruzado una palabra.

También en el ascensor, pensaba en la manera correcta en la que debía saludar a Aline: dudaba si darle los dos besos de cordialidad, castos y que solo podrían reflejar cierta familiaridad y simpatía frente a una antigua colega de trabajo con la que vuelves a coincidir, o darle la mano. Recuerdo que Aline siempre saludaba a los clientes con un apretón de manos fuerte y vigoroso, como el que das al director del banco cuando firmas un préstamo hipotecario, era una de las cosas con las que estaba obsesionada cuando era mi jefa. Aline decía que las personas que saludan de otra manera no son de fiar y que un gesto suave le recordaba a un pene flácido. Bueno, eso me lo dijo a mí, en la intimidad poscoital, no pienses que Aline era una pervertida que hablase de sexo con sus subordinados.

Esta mañana, darle la mano habría sido forzado, incluso esperpéntico, por lo menos por mi parte. Me parecía ridículo y sospechoso saludar de esa manera tan impersonal a mi antigua jefa, teniendo en cuenta la intimidad que habíamos compartido.

Pero entonces, el destino, o simplemente su superioridad jerárquica, se ha vuelto a imponer. Cuando he abierto la puerta, Aline hablaba de pie con Hildur. Estaba igual que la recordaba, incluso mejor. Iba vestida con un traje de chaqueta de color rojo que se ajustaba de manera discreta a su espléndida figura y llevaba unos zapatos de tacón alto y estrecho, de color crema; me recordaban a unos Christian Louboutin que Clara custodiaba como si fuesen una tiara de *the Queen*. Aline estaba muy morena, parecía recién llegada de unas vacaciones en Bahamas, lo que contrastaba de forma agresiva con la piel lechosa de Hildur, que hoy llevaba un vestido amarillo chillón y me recordaba a un canario vigoréxico que se hubiese pasado con los anabolizantes.

Me he acercado a las dos con la mejor de mis sonrisas y, cuando he pronunciado en voz alta el nombre de Aline y me disponía a darle dos besos, me ha tendido la mano. Así, sin más, no ha habido ningún tipo de indicio por su parte que sugiriese que nos podíamos saludar de otra manera: Aline ha acotado su espacio personal frente a mí, con su mano como escudo protector.

Mientras nos estrechábamos la mano, sonreíamos y nos

mirábamos a los ojos, hemos pronunciado a la vez la misma frase («¡Cuánto tiempo!»), una fórmula anodina y típica, la última frase que habría elegido si hubiese tenido la oportunidad de pensar con claridad; también la primera que habría pronunciado cualquier persona aburrida y carente de las mínimas habilidades de comunicación, la primera que habría pronunciado alguien como Appletree.

Entonces, acto seguido, de sus labios carnosos han salido las palabras que más daño me podían hacer y que han retumbado en mi cabeza el resto del día.

—¿Qué tal Clara?

De todas las primeras preguntas posibles que pensaba que Aline me haría, ninguna era tan directa como aquella. Aline no ha dicho «qué tal todo» o «qué tal la familia»; era como si hubiese tenido una premonición, como si supiese que había pasado algo importante al respecto. Aline había dirigido toda su atención a la figura de Clara, algo que tampoco tenía demasiado sentido, dado que, mientras duró nuestra aventura, nunca pronunció su nombre, nunca hizo ningún intento de hablar sobre ella, es el acuerdo más tácito de cualquier relación inapropiada.

Le he respondido entusiasmado que todo iba perfecto, incluso me he atrevido a decirle que luego le enseñaría las fotos de nuestros niños, que eran guapos y mayores. Entonces he vuelto a sentir el flato; he vuelto a sentir esa punzada breve e intensa en la boca del estómago, un calambre que ha estado a punto de doblarme, como si hiciese una reverencia en un acto protocolario.

Lo más grave ha sido que, en ese momento, las manos me han empezado a sudar porque, cuando me pongo nervioso por algo, me sudan las manos. Soy consciente de que Aline se ha debido de percatar de mi reacción infantil e inmadura, como de adolescente con acné y papel higiénico en la mesilla de su habitación. También estoy seguro de que ha debido de pensar que me sentía como un becario pervertido, un becario nervioso, como cuando Monica Lewinsky se sonrojaba si veía que Bill sacaba un habano; un becario que se siente como todas las personas que alguna vez han sido derrotadas en el terreno afectivo: humillado e insignificante.

Aline ha debido de pensar con toda seguridad que me afectaba su falta de sentimiento con su mano tendida, cuando en realidad, Paul, en ningún momento he pensado que su manera de saludar fuese un tema personal. Al fin y al cabo, lleva viviendo en Estados Unidos muchos años y allí puedes sodomizar a tu jefe en los baños del edificio si la empresa lo requiere, pero saludar con dos besos puede considerarse acoso sexual. Lo que Aline no ha ni siquiera sospechado es que han bastado tres palabras suyas para hacerme sentir la persona más miserable del mundo.

—¿Qué tal Clara?

Me he sentido un villano cuando le he mentido a mi antigua amante sobre el estado actual de mi mujer. Sin duda alguna, soy un viudo irrespetuoso, Paul, un viudo cabrón por no publicitar la muerte de Clara y no organizarle un funeral. Y ahora no puedo cambiar las cosas.

He buscado refugio en mi asiento, intentando mantener la cabeza fría y gestionar la cantidad de sensaciones que estaba experimentando en mi interior; me sentía como una olla a presión a punto de pitar. Dos minutos más tarde, ha llegado Appletree, a quien Aline también ha tendido la mano. Appletree no ha tartamudeado y he oído que se atrevía a darle la bienvenida, como si fuese él el jefe o, desde luego, alguien mucho más capacitado que yo. En condiciones normales, habría tenido ganas de cogerle esa barba y clavársela a la mesa con una chincheta, pero seguía paralizado.

El resto de los directores han ido llegando en los siguientes minutos y Aline ha hablado: un discurso impecable, corporativo, inspirador. Todos los asistentes parecían embobados con ella, yo también, aunque no retenía nada de lo que decía. Al fijarme en sus manos, he visto que no llevaba alianza; he descartado que se la hubiese quitado por una hinchazón de dedos fruto de la presión del vuelo, Aline conservaba unas manos impecables de pianista, con las uñas arregladas con pulcritud. No puedo asegurar tampoco que Aline haya terminado su relación de señora casada con ese ejecutivo agresivo, al fin y al cabo, yo sigo llevando alianza y soy viudo. Quizás se haya quitado ese anillo porque quiere ser libre durante su estancia en Madrid.

Esta mañana, y solo como parte de la preparación de esta reunión, he revisado su Facebook. Hace un par de años que no publica nada, por lo que no he podido deducir su estado sentimental actual; aunque también es verdad que ya nadie publica nada en Facebook. Me siento ridículo, Paul, quedarme viudo me ha convertido en un ser anticuado, alguien que consulta redes sociales que ya no se utilizan. Me pregunto si acabaré como esas personas mayores que no saben sacar dinero de los cajeros ni emitir transferencias por internet.

Aline ha continuado hablando y yo me he seguido fijando en ella. Hacía ademanes suaves con los brazos y de vez en cuando se apoyaba sobre un pequeño atril y cruzaba las piernas; todavía son fabulosas: tonificadas, sin resultar agresivas, coronadas por un tobillo fino y delicado. Aunque llevaba medias, he recordado todos los detalles del tacto suave de esas piernas. Mi mente me ha trasladado a la pedicura impecable que siempre llevaba. A Aline la volvía loca que juguetease con los dedos de sus pies, y a mí más. No es que sea un fetichista de los pies, Paul, pero los de Aline eran algo que a cualquier hombre heterosexual le habría llamado la atención; también a ti. Entonces, me he excitado.

Sí, Paul, lo reconozco, he sentido deseo sexual; ha sido la primera erección de estas tres semanas. Desde que Clara se marchó, no había tenido ningún tipo de necesidad fisiológica, ni siquiera un inocente impulso masturbatorio, es como si me hubiese apagado.

Te confieso que, en algún momento de estos días, se me ha pasado por la cabeza la posibilidad de haberme convertido en frígido, si es que un hombre puede ser frígido, que tampoco lo sé; pero ha sido empezar a analizar a Aline y experimentar una erección; una sensación de *déjà érecte*. Y es que, por encima de todo, lo que me unía a ella era el sexo. Con Aline, Paul, el sexo era adictivo.

Quizás fuese por la clandestinidad: en todo lo clandestino, siempre subyace algo excitante porque está mal y eso es lo que genera más adicción, el ser humano es así de perverso; o puede que fuese a causa de que Aline me sacara diez años, ya te he hablado del encanto de la mujer madura. No es que Aline fuese Brigitte Macron, pero, cuando iniciamos nuestra aventura, a mí me parecía una mujer liberada, que lo único que quería era divertirse, y yo me mostraba como un aprendiz encantado de absorber todo ese conocimiento.

Puede que te parezca inmoral que mi estado de aletargamiento haya desaparecido con Aline. No obstante, ha sido así, es como lo de mi cara de cabrón, son cambios fisiológicos que estoy experimentando y, como por encima de terapeuta eres doctor, o eso creo, tampoco te voy a negar mis síntomas.

Además, me ha gustado; ha sido como recuperar una sensación de mi antigua vida. Volver a estar erecto significa que quizás me recupere; significa que, en algún momento, quizás rescate algún aspecto de mi vida anterior, de mi yo anterior, cuando no era viudo, cuando tenía relaciones sexuales. Y para mí eso es importante, Paul.

Debería sentirme avergonzado. Debería incluso borrar

estas líneas, porque en este estado civil calamitoso, en este estado que es gris y trasnochado, solamente tiene cabida una existencia monacal. Y, sin embargo, me ha gustado; el reencuentro con Aline me ha hecho reencontrarme con una parte de mí mismo.

Tampoco quiero que creas que pretendo convertirme en un *playboy* desatado que se dé al fornicio sin límites, no soy uno de esos recientes divorciados que causan furor entre las féminas que están en segunda vuelta; no quiero parecerme a las típicas personas a las que la vida les ha dado la oportunidad de aparcar matrimonios infelices y ahora se dedican a practicar sexo sin compromiso y curarse de clamidia. Mi matrimonio no fue infeliz, Paul, y aunque no quiero empezar a hacerme analíticas de enfermedades de transmisión sexual, como si perteneciese a algún club de *swingers*, recuperar la posibilidad de excitarme hace que me sienta menos perdido en esta transición de mi vida.

Cuando Aline ha dado por finalizada la reunión, eran casi las dos de la tarde.

He sopesado ir a casa a comer, pero me he fijado en que se había puesto a llover y, con toda probabilidad, perdería un montón de tiempo en el atasco.

La gente es torpe como norma general y conduce extraordinariamente mal cuando caen cuatro gotas, es más, no sé por qué existe tanta gente con derecho a conducir, me parece contraproducente, ¿tú qué opinas, Paul?

Es probable que te dé igual, tienes toda la pinta de no tener carné de conducir coches, solo motos. Apuesto a que, cuando llueve, te mueves de manera bohemia en los transportes públicos, con un echarpe largo atado al cuello.

He avisado a Vilma de que no iría, porque Vilma se enfada cuando no la aviso de las cosas y, aunque sé que no debería tener tanto miedo a las reacciones de mi empleada doméstica, ahora mismo dependo de ella como Britney Spears de sus tutores. He decidido escaparme al Starbucks que hay al lado de la torre.

Cuando he entrado en la cafetería, había mucho ruido y no te puedo decir que me haya molestado, dado que muchas veces el silencio que me rodea, como el de mi casa, a pesar de que en apariencia es sanador, me recuerda que estoy solo y, en cambio, pasar desapercibido entre cualquier murmullo elevado de conversaciones ciudadanas, o de ritmos frenéticos de ejecutivos con éxito, me serena.

He pedido un *bagel* de jamón y queso, un refresco enorme de café que va a acortar mi vida coronaria diez años y va a provocar que mi flanco crezca de nuevo, y me he sentado en una mesa discreta del fondo; la típica mesa del fondo que existe en todos los restaurantes y que la gente elige para momentos de intimidad, conversaciones subidas de tono o rupturas melodramáticas: la típica mesa que habría elegido para escaparme con Aline.

Clara solía decir que le enternecía la gente que almuerza sola y ahora creo que, como en la mayoría de lo que decía, Clara tenía razón.

Puede que jamás se lo reconociese en vida, y ahora que no está ya no tengo posibilidad de hacerlo, pero te aseguro, Paul, que era como el oráculo: es posible que almorzar solo resulte divertido en el caso de ser un escritor, un investigador o un artista, al fin y al cabo, no existe una actividad más entretenida en el mundo que la de imaginar las miserias ajenas de cualquier vecino de mesa. Por el contrario, lo único que revela un ejecutivo que come solo es que es siniestro y tiene problemas de adaptación. Y en mi caso particular,

Paul, además de comer solo, soy viudo y estoy en un Starbucks, creo que empiezo a tocar fondo de verdad.

En cualquier caso, ahora no tengo opción, aunque quisiera, no podría comer acompañado; ahora más que nunca debo evitar la posibilidad de que algún colega pueda sentarse a compartir tiempo y mesa conmigo; es en estos ratos cuando la gente aprovecha para ponerse al día en los temas personales y yo debo evitar cualquier situación que suponga el descubrimiento de la muerte de Clara.

Además, tampoco me encontraba solo del todo, me había llevado mi ordenador portátil y lo había dejado abierto de forma estratégica. Sí, Paul, en mi intento por no parecer una persona solitaria y marginada, me he llevado el portátil al Starbucks; he pensado que puede formar parte de mi uniforme, como lo hace el portafirmas o el cuaderno con el boli que cojo cuando voy a las reuniones. Además, en el caso de que algún socio baje a tomarse un café y se percate de que estoy sentado a la mesa del fondo, me verá concentrado en la pantalla y pensará que soy lo suficientemente *workaholic* para ser uno de ellos; estarás de acuerdo conmigo, Paul, en que es una estrategia brillante.

El caso es que he aprovechado para trabajar un poco en el asunto de Carlos Álvarez. He reservado el hotel de París y debo decirte que la morada que he elegido corresponde a un hotel que en apariencia es muy lujoso y se encuentra en un edificio emblemático, colindante con las arcadas de la *rue de Rivoli* y del museo del Louvre. Estoy convencido de epatar a Carlos.

En realidad, este alojamiento nos sale muy barato, puesto que la firma tiene un convenio con el dueño por el que optimiza sus cargas fiscales a cambio de aplicar siempre unas tarifas de motel.

He escrito también a la agencia de viajes para que tramiten los billetes de avión y luego he aprovechado para intentar ponerme al día con el correo electrónico. Pero, entonces, he recibido una comunicación que me ha perturbado por completo.

Al principio he pensado en reenviártelo; justo después, me he dado cuenta de que no entenderías nada, porque primero debería ponerte en contexto, además, tampoco tengo tan claro que te vaya a enviar este diario, no sé, Paul, estoy hecho un lío.

Solo sé que me he puesto a escribirte y que, mientras lo hago, el *bagel* que he pedido permanece impertérrito como todo buen producto de plástico y mi café empieza a parecerse a una diarrea de caniche, pero me da igual, Paul, ahora mismo no hay nada más importante que contarte lo de ese correo tan cruel.

Déjame ponerte en antecedentes: la firma organiza anualmente en algún lugar de los Alpes un campeonato de esquí que dura tres días y en el que compiten representantes de todas las oficinas del mundo. Lo llevan haciendo desde siempre, desde incluso antes de que yo entrase a trabajar, mucho antes de que se pusiesen tan de moda los *team buildings* y demás tonterías que supuestamente desarrollan lazos afectivos entre colegas.

Las reglas del concurso siempre han sido las mismas; se organizan equipos de cuatro personas, voluntarios que al parecer dominan el deporte alpino y entre los que tiene que haber como mínimo una mujer y un miembro que sepa hacer *snowboard*. Una vez concretados esos grupos, una mano inocente determina en un sorteo quiénes son los agraciados que representen al país en la competición. Es una especie de Eurovisión deportiva.

No debería haberme puesto nervioso al recibir este correo, Paul, lo recibimos todos los años, pero en el caso de hoy era distinto. Hasta ahora, la competición no había vuelto a organizarse en Gstaad; no sé si conoces Gstaad, Paul, yo sí. Yo fui a Gstaad hace diez años. Yo fui a Gstaad con Aline.

El año en el que empezó todo, cuando recibimos el *e-mail* del sorteo de esquí, Aline comentó que iba a participar y le faltaba una última persona para su equipo que supiese hacer *snowboard*. Lo comentó de corrido, en voz alta, cerca de la fotocopiadora donde yo me encontraba, y no pude contener mi entusiasmo al responderle que yo era el hombre que estaba buscando.

No sé por qué lo hice, no había cogido en mi vida una tabla de *snow*; de hecho, ese deporte siempre me ha parecido de *hippies*, de deportistas que fuman marihuana y bajan las montañas escuchando rap. Yo siempre he sido de esquiar de manera elegante, como todas las personas burguesas de mi generación, algo así como James Bond en Cortina d'Ampezzo.

No creo que tuviese un interés desmesurado por ir con ella, pero sí quería darle a entender que era una persona dispuesta y con grandes habilidades deportivas. Además, siempre me ha parecido de pésima educación no complacer a mis superiores.

Fue un automatismo, una imprudencia, un desdoblamiento de personalidad; el mismo que experimento cada vez que cruzo las puertas de la torre y hace que sonría como un profesional entregado al capitalismo salvaje y a la cultura de empresa; el mismo que estoy sintiendo ahora cuando no le he dicho a nadie lo que me ha pasado.

Aseguré a Aline que no tenía ningún problema en hacer *snow*, porque sabía que la gente que domina el *snowboard* siempre dice *snow*, a secas, y lo dije con flagrante seguridad. No me preocupó mentir en aquel momento. La probabilidad de que en ese sorteo saliese mi nombre era infinitesimal y yo siempre he fingido de manera calculada, al fin y al cabo, soy financiero, domino los números y las hipótesis. Sí, Paul, siempre he pensado que era un experto calculando probabilidades.

Recuerdo sentirme satisfecho por haber sido el único de mis compañeros en apuntarse dentro de un equipo de directores. Y también recuerdo que ese orgullo se tornó en angustia cuando recibimos los resultados del sorteo. En contra de cualquier pronóstico estadístico, el equipo de Aline resultó ser el agraciado: fue mi primer síndrome del impostor, Paul, y ahora este correo electrónico me lo recuerda.

Quizás es que nunca he dejado de ser ese impostor.

Cuando gané el sorteo, llegué a casa y le comenté a Clara que, en cierta medida, había exagerado mi currículo deportivo; también que tenía que aprender a hacer *snow* en menos de cuatro semanas. Clara, que siempre fue resolutiva y ágil, ni siquiera me juzgó; comprendió la gravedad de la situación y se puso en modo ejecutor.

Aquel fin de semana, me llevó a un centro comercial a las afueras de la ciudad, un centro comercial con una pista enorme de nieve artificial que simula una montaña.

Recuerdo esa porquería de pista con pretensiones y a una monitora insolente que no debía de tener más de dieciocho años y que se llamaba Heike; precisamente, Heike era suiza y había venido a España de intercambio, me imagino que aburrida entre tanta vaca montañosa y gente cumplidora y formal.

Heike me explicó en un español muy abstracto que el *snow* era «rodillas y trasero» y yo sonreí fingiendo entender la broma. Me dispuse a imitar sus movimientos y en menos de treinta segundos ya me había caído de rodillas. Me levanté del suelo enfadado, herido en mi orgullo de varón de veintitantos años, sobre todo al observar cómo Clara me miraba estupefacta desde la cafetería.

Recuerdo que Clara me hizo una señal con el pulgar, dándome ánimos, como si fuese una emperatriz romana y me estuviese perdonando la vida en el coliseo. Le sonreí y volví a perder el equilibrio; esta vez caí de culo.

Heike empezó a despotricar de mala manera y a decirme que era un vago y que me pesaban las partes más nobles. Y yo volví a sonreír porque poseo esa capacidad de parecer afable, pero, en el fondo, esa preadolescente engreída me estaba haciendo sentir como una señora mayor con problemas de movilidad, algo parecido a Paul McCartney en sus últimos tiempos.

En las dos horas que duró la clase, a pesar de tener la sensación de haber culminado sin éxito una *spartan race*, no aprendí a sostenerme en esa tabla tan perversa y lo único que hice fue dañarme las rodillas y el trasero, como bien había anticipado Heike.

Enseguida me di cuenta de que era improbable que pudiese aprender *snow* en los tres fines de semana siguientes, y menos en aquel centro comercial del extrarradio.

Se lo comenté a Clara, buscando un poco de alivio, un refugio, quizás una idea que pudiese resolver aquella mentira en la que me había metido de una manera tan voluntaria como estúpida. Y entonces ella me miró con solemnidad y, como seguía comprendiendo la gravedad de la situación, me llamó gilipollas.

Me llamó gilipollas, Paul, y eso era muy grave porque Clara nunca hablaba mal; tenía una corrección exquisita que le salía de manera innata, natural, sin necesidad alguna de controlar cualquier impulso blasfemo.

Comprendí que estaba jodido de verdad y decidí hacer lo que todos los impostores cuando sospechan que se acercan al abismo peligroso de ser descubiertos: manipular y volver a mentir.

Las siguientes dos semanas, intenté convencer a Aline y a los dos directores de su equipo de que, con el fin de dejar a nuestra oficina en un puesto honorable, o como mínimo digno, debíamos entrenar y, por lo tanto, aumentar de modo notable la duración de nuestro viaje. A mí me daba exactamente igual la posición de nuestra oficina, a diferencia de cualquier francés como tú, no soy demasiado patriota, solo necesitaba esos días extra para contratar a una profesora particular que me enseñase a hacer *snow*; de esa manera, nada podría delatar mi pequeño engaño y llegaría a la competición como el Alberto Tomba de la tabla.

Sin embargo, tanto Aline como el resto del equipo ignoraron mi propuesta.

Mi seguridad inicial sobre el conocimiento del *snow* les había parecido tan aplastante que, a pesar de mis intentos por intentar confesar que quizás no tenía un dominio tan indiscutible de ese deporte, a todos les pareció que estaba siendo demasiado humilde. Sí, Paul, me animaron incluso a creer que seguramente lo haría mucho mejor de lo que pensaba.

Y llegamos a Gstaad.

Me encantaría decirte que confesé mi fechoría. Me encantaría decirte que fui adulto y admití que no tenía ni puñetera idea de hacer ese deporte tan cutre. Me encantaría decirte que tanto Aline como el resto del equipo se rieron y que todo quedó en una anécdota sin importancia. Y no puedo, Paul. Aquel viaje a Gstaad fue el desencadenante de mi deslealtad a Clara por primera vez; pero creo que no voy a hablarte ahora de ese tema.

Tengo la sensación, Paul, de que, ahora que Clara se ha apeado de mi ruta y debo hacer el resto del trayecto solo, el mundo parece recordarme que, en algún periodo de mi relación con ella, no fui todo lo correcto que se esperaba; ni todo lo fiel que le había prometido. Eso es lo que me desestabiliza; es como si, desde que se ha ido Clara, todo girase en torno a Aline; como si el destino me estuviera enviando señales de ese comportamiento errático, y algunas veces pienso si me estoy volviendo loco, pero también lo dudo porque me sigo considerando una persona de naturaleza reflexiva.

Puede que no lo haya dicho en el trabajo por temor a que me pase factura; puede que no se lo haya dicho a Cataclismo porque no me atreva, puede incluso que tenga un comportamiento huraño más propio de un campesino que hiberna en las montañas que de un directivo de multinacional, pero te aseguro, Paul, que soy consciente de la situación.

Soy consciente de mi viudedad, incluso cuando me imagino que Clara está en la habitación de al lado o cuando pienso que ha preparado café. Ni estoy en una etapa de negación ni vivo en una realidad paralela como si fuese la señora March.

A lo mejor no es el destino, y es Clara quien me está castigando desde el universo en el que se encuentre y me hace ver que se ha percatado de mi engaño.

Sí, Paul, tal vez Clara, en lugar de manifestarse como un espíritu rebelde y esotérico, algo que me asustaría y conduciría irrevocablemente al gabinete de alguna médium estafadora, me está enviando mensajes sutiles a través de situaciones cotidianas, en apariencia inofensivas, pero que me hacen estar en constante alerta; como lo de ese viaje a Gstaad, que nunca debería haber sucedido y que ahora vuelve a mí como un bumerán cargado de reprobación.

Es extraño que ahora, justo en el momento en el que me pueden hacer socio, justo en los días más complicados de mi vida, me encuentre de nuevo con Aline y el campeonato de esquí de la firma vuelva a organizarse en Gstaad.

Aquella estancia en Gstaad me convirtió en un marido infiel por primera vez; en un amante profesional, en alguien en quien no debería reconocerme y sin embargo era yo, como sigo siendo yo ahora, aunque tenga otra cara o menos pelo o un pequeño flanco.

Siempre he sido yo porque todos tenemos esa dualidad de Dr. Jekyll y Mr. Hyde, ¿verdad, Paul?

A lo mejor fue por eso por lo que nunca me sentí culpable por engañar a Clara y a lo mejor es por esa dualidad por la que ahora, a destiempo y en el momento menos oportuno de todos, es cuando me doy cuenta de que fui un ser despreciable, tan despreciable que ni me atrevo a contarte los detalles de aquella infidelidad.

Qué más da, Paul, el hecho es que fue en Gstaad donde empezó aquella conexión electrizante con Aline y fue en Gstaad donde debería haberse quedado, pero nos enganchamos de modo recíproco.

Aline parecía igual de seducida conmigo. Aunque fuese su subordinado, aunque tuviese diez años menos que ella, aunque estuviese casado y ella supiese mejor que nadie lo dolorosas y complicadas que son las rupturas. ¿Puede ser que Aline me utilizase? ¿Que se vengase de alguna relación anterior acostándose con un hombre felizmente casado?

Quizás estoy sacando las cosas de quicio.

Es posible que pienses que es mi mente y que es una reacción habitual en el duelo, que la mayoría de lo que hago me hace pensar en Clara de forma indirecta y, como gran parte de mi ocupación es recibir correos electrónicos, todos me lleven a ella.

Pero esto es distinto, Paul, es extraño que repitan Gstaad. En estos diez años, los campeonatos se han celebrado en todo tipo de estaciones alpinas, desde Crans-Montana a Verbier, también recuerdo Champéry y Zermatt. Nunca habían vuelto a proponer Gstaad.

Gstaad no es ninguna coincidencia, no puede ser; además, ya no creo en las coincidencias, Paul. Empecé a dejar de creer cuando gané ese sorteo contra todo pronóstico. Y, ahora que Clara se ha marchado tan joven y de una manera tan absurda como repentina, he dejado de creer definitivamente en el azar.

Diría con total seguridad que Clara me está mandando mensajes desde el exterior, Paul; no es algo tan extraño que, en las muertes repentinas, los finados se queden con ganas de transmitir algún mensaje, ¿verdad?

Debo dejarte. Acaban de entrar en el Starbucks Aline, Hildur y Appletree; están en la barra pidiendo la comanda. A Hildur y a Appletree la encargada les ha dado una botella de agua, me imagino que era lo más barato. Aline acaba de recoger su *bagel* de jamón y queso, un *bagel* exactamente igual que el mío.

¿Ves como tengo razón y todo esto son señales?

He decidido acercarme a su mesa.

Puedo admitir que Clara me esté enviando señales por mi mal comportamiento durante nuestro matrimonio, pero no voy a tolerar que el paquidermo de Hildur (y su mascota Appletree) intenten embaucar a Aline con méritos inexistentes o capacidades impostadas.

He dejado en mi mesa el *bagel* y el café asesino, y he llegado al grupo yo solo, con mi portátil debidamente cerrado y una sonrisa solícita como si acabase de completar una transacción millonaria. Los he saludado y Hildur, que cuando quiere no es tan malvada, me ha invitado a unirme a ellos.

Lo primero que ha hecho es preguntarme por la preparación de mi viaje a París. Les he contado en un tono ameno y distendido todas mis averiguaciones sobre Carlos Álvarez, y Aline reía ante mis reflexiones sobre los productos de la teletienda. Hildur también se mostraba sonriente, pero solo porque Aline reía, sé con seguridad que ella es la clásica consumidora de todas las mentiras que anuncian por esos canales y la puedo imaginar perfectamente a las dos de la mañana dándose placer con el mismo modelo de masajeador cervical que compré yo ayer.

No te puedo describir la reacción de Appletree porque no le he mirado en los veinte minutos que ha durado la conversación. De hecho, he utilizado todas mis armas dialécticas para que no pudiese intervenir ni una sola vez, marginándole y haciéndole ver que no podía aportar ningún dato interesante. Debes comprender, Paul, que todavía andaba algo molesto por su atrevimiento al tratar de parecer una persona con cierta valía en la reunión de esta mañana. Ahora que escribo esto, me pregunto si Appletree también habrá consumido alguno de esos productos absurdos, como una cama hinchable o un alargador de pene. Seguro que sí, le imagino pagando alguno de esos cachivaches en interminables cuotas de veinte euros.

He insistido en que me hacía especial ilusión poder ir a París, aunque solo fuese por unas horas. Sentía auténtica debilidad por esa ciudad y ha sido en ese momento cuando he notado que Aline pisaba de nuevo mi terreno; incluso he percibido un leve sonrojo. He de decirte, Paul, que lo he hecho de manera deliberada, quería transportarla al momento en el que estuvimos juntos allí.

Luego nos hemos levantado, muy apresurados porque ya

había pasado más tiempo del reglamentario que se nos permite no estar tecleando frenéticamente ni ganando dinero para la firma, y hemos vuelto a la torre.

Al salir del ascensor y en el largo recorrido que me separaba de mi mesa, ha sonado mi teléfono: era un número desconocido.

Antes de que todo pasara, solía rechazar de forma sistemática esas llamadas porque ofrecen promociones absurdas de compañías de teléfono, o cambios en las tarifas eléctricas, o publicidad de tarjetas de crédito leoninas que te conducen irremediablemente a la ruina y a la exclusión social, pero ahora es distinto; ahora no me permito ignorar los números de teléfono extraños, ya que puede ser importante.

La última llamada que cogí de un número desconocido fue para pedirme que acudiese a un lugar, un lugar en el que me dieron la noticia más impactante de toda mi vida. Sí, Paul, creo que tardaré mucho tiempo en volver a ignorar la llamada de cualquier número desconocido.

En todo caso, tampoco habría podido hacerlo. No descolgar el teléfono delante de Hildur o de Aline me habría hecho parecer altivo, indisponible; habría parecido que estaba ocultando algo. En aquel momento, flanqueado por ellas, debía mostrarme seguro de mí mismo y sereno. He descolgado con un tono vivo y envolvente, creo que incluso he sonreído, pero, al oír a mi interlocutora, Paul, no he podido pronunciar ninguna palabra más.

Ana, la abuela de Clara, el único rastro que queda de su familia.

Ana tiene noventa y dos años, y, aunque me encantaría presentártela como una dulce abuelita, cariñosa y atenta, que teje confortables bufandas y prepara exquisitos manjares cuando vamos a verla, no puedo. Ana es un ser mezquino y manipulador, a pesar de que me fascine que siga conduciendo su Volkswagen de color crema y haga tres sudokus diarios. Ella dice que es para mantener la mente ágil, pero yo sé que lo que busca es desestabilizar a las cuidadoras que tiene, a quienes se refiere despectivamente como «negras iletradas». Ana también lee revistas de divulgación científica, pese a no haber ido a la escuela porque era rica y la educaron en su casa.

La conversación ha sido breve; quería saber si ya había decidido qué iba a hacer con las cenizas de su nieta. Y quería confirmar la fecha del funeral, dado que necesitaba organizarse, como si Ana tuviese una agenda propia de Isabel II. Me he quedado en silencio, emitiendo una especie de onomatopeyas de asentimiento mientras sonreía a Aline y a Hildur, y buscaba desesperadamente una escapatoria. He pegado el teléfono a la oreja como si eso fuese a amortiguar el monólogo al que estaba asistiendo.

Ana ha pasado a su queja habitual de lo irritante que es saber que tiene bisnietos tan jóvenes y llenos de vida que nunca se preocupan por ella, ni la visitan, y se limitan a crecer como pequeños egoístas sin ninguna virtud. Ni rastro de una pequeña tristeza por la muerte de su nieta. Recuerdo que, cada vez que hablaban por teléfono, Clara acababa sintiéndose culpable: culpable por estar viva, culpable por ser guapa, culpable por tener hijos pequeños que la necesitasen, culpable, al fin y al cabo, por tener toda una vida por delante; otra ironía más, Paul.

He conseguido separarme del grupo y llegar al vestíbulo. Seguía escuchando la perorata lánguida y amarga de Ana, y entonces ha sucedido algo terrible. En una fracción de segundo y debido al poco control que tengo con la sudoración de las manos cuando me pongo nervioso, y me imagino que también influido por el hecho de que tenía el teléfono pegado a la oreja como taponando una herida en el oído, he activado el altavoz.

He activado el altavoz mientras Ana, que ya estaba finalizando, ha dicho de manera nítida y extremadamente elevada que hiciese el favor de avisarle con tiempo para el funeral de Clara. También se ha referido a mí como un marido irreverente por no dar cristiana sepultura a su esposa.

Y me ha colgado.

Así, sin más.

Me ha colgado sin haberme dado tiempo ni siquiera a replicar. Patty y Selma me miraban de reojo y seguían tecleando en el ordenador, pero yo sé que estaban practicando la telepatía entre ellas y me iba a convertir en la comidilla del lugar. Les he sonreído mientras susurraba la palabra «alzhéimer», haciendo un gesto como si la persona con la que hablaba estuviese loca y he vuelto a mi sitio.

Ellas han seguido a lo suyo.

Me he sentado igual que si no hubiera pasado nada y he visto a Hildur y Aline a través de la cristalera del despacho; parecían enfrascadas en sus temas. Ni rastro de Appletree. Solo espero que ese inútil no se encontrase cerca de donde estaba hablando por teléfono.

A pesar de que he pasado el resto de la tarde intentando concentrarme en la preparación del viaje a París, no he conseguido hacer nada productivo. Estaba paralizado, Paul, me sentía fatigado, sin energía. Creo que ha sido por culpa de la conversación con Ana. Tiene razón, no estoy atendiendo la memoria de su nieta como debería, incluso de acuerdo con la educación que he recibido. Quizás, si Clara hubiese tenido otro tipo de estructura familiar, me sentiría más presionado con el tema de las cenizas, pero es que me encuentro verdaderamente solo para organizar las ceremonias tradicionales que suceden a cualquier despedida.

Clara era hija única y tampoco tenía padres, quiero decir, no tenía padres vivos. Los que deberían haberse convertido en mis suegros fallecieron de manera abrupta en un accidente de tráfico cuando ella era pequeña, por lo que quedó a cargo de la abuela Ana y su marido, un arquitecto acaudalado.

El teléfono ha sonado de nuevo: esta vez era Robert, el abogado, creo que ya te he hablado de él. He decidido contestar desde mi mesa, de manera monosilábica, ya había llamado suficientemente la atención en mi conversación anterior con todo el espectáculo del altavoz como para levantarme de nuevo a atender otra llamada.

Robert me quería poner al día sobre todos los asuntos de Clara.

Me imagino que sabrás que una muerte conlleva una serie de trámites que suelen ser engorrosos y muy difíciles de gestionar, dado que debes ocuparte en el momento en el que tu cabeza está peor que nunca. Te lo cuento por si jamás te hubieses enfrentado a la muerte, Paul, y por mucho que seas un experto en decirnos a los pacientes cómo debemos afrontar un duelo y un pequeño cínico que ignora todos aquellos aspectos administrativos de las desapariciones a los que nadie con un mínimo de romanticismo se quiere enfrentar.

Robert me ha dicho que ya tiene en su poder el certificado de últimas voluntades de Clara. Se trata de un papel que indica si la persona fallecida cuenta con algún seguro de vida o ha otorgado testamento.

La verdad es que no me apetecía en absoluto seguir escuchándole, le había contratado precisamente para que me evitase todos estos trámites. Estaba a punto de colgarle cuando me ha informado de que se veía obligado a retrasar su cita con el notario al jueves, ya que mañana tenía un juicio y no estaría disponible en todo el día.

Me he quedado en silencio; me parecía no haber comprendido bien la palabra «notario», algo absurdo porque sé a la perfección lo que es un notario, Paul. No estaba entendiendo nada; era como si las palabras de Robert careciesen en aquel momento de cualquier tipo de significado.

Como seguía en silencio, Robert me ha preguntado si le había comprendido bien. Por supuesto, en uno de mis automatismos para no parecer fronterizo, he vuelto a mentir, a mi propio abogado, que es lo más absurdo que puedes hacer, después de mentir al terapeuta. Le he dicho que me mantuviese informado, como si supiese muy bien de qué me estaba hablando y he esperado pacientemente a oír cómo cortaba la comunicación.

Me he quedado en silencio, con la mirada fija, sosteniendo mi móvil mudo en la mano derecha mientras intentaba descifrar la información que acababa de recibir.

No sabía que Clara hubiese ido a un notario.

Tampoco que hubiese otorgado testamento.

Y, por segunda vez esta semana, me he levantado de la silla y me he marchado de la oficina. El reloj marcaba las 18.45. Creo que ni los viernes del mes de agosto me he atrevido a salir de la torre a estas horas.

TERCER DÍA

Miércoles, 26 de febrero de 2020

He pasado una de las peores noches de mi vida, Paul.

En el primer sueño, un notario gordo con chistera, monóculo y un puro, el tipo de hombre acaudalado de negocios que dibujan en los cómics o en la tapa del *Monopoly*, se presentaba en el trabajo y me decía que Clara me había puesto un detective y quería solicitar la anulación de nuestro matrimonio. El notario me entregaba un burofax en el que señalaba que Clara estaba verdaderamente enfadada por mis constantes infidelidades. Yo replicaba que la infidelidad había sido muchos años atrás y Patty y Selma comenzaban a grabar toda la escena con el fin de distribuirla por todos los canales de la firma.

Me he levantado empapado en sudor y he mirado el reloj del móvil, que marcaba las 3.48 de la madrugada. He ido a la cocina, me he servido un vaso de agua y durante treinta segundos me he alegrado de que fuese un sueño; luego me he dado cuenta de que soy viudo y me han entrado ganas de llorar, pero no he podido empezar y me he quedado quieto, con una especie de náusea entre la garganta y los ojos que se ha detenido en menos de un minuto.

No he podido conciliar el sueño en las siguientes dos horas.

He entrado en la habitación de los niños. Me ha dado

mucha envidia ver la placidez de su descanso; incluso rabia. He vuelto a mi habitación.

Me he fijado en que, en la estantería de obra que Clara diseñó, conservo una edición en francés de *Rojo y negro*, de Stendhal; una novela que no fui capaz de leer cuando estudiaba en el colegio, para disgusto de mi profesora de literatura, que era anciana, rubia y tenía un tono de voz molesto y agudo.

He buscado en internet a esa señora y he comprobado que seguía viva; se había retirado a la Bretaña y había publicado dos libros de poemas. Cuando he visto su foto, me ha parecido igual de anciana e irritante que hace veinticinco años. La he notado más morena. Luego he abierto el libro y he comprobado que seguía siendo igual de soporífero que entonces, pero, como ahora soy adulto, me he propuesto terminarlo; además, no tenía sueño.

Poco antes de las seis de la mañana me he quedado traspuesto. Esta vez he soñado con Clara. Había fingido su muerte como Julia Roberts en *Durmiendo con su enemigo*, solo que, en vez de desaparecer en un plácido lugar, había vuelto a casa para echarme. Sí, Paul, Clara había vuelto a la vida para abandonarme. En el sueño, llegaba a casa y me encontraba mis maletas en el vestíbulo. Clara me decía que me diese prisa porque iban a llegar Appletree y los niños, y no quería que montase ninguna escena; me decía que lo que más le gustaba de Appletree era su barba desordenada y su tono de voz. Afirmaba que Appletree era el mejor amante que había tenido y que pensaba concebir un hijo suyo, comprarse un monovolumen y mudarse a Los Ángeles a una casa como la de *La tribu de los Brady*. Me comunicaba que harían todo eso en las próximas semanas, una vez que nombrasen a Appletree socio de la firma. Ah, y que se llevarían a Vilma.

Afortunadamente, ha sonado la alarma para irme a nadar. El deporte me ha sentado fenomenal, Paul; de hecho, he pensado que a partir de mañana voy a ir media hora más a la piscina porque creo que estoy en una época de mucho estrés y debo mejorar mi forma física.

Cuando he vuelto a casa, los niños ya estaban desayunando. Cataclismo me ha enseñado el cuaderno de correspondencia y me ha puesto su cara de dibujo animado a punto de llorar: *madame* Merkel quiere verme el viernes por la tarde de manera urgente. He respondido «OK» y he firmado con un garabato que no es mi firma de verdad porque no conozco a *madame* Merkel y, después de todo este asunto del notario, quiero ser extraordinariamente precavido con las firmas.

Mi hija me ha pedido que no se lo cuente a su madre, tenía miedo de que se enfadase con ella.

¿Sabes, Paul? Es en estas situaciones en las que me siento como una persona horrible, como un padre verdaderamente cruel. Pensaba que ocultar el destino de Clara a Cataclismo la protegería de cualquier sentimiento de tristeza y me he dado cuenta de que solo lo hago por mí.

Me serena hablar de Clara en presente, me gusta pensar que sigue compartiendo conmigo realidades tan cotidianas como los deberes o las próximas vacaciones. Le he dicho a mi hija que no se preocupara, que sería nuestro secreto y que tampoco le debíamos contar todo a su madre. Cataclismo me ha dicho que no estaba bien tener secretos en la familia, que eso era lo que habíamos dicho siempre. Le he respondido que esto no aplica a los secretos en francés. Vilma, que había asistido atenta a toda la conversación, me ha mirado con ojos de enajenación mental transitoria y yo me he marchado de la cocina.

Esta vez, hemos salido de casa los cuatro a la vez, Cataclismo, Cornelius, Vilma y yo.

Iba a entrar en el ascensor con ellos, pero he decidido que prefería bajar por las escaleras, sigo sin acostumbrarme a bajar los cuatro. Hemos llegado al portal por separado y Avelino, ese conserje tan insolente del que te he hablado en alguna ocasión, nos ha mirado con incredulidad y sospecha.

Antes de que pudiésemos salir, me ha entregado un sobre; lo habían dejado a mi atención hacía escasos minutos. Lo he guardado corriendo en el bolsillo, no me podía ocupar de ese asunto en ese momento.

Cataclismo y yo nos hemos metido en el Smart y he conducido particularmente mal; iba lento, me paraba en los semáforos en ámbar, parecía haber perdido mis habilidades de circulación. Era como si no me importase que el resto de los conductores se colasen y me hiciesen las trampas que suelo hacer yo todos los días; incluso he dejado que uno de esos delincuentes que intentan limpiar los cristales de los coches por unas monedas terminase de ensuciar mi luna.

En un momento dado, Cataclismo me ha mirado y me ha dicho que qué me pasaba en la barba, que tenía parte de color blanco. Entonces, he detenido el coche en doble fila, he puesto el *warning* y me he observado en el espejo de cortesía del parasol.

He visto varias canas, Paul.

Normalmente suelo llevar una barba de tres días a causa de una piel muy sensible que me impide afeitarme como los hombres normales, pero es un estilo estudiado, me queda bien, de hecho, era el favorito de Clara. Y, a pesar de que nunca había tenido canas, me han salido tres; bueno, quizás alguna más, en todo caso menos de diez, suficientes para que mi hija reparase en el cambio de aspecto. A lo mejor es la tensión de estas semanas o puede que el hecho de haber enviudado haya acelerado la degeneración celular de mi cuerpo y me empiecen a crecer la nariz y las orejas, o me empiecen a salir pelos canosos también en esos orificios.

He decidido que, antes de irme a París, debería inspeccionarme a conciencia. Cataclismo me ha mirado con cara de auténtica angustia, pero yo le he dicho que no se preocupase, que por la tarde ya me habría afeitado la barba, que los pelos blancos salían porque es invierno y en invierno nieva. También le he dicho que esa era la razón por la que Papá Noel tiene esa barba blanca.

Cataclismo ha dicho que mi barba blanca la hacía sentirse sola.

Y no he sabido qué decir.

¿Qué puede saber una niña de cinco años de la soledad?

Ha debido de entender mi cara de estupefacción porque ha seguido explicándome que mi barba blanca me hacía mayor, que ella sabía que me moriría pronto y se quedaría sola. Aunque seguía completamente paralizado por sus palabras, he logrado fingir reírme mucho, de una manera muy poco espontánea, casi histérica. Ella se ha empezado a reír también, enseñándome varios dientes mellados propios de su edad, es una niña con mucha empatía y, si yo me río, ella se ríe, pero he sabido en aquel momento que algo no iba bien. Y he vuelto a perder otra ocasión para introducirle el tema de su madre. No he podido hacerlo, Paul, lo siento.

Hemos llegado a la puerta del colegio.

Era tarde, muy tarde, más tarde que nunca; solo quedaban los vigilantes de la puerta y alumnos rezagados de secundaria con aspecto de estar viviendo una crisis existencial y de mentir constantemente a sus padres.

Al no sentirme con fuerzas para mantener algún tipo de contacto visual con *madame* Merkel, le he dicho a Cataclismo que se bajase del coche, que ya tenía una edad para ir sola a clase y, como es bondadosa y comprensiva, me ha obedecido y se ha bajado diciéndome «adiós, papá».

La he visto alejarse de espaldas, con una mochila que es casi más grande que ella. Me he sentido un padre malvado y manipulador, aunque me he quedado en doble fila, vigilando en la sombra y solo por querer asegurarme de que no la secuestraban.

Cuando he visto que ya no había ningún rostro perturbador a mi alrededor, he sacado del bolsillo del abrigo el sobre que me había entregado Avelino y lo he abierto. Me temblaban las manos, estaba tan acelerado que he roto sin querer una parte del documento, pero el contenido permanecía íntegro.

He leído ese papel muy rápido, en diagonal, como si el hecho de hacerlo de esta manera fuese a acumular más rápido el conocimiento o fuese a amortiguar el impacto de lo que tenía que aprender.

Antes de seguir, debo confesarte algo, Paul.

Ayer por la tarde, cuando salí de la oficina, volví a llamar a Robert.

Con la excusa de que estoy ordenando los papeles de Clara, le pedí que, por favor, me enviase su certificado de últimas voluntades. Te habrías sentido muy orgulloso de la manera en la que interpreté mi papel. Le hablé con una voz tranquila, calmada, incluso animosa; una voz de tener todo bajo control y resultar un viudo cordial y atento; la voz de un marido ejemplar, que sabe cómo, cuándo y dónde su mujer ha hecho testamento porque confía en él y no guarda secretos administrativos.

Me quedé dentro del Smart actualizando compulsivamente la bandeja de entrada del correo y, cuando recibí el archivo de Robert, supe que Clara había realizado ese trámite tan funesto y clandestino pocas semanas antes de irnos de vacaciones, en concreto, el jueves 24 de diciembre, el último jueves 24 de diciembre que pasamos juntos.

Me sorprendió que Clara otorgase testamento un 24 de diciembre, que es un día en el que a nadie se le ocurriría cumplir con ninguna formalidad.

El 24 de diciembre, pese a ser laborable, nadie es productivo en su puesto de trabajo. El 24 de diciembre, en los bares, la gente honorable que no está obligada a acudir a trabajar se emborracha desde la hora del aperitivo con el único fin de llegar a las cenas familiares con el suficiente nivel de embriaguez para poder soportarlas. Y, si un 24 de diciembre alguien no está en ninguna de las dos situaciones anteriores, es porque se encuentra preparando la cena de Navidad, cocinando un pavo gigantesco que se resecará, reinterpretando recetas de salsas de ciruelas o de castañas de dudosa textura y planchando los manteles de hilo, que solo se van a sacar esa noche.

Recuerdo haber estado en la oficina ese 24 de diciembre, solo de presencia, por supuesto, en representación de mi equipo; Sylvia y Eric me pidieron vacaciones y, como sabía que les iba a denegar el resto de los días que me habían solicitado, fui un director benevolente y accedí a dejar que ese día no viniesen a trabajar.

Recuerdo a Patty y a Selma con una pandereta, poniendo villancicos en el móvil y descorchando cava porque son más vulgares que el resto de la planta y siempre se encargan de estas cosas. Recuerdo haber visto a Hildur con cara de *quarterback*, muy colorada por culpa del alcohol, alzando una copa y diciéndonos que había sido un gran año y que estaba muy orgullosa de su equipo. Recuerdo al memo de Appletree asintiendo a las palabras de esa borrachuza con una especie de matasuegras en el cuello; hasta recuerdo que iba vestido con unos pantalones naranjas de pana que le quedaban estrechos y resaltaban su culo de señora.

Jamás habría sospechado que, mientras tanto, Clara iba a un notario a otorgar testamento; a mis espaldas.

Ayer por la tarde, cuando recibí el documento de Robert, arranqué el coche y me dirigí a la notaría como si condujese una ambulancia.

Clara había sido práctica y había escogido una notaría cercana a nuestra casa. Llegué y tenían la puerta abierta. Me pareció de muy mal gusto que pudiese entrar sin llamar, como si aquello fuese un piso que acabasen de desvalijar y al entrar fuera a encontrar un cadáver en la alfombra del salón.

El vestíbulo estaba vacío; era una estancia amplia y diáfana, un concepto parecido al de nuestra pradera, pero en un piso burgués. Una mujer con gafas grandes, labios finos y peinado de perro de aguas atendía el teléfono en el mostrador de la recepción. Su belleza era tan poco ortodoxa como la de Cherie Blair; sí, era igual que Cherie, aunque con una permanente de los años ochenta. Resultó ser la primera oficial.

Me acerqué a ella sonriendo y detecté de inmediato que le molestaba mi presencia. Colgó el teléfono. Me dio las buenas tardes de manera seca y enseguida me desagradó el timbre de su voz. Le expliqué en un tono deliberadamente inofensivo, casi aflautado, que necesitaba la copia del testamento de Clara.

Me respondió muy segura de sí misma que ninguno de los tres notarios que trabajaban allí se encontraban disponibles en ese momento y que además necesitaba una copia en papel de muchos documentos, formularios que era evidente que no llevaba.

Me imaginé que hacía referencia a todos esos certificados que le entregué a Robert el primer día que le vi; también me pedía un documento que acreditase la identidad de Clara.

Me quedé un poco en blanco. Claro que no llevo algo tan macabro encima, Paul. Guardé su cartera, junto con sus efectos personales (los que me entregaron en la morgue), en una caja de cartón; una caja blanca que escondí en el trastero de mi casa y que no tengo ninguna intención de abrir en lo que me queda de vida.

Además, era Clara la que custodiaba sus papeles. Siempre he sido un egoísta administrativo y solo me he ocupado de mis asuntos, como la renovación de mi carné de conducir o de mi pasaporte. Clara era la encargada de organizar todos los documentos relevantes que se supone que debe poseer una familia, como las tarjetas de la seguridad social de nuestros hijos o sus DNI. Pero estoy seguro de que, aunque hubiese llevado todo encima, aquella boticaria con pretensiones habría saboteado mi petición de conseguir el testamento de mi mujer.

A pesar de decirme que sentía muchísimo no poder ayudarme, yo sabía que estaba mintiendo, sabía que estaba encantada de no atender mi solicitud; me recordó a todas esas funcionarias físicamente iguales que siempre obstaculizan cualquier trámite en cualquier registro o en la Agencia Tributaria porque hacerlo les provoca una sensación de poder. Una versión actualizada de la escena de la burocracia en la que Astérix intenta conseguir el formulario A-38 en sus doce pruebas. La oficial volvió a descolgar el teléfono y dio por terminada la conversación.

Cherie no sabía que puedo llegar a ser perseverante hasta el agotamiento. La miré con fijeza a los ojos y me quedé callado; sé que el silencio en muchas ocasiones es el ruido que más desarma. Me devolvió la mirada. Me acaricié el dedo anular, jugueteando con mi alianza. Carraspeé de manera viril y puse cara de empotrador; puse lo que yo entiendo que es mi cara de empotrador porque lo cierto es que nunca he ensayado esa cara y tampoco he tenido experiencias al respecto que me indiquen que me pueden percibir como un empotrador.

No surtió el efecto deseado.

Cherie me miró con más desprecio todavía y me dijo que si necesitaba algo más. Me dio la sensación de que estaba buscando un botón del pánico secreto debajo de su mesa, como las alarmas silenciosas de los bancos que los empleados pulsan antes de que les disparen igualmente. Yo seguí mirándola sin decir nada, pero esta vez apoyé el codo en el mostrador y me empecé a acariciar el mentón.

Ella se quitó las gafas y me dijo que, si no tenía ninguna consulta que hacer, me podía marchar de la notaría, que estaban a punto de cerrar. Su actitud me parecía cortante y autoritaria.

Entonces decidí que ninguna lesbiana reprimida (sí, Paul, en aquel momento ya había concluido sobre la sexualidad de Cherie como si verdaderamente estuviese en posesión de la verdad) iba a impedir hacerme con la copia del testamento de Clara.

Le comuniqué mi intención de testar en ese momento.

Lo sé, Paul, fue una idea brillante.

La otra alternativa era esperar en la calle como un atracador en prácticas y abordar al primer hombre con pinta de notario que saliese de aquel portal.

Cherie se quedó sorprendida. En un primer momento, me dijo que aquello no era posible. Entonces, fui igual de cortante que ella y le dije que necesitaba otorgar testamento lo antes posible, puesto que me iba de viaje y cogería un avión al día siguiente. Le dije mirándola con demasiada exaltación que, si se negaba, teniendo en cuenta que mis hijos eran huérfanos de madre, podían quedar al cuidado de los servicios sociales, con todas sus cuentas desorganizadas y sin ningún plan de vida. Le amonesté con vehemencia, advirtiéndola de que, como mujer, debería mostrarse solidaria con el resto de sus compañeras, incluso con las que ya no están en el mundo, como Clara. Utilicé la palabra «compañeras» porque sé que esa palabra es muy de lesbiana y quería resultar empático con ella.

Cherie me miró algo aterrorizada, volvió a descolgar el teléfono y, después de intercambiar dos o tres frases ininteligibles para mí, me acompañó a una sala de firmas. Me pidió que esperase sentado a que llegase el notario.

La sala era justo lo que te esperas de una sala de firmas notarial.

En una *boiserie* de madera que ocupaba toda la pared contigua a la ventana, habían dispuesto muchos libros de derecho, ediciones lujosamente encuadernadas que imitaban los antiguos códices romanos. Parecía el comedor de una casa de abuelos con linaje. La ventana estaba tapada con un visillo traslúcido y, como ya era de noche, habían encendido una lámpara inglesa de color verde. La iluminación me recordaba a la de las casas pintorescas de Brujas, o de Ámsterdam, o de cualquier ciudad centroeuropea en la que anochezca antes de las cinco de la tarde; las típicas casas iluminadas a las que intentas asomarte cuando pasas frente a ellas, amparado en la oscuridad de la calle. Solo faltaba una chimenea encendida y una doncella con cofia trayendo una bandejita con tisanas humeantes para completar la escena.

Me senté obediente, con la espalda recta, sin apoyar los codos en la enorme mesa de nogal, pensando que Clara podría haber estado pocas semanas antes en esa misma posición, en esa misma sala. Estaba convencido de que le habría desagradado enormemente aquella habitación, ella detestaba las decoraciones tan trasnochadas. Aunque ahora tampoco lo podría asegurar, Clara me había ocultado su testamento y eso es algo que jamás pensé que sucedería. Me pregunto si de verdad la conocía tanto como pensaba.

No sé la razón por la que estoy enfadado, Paul, que nunca hubiésemos hablado de hacer testamento no significa que a ella no le rondase por la cabeza.

Siempre me había perseguido una teoría familiar absurda, como todas las teorías familiares que te limitan y manipulan hasta límites para los que incluso tú, Paul, no tendrías terapia, según la cual hacer testamento te condenaba de forma inexorable a una muerte súbita. Y, visto lo que ha pasado con Clara, quizás la teoría de mi familia no andaba tan desencaminada.

En cualquier caso, yo siempre he pretendido vivir feliz y tranquilo hasta alcanzar, como mínimo, la edad de la reina madre de Inglaterra y por eso nunca le planteé esa posibilidad a Clara; ni cuando nos casamos ni cuando nacieron Cataclismo y Cornelius.

A lo mejor es que nunca nos habíamos planteado la posibilidad de morir.

Además, ella tenía dinero, mucho más dinero que yo, y, quizás por esa razón, tenía sus planes de cómo quería organizar todo y no me consultó.

El notario abrió la puerta y me saludó de manera cordial.

A diferencia de la primera oficial de la recepción, aquel hombre me causó una impresión extraordinaria. Era igual de alto que yo y tenía el pelo canoso. Lo llevaba peinado de manera distinguida; más que un notario, parecía el dueño de una tienda de antigüedades caras e inasumibles, un Jean-Marie Rossi experto en asuntos legales y vitales. Me dio un apretón firme de manos y empezamos a hablar.

Había algo en él que inspiraba protección y confianza. Me pareció una persona tan recta que se me olvidó la razón principal por la que había ido a verle y nos enfrascamos realmente en los términos en los que debía testar.

Me preguntó cuáles eran mis perspectivas respecto a los legados que dejase. Le dije que, por supuesto, quería que todo fuese a parar a mis hijos, a partes iguales, sin distinción alguna. Me dijo si ya tenía elegido al encargado de partir o administrar mis bienes, como la madre de mis hijos o cualquier otra persona con capacidad para llevarlo a cabo.

Le expliqué mi condición de viudo. Y me quedé en silencio; un silencio que a mí se me hizo muy corto, pero que debió de ser más largo que el aceptado desde un punto de vista social, porque el notario carraspeó.

Seguí en silencio.

Nunca se me había ocurrido a quién debía dejar esos deberes; en ausencia de Clara, claro.

A mis padres los adoro, con reservas, por supuesto, están en la base de todos mis conflictos mentales, como todos los padres. Me consta que protegerían a mis hijos de males que detesto, como los tatuajes, o la mala educación, o los asientos de bolas en los taxis, lo que me tranquiliza en gran parte. Pero tampoco puedo dejarles esa responsabilidad, ellos ya pasaron por esta etapa y, además, son mayores. Viven confortablemente retirados repartiendo su tiempo libre entre un encantador pueblo de la Provenza francesa y Marbella.

Tengo un único hermano que vive en Estados Unidos, en un pueblo idílico y tranquilo de Massachusetts en el que no faltan los domingos de iglesia, barbacoa y tiendas de *cupcakes*; un pueblo cercano a Martha's Vineyard, ya sabes, la zona en que la familia Kennedy pasaba los veranos practicando cualquier tipo de vicio y que, por supuesto, tiene *sheriff* y autobuses escolares de color amarillo. No me fío de ese pueblo porque es el típico lugar tranquilo hasta que dos adolescentes marginados de un coro disparan al azar cuatro *kalashnikovs* por una apuesta o un juego de rol.

Si Clara y yo hubiésemos vivido en Martha's Vineyard, habríamos sido como John y Carolyn (ahora que lo pienso, Clara ha tenido un final igual de abrupto); nunca como mi hermano. No confío en él, Paul, esa es la verdad.

Se casó con una estadounidense tan rubia y agradable como anodina y con poca inquietud. Juntos van a la bolera y siempre andan involucrados en obras benéficas sin pretensiones para convertir ese pueblo en un lugar mejor para vivir. Son el vivo ejemplo de un matrimonio modélico americano, algo así como los Walsh cuando vivían en Minnesota y no habían descubierto la vida impúdica de Beverly Hills. Ahora ella pesa el triple y ambos se ceban a tortitas con sirope de arce para desayunar.

La última vez que nos vimos, mi hermano me enseñó con auténtico orgullo su caja de herramientas del garaje y le vi tan idiotizado y grueso que me tuve que enfadar con él. Le habría perdonado pronto, ya que no soy de naturaleza rencorosa, pero ni siquiera ha hecho el amago de venir pese a lo que ha ocurrido con Clara. Y yo ya no sé si quiero verle.

Luego está Robert. Parece talentoso e inteligente; lo contraté por indicación de mi padre, en cuyo criterio para estos asuntos siempre he confiado. Sin embargo, en ningún caso puedo encomendar la educación de mis hijos a mi abogado. Siempre he pensado que, en la mayoría de las ocasiones, los abogados, administradores, albaceas acaban siendo figuras corruptas y desvirtuadas.

Seguí repasando en mi cabeza el listado de personas que a mi juicio son decentes y apropiadas. No encontraba a nadie, Paul. Me empecé a agobiar. El notario me miraba y yo me sentía presionado; puede que él tuviese muy claro a quién le querría encomendar la administración de sus bienes o a lo mejor es que sus hijos ya eran mayores y decentes, o quizás es que no tenía hijos y vivía tranquilamente con otro hombre en un piso de cuatrocientos metros cercano a alguna galería de arte lujosa e inaccesible.

Pero yo no.

Empecé a recordar casos en mi cabeza de personas del todo desconocidas para mí y que son célebres por haber sido estafados por sus padres, amigos o parejas. Desde deportistas de élite que ahora viven en la inmundicia hasta niños prodigio que han acabado en la más absoluta sordidez; incluso pensé en Céline Dion, que nunca me ha gustado porque tiene cara de antipática, cantando doce horas al día en los casinos de Las Vegas para poder pagar las deudas de sus contratos leoninos con Sony; y todo por culpa de la pareja, del familiar o del amigo de confianza que sabía de estos temas.

Se supone que la firma me ha entrenado todos estos años para poder delegar, organizar las tareas, dirigir con eficiencia los equipos de trabajo y, sin embargo, ayer, en el asunto más trascendental de mi vida, me sentía ciego y desorientado. No encontraba a ninguna persona que juzgase del todo adecuada. Y aquello me fastidiaba, Paul; me hacía sentir solo, como si me hubiese equivocado por completo de personas a las que frecuentar en las últimas cuatro décadas.

Me encantaría contar en mi vida con alguien preferido en quien poder confiar. Un equipo preferido, un subordinado preferido, quizás un hijo preferido, como la inmensa mayoría de las personas. Un preferido, a secas. Pero yo parezco estar condenado a no tener preferidos; porque creo que desde que Clara se marchó me he quedado sin persona preferida; incluso aunque me ocultase lo de su testamento.

El notario volvió a carraspear.

Entonces, en un impulso, incorrecto o verdaderamente prodigioso, como todos los impulsos, decidí que el profesional independiente que mejor me podría conocer y velar por el bienestar de mis herederos era mi terapeuta.

En efecto, Paul, te he nombrado mi albacea.

No sé si los terapeutas juráis algún tipo de código deontológico que os prohíba aceptar funciones de administración por si estuvieseis manipulando la voluntad de vuestros pacientes; pero luego me he dado cuenta de que aceptáis altísimos honorarios por escuchar a vuestros pacientes, a quienes también podríais estar manipulando para seguir cobrando esos altísimos honorarios.

Te he nombrado mi albacea porque, de alguna manera, eres la persona que sabe más de mí o, por lo menos, lo serás una vez que accedas a este diario. Te he nombrado mi albacea porque aparentas tener el suficiente dinero y reconocimiento profesional para no intentar malversar o estafar el patrimonio que hereden mis hijos, al menos por mi parte; aunque tampoco quiero crearte demasiadas expectativas, Paul.

Mi patrimonio es elevado, dado que poseo una casa y muchos seguros de vida de los que la firma siempre alardea (al parecer, aseguran más dinero del que podría ganar en los próximos treinta años). Sin embargo, no representa nada en comparación con lo que mis pequeños genios van a heredar de su madre; o deberían, ya que ayer, en esa sala, seguía sin conocer las disposiciones de Clara.

Al notario no le dije que eras mi terapeuta, no quería que cuestionase mi capacidad para testar. Te presenté como la persona que, por edad, confianza y proximidad cultural, se asemejaba más a mí. Y, cuando terminamos de redactar el testamento, ológrafo, porque la holgazana de Cherie ya se había marchado a su casa, le comenté, de pasada, que Clara había visitado la notaría pocas semanas antes. Le dije que, para optimizar el tiempo, podía entregarme la copia de su testamento a mí, aunque fuese una práctica poco ortodoxa, dado que mi abogado estaba muy ocupado. Evité comentarle que Robert ya había programado una cita para el jueves.

Esta vez fue él quien se quedó en silencio.

Me pidió los datos de Clara y desapareció de la sala, dejándome de nuevo solo, con la sensación de haber cometido la estupidez más grande del mundo, pero todavía con una mínima esperanza de que me daría aquel documento. Y, a los pocos minutos, volvió con las manos vacías, por lo que supe enseguida que no iba a conseguir el testamento.

De manera gentil y correcta, mucho más gentil y correcta que las formas empleadas por Cherie, me confirmó que le constaba que Clara había testado el 24 de diciembre. No obstante, lo había hecho con otro de los notarios que ya se había marchado; me garantizó que por la mañana tendría una copia del documento, en el momento en el que su colega le diese la autorización pertinente, que me enviarían por mensajería el documento.

Y ha cumplido su palabra.

Escrupulosamente.

A las 9.22, aparcado en doble fila en la puerta del colegio, he abierto el sobre que me había entregado Avelino.

He leído el documento.

No sé si has leído alguna vez un testamento, Paul; me ha costado entender que esas líneas se refiriesen a Clara. Lo he vuelto a leer, intentando comprender todo lo que decía sin comprender verdaderamente nada. Es como si todo esto, Paul, no me estuviese sucediendo a mí.

Sí, Paul, tengo la sensación de que estoy viviendo la vida de otra persona. No reconozco nada, ni siquiera a mi mujer. Y, lo que es peor, no estoy agobiado. Y sé que debería estarlo.

Debería sentirme agobiado por lo poco que conocía a mi mujer, por las mentiras que he contado en el trabajo, por lo tarde que iba a llegar a la oficina, incluso por mi viaje a París. Debería sentirme agobiado por las mentiras que le he contado a mi hija. Y, sin embargo, Paul, esta mañana, no estaba agobiado. Te repito que es como si todo esto no me estuviera pasando a mí.

Te tengo que dejar, me están llamando por teléfono.

Disculpa, Paul, era de la compañía de teléfonos.

Quieren hacernos una mejora en la tarifa y han intentado localizar a Clara porque el contrato lo puso a su nombre. Y, como no iba a decir en voz alta la verdad, les he comentado que me había autorizado a aceptar esa promoción. Me sigue reconfortando hablar de ella como si estuviese viva, aunque sea con un comercial desconocido que se gana la vida a costa de engañar a viejecitas o a viudos como yo. En honor a la verdad, no sé ni lo que he aceptado, me imagino que será ruinoso y me arrepentiré en las próximas tres facturas, pero me da igual, ahora no es importante.

He llegado a la oficina con el contenido de ese testamento en la cabeza, sin reparar demasiado en que era inadecuadamente tarde. Dentro del ascensor, una vez que las puertas se han cerrado, me he empezado a sentir como la vecina de *Algo pasa con Mary* cuando consume *speed* por error. Creo que ese reloj digital ha tenido la culpa, Paul: me indicaba de manera acusatoria que eran las 9.50, una hora de llegada inaceptable.

A pesar de que se supone que los directores tenemos autonomía suficiente para gestionar nuestro tiempo sin dar explicaciones, esto es falso por completo. Hildur siempre nos ha manejado como si fuésemos una granja avícola ilegal.

Ella considera que cualquier persona que llegue más tarde de las 9.30 merece una de sus miradas inquisitorias, una de esas miradas que duran treinta segundos en los que te empiezas a encontrar mal sin motivo aparente, una de esas miradas que hoy no podría evitar. O quizás sí, ya que, desde que se encuentra en la rampa de salida, parece que no nos vigila con esos modos de carcelera, se pasa el día en el despacho con Aline; sé que está intentando engañarla con el traspaso de los clientes, porque Hildur es malísima persona y no puede soportar que otra mujer le haga sombra, pero también sé que no lo va a conseguir: Aline es igual de mala que ella, o por lo menos lo era en la época en la que fue mi jefa. Y más maniática todavía respecto a los horarios de entrada.

Sí, Paul, Aline siempre se las arreglaba para llegar impoluta a las nueve en punto en su Mercedes deportivo. Daba igual que nos hubiésemos quedado trabajando en la torre hasta la madrugada o que hubiésemos pasado toda la noche juntos en su casa. Aline no aceptaba ningún tipo de retraso; exigía que todos sus subordinados estuviésemos en pie de guerra a esa hora.

El ascensor se ha parado de repente en la planta 6, que es la de Recursos Humanos, o Residuos Humanos, que es como siempre me he referido a esa área tan gris.

Nunca me ha gustado que el ascensor se detenga en esa planta porque pueden subirse empleados que tienen demasiada información sobre ti; sobre el dinero que ganas, sobre tu desempeño, sobre la fecha en la que vas a ser despedido o promocionado, como en mi caso particular; también sobre el estado civil que debería haber comunicado ya.

Sin embargo, no ha entrado ningún residuo humano: ha entrado Aline.

Quizás, además de mi interpretación de las señales, estoy empezando a desarrollar una energía mental todopoderosa que hace que se aparezcan las personas en las que pienso; me refiero a las personas vivas.

He sonreído y de mi boca ha salido un «hola» espontáneo, que es mucho menos formal que un «buenos días», al fin y al cabo, acababa de recordar las noches lujuriosas en su apartamento. Aline me ha sonreído, también de manera natural, incluso diría que se le ha iluminado un poco la cara. Llevaba el mismo perfume de siempre, una colonia de Narciso Rodríguez que me encantaba. No sé si ha sido por la tensión de la hora tardía, o del testamento de Clara, o del reencuentro con Aline, pero de mi boca ha salido un «me encanta tu olor», tan inapropiado como verdadero.

Tengo una memoria olfativa prodigiosa, Paul, no solo con los perfumes, también me pasa con los objetos y los lugares.

Recuerdo con una asombrosa nitidez el olor del primer coche de mi madre; quiero decir, del primero en el que monté. No sé si sería el plástico de los años ochenta o las cajetillas de Marlboro que fumaba sin el más mínimo recato delante de nosotros cuando nos llevaba al pediatra a mi hermano y a mí, pero podría reconocer el olor de ese Ford Fiesta con los ojos cerrados. También recuerdo cómo olía el vestíbulo de la casa de mis abuelos, que era una mezcla entre el pino melis del suelo y el perfume Calandre de Paco Rabanne del que Mimi era devota.

Aline me ha respondido «gracias» y, en vez de permanecer callado de manera prudente, le he respondido que se acordase de lo bien que se me daban los olores.

Nos hemos quedado en silencio.

Lo sé, Paul, mis palabras han sonado intencionadas, puede que lascivas; también he pensado que Aline no llevaba ayer esa fragancia, por lo que quizás, además de ir sin alianza, quería retomar sus antiguas costumbres seductoras; otra vez he sentido esa punzada en la boca del estómago.

Hemos llegado a nuestra planta, por fin, y la he dejado pasar en primer lugar. Soy un caballero, Paul, nunca se me ocurriría pasar delante de una mujer en una puerta, mi educación no me lo permite, aun sabiendo que este comportamiento puede ofender a señoras radicales como Cherie, la primera oficial de la notaría de ayer; pero es que, además, sabía que, al atravesar la pradera detrás de Aline, todos pensarían que veníamos de una reunión juntos y, como es la nueva jefa, nadie se atrevería a corroborarlo con ella. Mis horas intempestivas de llegada pasarían desapercibidas, incluso provocarían recelo y malestar en Appletree.

Ha sido una idea brillante. Tanto Patty como Selma, Sylvia, Eric, Appletree y hasta la propia Hildur, que estaba dando vueltas en su despacho mientras hablaba a través de unos auriculares inalámbricos e iba vestida con una gorra y unas perlas que me han recordado a mamá Fratelli de *Los Goonies*, han observado nuestra llegada con curiosidad.

Me he sentado en mi mesa y he encendido el ordenador. Cualquier persona que pasase por delante de mí pensaría que estaba concentrado en mis informes.

Y, de alguna manera, lo estaba.

He sacado el testamento del bolsillo, he hecho una foto y me la he enviado por correo electrónico. Quería analizar esas líneas sin parecer una persona que acaba de encontrar el mapa del tesoro o que está recibiendo anónimos como en *Diez negritos*. Quería leerlo más despacio, dos o tres veces más, aunque no fuese a descubrir nada más que lo que había leído veinte minutos antes; quería repasar lo que Clara había decidido el último día de Nochebuena que pasamos juntos, por si esa revisión me fuese a quitar de la cabeza la idea de que era una completa desconocida para mí.

La primera parte del texto es la habitual, la que dice que el notario te juzga capaz de hacer testamento y no estás siendo coaccionado ni sufres ningún tipo de patología mental que te impida manifestarte en condiciones.

He pensado si el notario no debería haber hecho también una advertencia moral sobre no realizar este trámite a escondidas, dado que, si te mueres, el cónyuge superviviente puede sentirse ofendido o como mínimo molesto.

Prosigo.

En su primera disposición, Clara designa como herederos universales a nuestros hijos, exactamente igual que lo que hice yo ayer; incluía, además, una mención en la que respetaba el tercio viudal usufructuario; no tenía ni idea de lo que aquello significaba. El notario no me comentó nada ayer respecto a este asunto, pero de inmediato he comprendido que esto es porque, en mi caso, no dejaría ninguna viuda.

Me he empezado a reír. No escandalosamente, dado que habría llamado la atención de Appletree y, aunque parecía igual de concentrado que yo, estoy seguro de que tampoco estaba atendiendo a sus funciones. Me he reído a causa de que me sigue pareciendo de un surrealismo extremo estar leyendo el testamento de mi mujer, incluso haber hecho yo testamento hace menos de veinticuatro horas.

Todo esto me parece un disparate.

He buscado en internet lo del tercio viudal usufructuario. No podía llamar a Robert hoy, habría tenido que ponerle al corriente sobre mi visita furtiva al notario y, aunque puede que se entere mañana igual, prefiero aplazar este conflicto hasta entonces. Hoy no creo que tenga la capacidad de asimilar más noticias.

Aparentemente, la muerte de Clara me faculta para el uso y disfrute de un tercio de su herencia. Tampoco este asunto me ha soliviantado; en vida de Clara, podía disfrutar de todo lo que quisiese, al igual que ella.

Clara y yo nos casamos en régimen de separación de bienes, pero siempre compartimos nuestro dinero sin importar si pertenecía a uno u otro.

Durante muchos años gané más dinero que ella; y, aun así, nunca se me ocurrió pensar que aquello me diese mayor legitimidad para tomar decisiones que nos incumbiesen a los dos, como pedir una hipoteca para comprar nuestra casa o gastar más en viajes y en actividades mundanas y frívolas que nos encantaban. Nunca fuimos rácanos ni puntillosos con respecto al dinero que tenía o que ganaba el otro; nunca nos habrías visto actuar como todas esas parejas avaras y quisquillosas que pagan a partes iguales las cenas y esconden sus dineros para contarlos como tíos gilitos cuando el otro duerme.

Y la situación no fue distinta cuando Clara heredó de su abuelo el suficiente patrimonio para elegir la manera en la que quería trabajar o no trabajar. Aquel hombre quiso asegurarse de que su única nieta, arquitecto como él, contase con el suficiente dinero para elegir el modo en el que quería gestionar su tiempo libre, que es la verdadera libertad que te da el dinero. Y, aunque desde el punto de vista financiero, mi patrimonio supusiera una parte insignificante en comparación con el suyo, seguimos funcionando exactamente igual que cuando éramos dos asalariados maltratados abriéndonos camino en el universo capitalista, con la diferencia de que esta vez Clara se montó un trabajo por su cuenta, mucho más flexible y rentable.

En la segunda disposición del testamento, Clara me

nombra administrador de los bienes de nuestros hijos, confiando en mi honorabilidad personal y en mi buen criterio financiero. De alguna manera, me ha hecho ilusión que Clara hiciese esta alabanza en un documento notarial, ya te he comentado que ella no era muy dada al reconocimiento o a las zalamerías con respecto a mis capacidades, partía de la base de que tengo una autoestima demasiado alta como para encima contribuir a elevar mi ego y vanidad.

Tampoco te puedo decir que esto me haya sorprendido, siempre me he ocupado de gestionar los asuntos financieros de nuestra familia. Clara era de grandes números; no le gustaba entrar al detalle sobre cuándo hay que pagar los recibos del colegio o de la hipoteca, incluso el salario de Vilma. Todas las labores administrativas relativas a los cobros y a los pagos, a los impuestos, a todas esas cosas aburridas que encomendarías a un gestor, las realizaba yo de manera pulcra y ordenada. Quizás por mi formación y porque en mi trabajo siempre lo he hecho para mis clientes, no tenía ningún sentido que no lo hiciese para nosotros.

Clara y yo teníamos unas funciones muy definidas en nuestro matrimonio. Yo nunca me habría metido en la distribución de las paredes o en la tela adecuada para revestir un armario y ella no tenía por qué saber nada acerca de la declaración de la renta o del impuesto sobre el patrimonio. Más o menos, cada seis meses, nos sentábamos y repasábamos las cuentas.

Ella me decía que yo era un contable cascarrabias; por supuesto, le parecía un despropósito todo el dinero que yo le atribuía haberse gastado, ella siempre se consideraba muy austera. Entonces, cuando le sacaba los extractos y la instaba a reducir sus compras por internet, bajaba la cabeza y se quedaba en silencio. Pasaban unos días en los que me decía que había ahorrado muchísimo dinero porque había encontrado ofertas buenísimas y seis meses más tarde se repetía la misma historia, pero yo veía que se había gastado más dinero todavía que la vez anterior. Nos reíamos y abríamos una de las botellas de *chardonnay* que sigo sin querer tomar. Fin.

La siguiente disposición es la que me ha perturbado por completo, Paul.

Clara acepta y lega a nuestros hijos cualquier otro legado o herencia que les pudiese corresponder.

He pensado que podía referirse al dinero que Ana, su abuela, les quisiese dejar. Dentro de muchos años, evidentemente, porque sé que esa señora va a sobrevivir a la propia *the Queen*. Pero tampoco me cuadraba que Clara se estuviese refiriendo a ella, a tenor del siguiente mandato.

Clara nombra un administrador de ese posible legado o herencia a recibir.

Un administrador distinto a mí.

Un administrador que se llama Henry Jollenbeck.

No conozco a ningún Henry Jollenbeck, Paul. El apellido parece alemán, quizás holandés o belga, tiene demasiadas consonantes juntas. Empiezo a pensar que Clara se está vengando de mi infidelidad y me hace vivir rodeado de extraños que me van descubriendo cosas sobre ella.

De inmediato, me he metido en internet para ver qué podía averiguar.

Empezaba a vislumbrar las primeras imágenes del buscador, cuando he recibido por el servicio de mensajería instantánea que tenemos habilitado todos los empleados de la firma un mensaje de Aline, preguntándome si estaba disponible.

Iba a responder, cuando Hildur ha abierto la puerta del despacho y ha pronunciado mi nombre de manera autoritaria para que acudiese raudo y veloz. Por lo menos, esta vez, se ha ahorrado cualquier gesto con sus dedos hinchados de campesina.

He visto que Aline seguía sentada detrás de ella y parecía revisar su móvil. He puesto mi mejor sonrisa, he cogido el cuaderno y el bolígrafo, y he ido hacia allí. Entonces, en el instante en que estaba a punto de entrar, me he dado cuenta de que no había bloqueado el ordenador y tampoco cerrado el explorador con las fotos de Henry Jollenbeck. Me he dado cuenta de que no había guardado la copia arrugada del testamento de Clara, ni siquiera había ocultado la misiva que me había escrito Aline. Es decir, mi vida escondida estaba en esos momentos a la vista de cualquier persona que se pasease cerca de mi mesa.

Soy tan imbécil que nunca llegué a instalar el puñetero filtro de privacidad del que gozan el resto de los empleados. En todo caso, tampoco podía recular, Aline y Hildur miraban cómo llegaba al despacho y darme la vuelta para bloquear el ordenador habría sido como confesar que lo que estaba haciendo en mi puesto de trabajo era ilícito, como si fuese un ejecutivo que ve pornografía en horario laboral o un profesional imprudente que no hace caso de las recomendaciones del Departamento de Seguridad. La firma nos obliga todos los años a pasar exámenes para que extrememos las precauciones en la divulgación de información y dejar un ordenador sin bloquear es como una invitación de barra libre a un *hacker*.

He llegado al despacho, sonriendo y confiando en que tampoco nadie tenía por qué pasar por delante de la pantalla de mi ordenador, nadie tenía ningún motivo para ponerse a fisgar en mis papeles. Entonces, me he girado para cerrar la puerta y lo he visto: el cabestro de Appletree se ha levantado de su silla, me imagino que para ir al baño o seguir perdiendo el tiempo, y ha mirado atentamente a mi pantalla. Ha bajado la mirada y por el gesto que ha puesto sé que ha leído algo del papel que tenía arrugado al lado de la agenda.

He vuelto a sonreír.

Hildur me ha hecho un gesto para que tomase asiento en la silla contigua a la de Aline y, cuando se ha sentado en la suya, ha sonado un estruendo, como si se hubiese desplomado un saco de patatas.

Aline ha levantado la vista de su móvil un poco asustada y nos hemos mirado a la vez; cuando has compartido tanta intimidad con alguien, como fue nuestro caso, es habitual que tengas cierta seguridad de lo que se le está pasando por la cabeza a esa persona en cualquier contexto, incluso después de diez años.

Sabía que Aline estaba horrorizada con las maneras corpulentas de Hildur, que a mí ya no me sorprenden, dado que llevo muchos años oyendo cómo maltrata los pavimentos con sus andares toscos y estoy acostumbrado al ruido de las sillas a punto de desvencijarse cuando posa su trasero. Has de tener en cuenta, Paul, que el trasero de Hildur es del tamaño de una lavadora; de una de las antiguas, de las que se abren por arriba y te puedes sentar para mantener relaciones sexuales multiorgásmicas.

Hildur me ha preguntado en un tono directo que casi rozaba la brusquedad sobre la preparación de mi viaje a París, algo absurdo porque ayer cuando me acerqué a ellos en el Starbucks ya los puse al día y no tenía nada nuevo que contar.

He comprendido que quería hacerse la jefa conmigo delante de Aline.

He contestado diciendo que tenía grandes ideas para

conseguir el contrato de Carlos Álvarez; en realidad no tenía ninguna, pero llevo haciendo este trabajo tanto tiempo que ya domino la manera en la que debo salir de este tipo de atolladeros.

Le he explicado que pensaba comentarle a Carlos la gran dificultad que supone para un cliente extranjero expandirse en un mercado como el francés sin la ayuda de una firma como la nuestra. He enumerado nuestras ventajas competitivas, destacando que somos una multinacional, acostumbrada a lidiar con la infinita burocracia francesa, los usos y costumbres tan particulares del país vecino. Incluso he aludido a los beneficios de contar con un director como yo, con fuertes vínculos con Francia.

A medida que iba enfocando mi discurso, notaba que Aline asentía con aprobación; parecía gustarle mi destreza en la contestación, probablemente le estuviese recordando a ella. De un modo bastante petulante, le he explicado a Hildur que resaltaría la incorporación de Aline (que es francesa) como hecho decisivo para fortalecer nuestras relaciones con nuestros homólogos franceses.

Hildur ha puesto cara de sorpresa y he notado en ella un gesto de ligera incomodidad, como si le molestara que destacase a Aline por algo tan aleatorio como una nacionalidad.

—Tampoco creo que eso importe mucho —ha espetado con ese tono irritante que suele emplear con todos sus subordinados, creo que con el único propósito de despreciar la nacionalidad de Aline.

—Yo creo que sí —ha respondido Aline igual de firme para ponerla en su sitio.

Y entonces Hildur, que es incapaz de quedarse tranquila si no dice la última palabra, ha dicho que le encantaba comprobar cómo a sus directores no se les escapaba nada y yo he sonreído porque a Hildur le gusta que lo hagamos cuando dice algo positivo sobre nosotros, algo que en realidad no piensa, ya te he explicado que es maltratadora por naturaleza y nos desprecia. Se ha producido un pequeño silencio que parecía indicar que ya podía regresar a mi sitio y, entonces, ha hecho la pregunta fatídica.

—¿Os habéis apuntado ya al viaje de esquí?

No entiendo la razón por la que Hildur pretende mostrarse familiar y cercana, cuando estoy seguro de que debe de estar totalmente rabiosa por la sustitución de Aline y no le apetece nada volver a Islandia a cuidar de su madre lisiada. Conociendo a Hildur, estoy convencido de que le habría encantado que ese zorro doméstico hubiese devorado a su progenitora; incluso ella misma podría ser una caníbal.

Mi bolígrafo ha salido disparado por accidente, como si la pregunta hubiese tenido algún tipo de efecto especial. Me he agachado a recogerlo y he visto los zapatos de Aline, que eran del mismo modelo que ayer, pero en color negro. Exactamente igual que otros que tenía Clara, lo sé porque se los compré por un cumpleaños. Otra vez el puñetero pinchazo en el estómago.

Aline ha respondido a Hildur diciendo que todavía no le había dado tiempo a apuntarse, que incluso dudaba si hacerlo por no haber esquiado en los últimos diez años. Al parecer, por lo que estaba diciendo, la última vez fue en nuestro viaje a Gstaad.

Hildur parecía esperar mi respuesta.

He repetido como un loro lo mismo que Aline, algo incierto, porque yo sí que he estado esquiando todos estos años, siempre me escapaba con Clara por estas fechas a cualquier estación, dado que era un deporte que nos encantaba; incluso fuimos a esquiar el año pasado con Cataclismo y con Cornelius, que acababa de cumplir un año y se pasó toda la semana resguardado con Vilma en una cabaña con chimenea.

No sé por qué sigo mintiendo, Paul, no había ninguna necesidad de decirle a Hildur lo mismo que le ha dicho Aline. Debe de ser que me sale de manera innata, o que lo hago por automatismo; o quizás es que he mentido tanto en los últimos tres días que ya no sea capaz de decir la verdad.

Hildur ha concluido que, entonces, debíamos apuntarnos en su grupo: ella, Appletree, que aparentemente «sabe hacer *snow* desde siempre», Aline y yo.

Hildur ha dicho que ya se encargaba ella de inscribirnos, como si se lo hubiésemos pedido, como si incluso hubiésemos tenido opción de negarnos. Además, ha asegurado no confiar en absoluto en que pudiésemos ir, dado que a ella nunca le había tocado ese sorteo en los veinticinco años que llevaba trabajando en la firma. Estaba a punto de mencionar que, paradójicamente, a Aline y a mí sí que nos había tocado una vez, pero Aline se ha adelantado diciendo que le parecía una excelente propuesta y ha dado por zanjada la conversación, así como también mi presencia en aquel despacho.

Entonces, me he levantado y he salido más confundido aún de lo que estaba cuando entré.

Appletree todavía no había regresado a su sitio.

He comprobado que mi ordenador se había bloqueado solo, que es lo que sucede cuando nadie teclea durante cinco minutos; lo sé porque lo aprendí en esa formación deficiente del Departamento de Seguridad, y me ha dado igual, estaba seguro de que Appletree había visto todos mis documentos. Las manos me han empezado a sudar y he notado una presión cada vez más aguda en el estómago.

Me he encaminado hacia el baño.

¿Sabes, Paul? En los quince años que llevo trabajando aquí, nunca he quebrantado lo que considero uno de mis principios más básicos, un mantra que me define como profesional y como persona, y que probablemente me distinga del resto de mis colegas y de la mayoría de los ejecutivos en general:

Nunca he defecado en la oficina.

Es otra de mis líneas rojas, como el táper o lavarme los dientes delante de mis colegas de trabajo.

Soy extraordinariamente pudoroso en todo lo relativo al laxado y, cuando alguna vez he notado que podía incumplir esta norma, he abandonado el edificio y me he metido en el baño del centro comercial del Starbucks para aliviarme. Incluso cuando fumaba y tomaba café de las máquinas de *vending* que la firma pone a nuestra disposición para que enfermemos y muramos antes de los sesenta años, siempre había conseguido evitar el paseíllo hasta el trono corporativo.

Hasta esta mañana, Paul.

Esta mañana, tenía la completa seguridad de que no habría sido capaz de llegar al baño del centro comercial. He alcanzado, sin embargo, los baños de la planta 12 porque me parecía demasiado rudo coincidir en semejante acto con algún compañero de planta. Te ahorraré los detalles de mi visita al inodoro. Cuando he terminado la gesta, he esperado los cinco minutos reglamentarios para asegurarme de que no hubiese nadie en el lugar y he salido como un fugitivo intestinal.

He subido a lavarme las manos a los baños de nuestra planta, como si hubiese ido allí solo para refrescarme la cara, mi plan de evacuación había funcionado a la perfección. Cuando me estaba secando la cara, he analizado con detenimiento las canas barbudas que han asustado tanto a Cataclismo esta mañana. Objetivamente, eran infames; podían considerarse correctas para cualquier persona, pero injustificables para alguien con mi nivel de pulcritud.

Clara jamás me habría autorizado a salir de casa con esas canas en la barba. Tenía que solucionarlo cuanto antes, no podía ir a París con esas pintas de *clochard*.

He mirado el reloj y eran casi las doce del mediodía; se empezaba a notar en el ambiente ese hedor emanante de la cocina de la planta. Entonces, he salido del baño y no he vuelto a mi sitio.

He comenzado a bajar las escaleras para salir de la torre. Me sentía un poco excitado, como la primera vez que hice novillos en el colegio o aquella tarde adolescente en la que le dije a mi madre que me quedaba en casa de un amigo a estudiar y me fui a unos cines a meterme mano con una chica.

Antes de cruzar los tornos, me he dado cuenta de que no llevaba conmigo ni mi cartera ni las llaves del Smart, que estaban debidamente guardadas en mi chaqueta. Volver a recogerlas habría llamado la atención, dado que tenía que pasar de nuevo por toda la pradera. Quizás Appletree habría regresado ya o puede incluso que Hildur o Aline requiriesen otra vez de mi presencia. He decidido que tampoco las necesitaba; llevaba mi teléfono en el bolsillo, que es más que suficiente para pagar, y, de todas formas, en el lugar al que debía ir, me podían fiar sin ningún problema.

La peluquería a la que voy desde los doce años se encuentra a cinco minutos andando de la torre. Mi padre sigue yendo allí (cuando viene a Madrid) y mi abuelo también habría ido si no se hubiese quedado calvo a los veintidós. Llevé una vez a Cornelius y Clara me prohibió de modo categórico que volviera a hacerlo cuando vio la manera tan siniestra en la que habían intervenido sus rizos de Art Garfunkel. Pero ahora que te estoy escribiendo esto, creo que lo voy a volver a llevar, porque a mí me pareció que lo dejaron guapo y viril, y no me siento capacitado para visitar a las peluqueras de Clara, que, además de esnobs, cobran honorarios más desorbitados aún que los que factura la firma.

Ellas tampoco saben lo de Clara; quizás debería avisarlas para que dejen de contar con esos ingresos.

Mi peluquería funciona como un barracón militar. Solo trabajan hombres, a quienes has de dirigirte por su apellido, y cortan la barba con una navaja antigua, que me imagino que esterilizan, pero tampoco lo he preguntado porque me da bastante igual. Soy tan incondicional de mi peluquería que seguiría yendo aun a riesgo de contraer hepatitis. Y solo permito que me quite la barba Acha.

Podrías pensar que soy un holgazán por no afeitarme yo mismo, como los hombres adultos e independientes. Sin embargo, mi barba es demasiado cerrada, Paul, mi piel demasiado sensible y tengo un pulso terrorífico debido a mi adicción al café. Si intento afeitarme yo mismo, mi cara acabaría como un colador.

Lo cierto es que mi relación con Acha es muy profunda; quizás no tanto como la que tengo contigo, pero casi. Ten en cuenta que nos vemos cada quince días y es a la única persona a la que le dejo que me embadurne la cara con una brocha repleta de espuma de afeitar, me semitumbe en esa silla reclinable de cuero gastado y me quite la barba a navajazos.

He tenido la suerte al llegar de que Acha no estaba ocupado y enseguida ha comenzado a realizar su trabajo con pericia de taxidermista.

He cerrado los ojos: me parece de muy mala educación observar a una persona desempeñar ese trabajo tan íntimo. Además, me estaba relajando de verdad mientras escuchaba su voz.

Acha no me ha preguntado por Clara, nunca lo hace. Creo que existe un código no escrito en el que, en un lugar solamente reservado para hombres, jamás se debe mencionar a las mujeres. Tampoco me ha hablado de fútbol, porque las veces que lo ha intentado me limito a repetirle las estupideces que les oigo decir a Appletree y a Hildur; ellos son muy forofos de ese deporte tan banal y sufren muchos cambios de ánimo cuando su equipo gana o pierde la Champions o la Copa de Europa o el Mundial, ya te he dicho que tampoco conozco mucho esas competiciones.

Acha y yo solemos hablar de cine. Sí, Paul, mi peluquero es un forofo de Stanley Kubrick, lo que directamente le eleva al podio de la intelectualidad; hoy, sin embargo, estaba silencioso, Acha posee una enorme inteligencia emocional y ha debido de comprender que necesitaba descansar.

Creo que estaba a punto de dormirme cuando he notado que el móvil comenzaba a vibrar. No podía atenderlo, lo tenía guardado en el bolsillo del pantalón, pero me he agobiado pensando que Hildur o Aline, o cualquier persona de la oficina, me estuviese intentando localizar.

Me parece que ha sido en ese momento cuando he tomado conciencia de que me acababa de escapar del trabajo en plena mañana; y eso es algo que no había hecho hasta ahora, Paul. Tampoco me había marchado tan pronto de la torre, había llegado tan tarde y nunca había mentido sobre mi estado civil. He cerrado los ojos con más fuerza, como si eso fuese a atenuar mi comportamiento errático en la firma, y Acha ha debido de pensar que me estaba poniendo nervioso, porque me ha dicho que enseguida terminaba.

El móvil ha vuelto a vibrar.

Tenía la cuasiseguridad de que ya me habrían descubierto. Me imaginaba el tono de voz acusador de Hildur, las miradas de reprobación de Aline, la estúpida sonrisa de Appletree, también los cuchicheos de Patty y Selma. Entonces, Acha me ha incorporado y me he visto en el espejo, ya por fin sin barba, con un aspecto mucho más joven y cuidadoso que el de esta mañana. Seguía con mi cara de cabrón y unas ojeras pronunciadas, pero creo que estoy lo suficientemente presentable para que Cataclismo no se asuste y pueda mantener mis reuniones en París como un perfecto *yuppie*.

Me iba a levantar del sillón cuando Acha me ha puesto una mano en el hombro, como obstaculizándome y sin decir nada, ha sacado una maquinilla más pequeña de lo normal para repasarme la nariz y las orejas.

La nariz y las orejas, Paul.

Ha sido humillante.

No pensaba que estuviese llegando a esa edad en que ese tipo de pelos coloniza partes del cuerpo.

Una vez que Acha ha terminado, ya he podido levantarme, por fin. Me ha pasado un rodillo quitapelusas por todo el cuerpo, como si fuese un narcotraficante en el control de seguridad de un aeropuerto, y cuando le iba a pagar me ha dicho, muy orgulloso, que me había detectado ya algunas canas en el pelo. Que eso significaba que «por fin me había hecho un hombre». Se ha reído, me ha dado una palmada como si fuésemos camaradas de la legión y yo me he reído también, pero del todo horrorizado porque seguía bajo la conmoción de que me hubiesen tenido que quitar con una maquinilla los pelos de la nariz y de las orejas.

Entonces, nos hemos despedido y me ha dicho que, siempre que no me hubiesen salido canas en otras partes del cuerpo, es que todavía era joven. He salido con prisa de allí, Paul, y he anotado mentalmente la necesidad de practicarme una exploración exhaustiva en busca de cualquier cana perdida.

Las llamadas que no había podido atender eran de la abuela Ana. La he llamado tres veces seguidas y he conseguido que descolgase al quinto tono. Ana es esa clase de anciana a la que no le gusta que la importunen por teléfono y defiende la teoría de que su sistema de esperar tres llamadas seguidas y cinco tonos hasta descolgar filtra las llamadas de gente impresentable, como comerciales o familiares de segundo grado. Cuando por fin ha contestado y se ha dado cuenta de que era yo su interlocutor, no me ha dejado hablar.

Me ha insistido en la fecha del funeral de Clara. Le he dicho que todavía no había fijado ninguna, que no había podido organizarlo. Entonces, antes de que pudiese indagar algo sobre ese tal Henry Jollenbeck, me ha despedido con una frase tan autoritaria como precisa en la que me indicaba que, hasta que no le hiciese saber la fecha y el lugar del funeral de su nieta, no teníamos nada que decirnos.

Me ha colgado y yo he seguido mi camino con el móvil en la oreja, acercándome peligrosamente de nuevo a la torre, donde mis compañeros más jóvenes salían en tropel con sus bolsas de deporte para desfogarse. He seguido con mi móvil pegado a la oreja, aun sin estar hablando con nadie, como si fuese una persona con cierta ansiedad mental, porque me ha parecido una protección muy sutil e inteligente frente a posibles conversaciones o interrogatorios para saber dónde me había metido.

He atravesado el vestíbulo, casi vacío, y he soltado por fin el teléfono. Me he dirigido al ascensor. No pensaba que pudiese coincidir con nadie porque a esas horas la gente estaría comiendo en las cocinas o se habría marchado de la torre. Pero entonces se han abierto las puertas y de esa caja de metal ha salido Aline escoltada por Hildur y por Appletree.

He supuesto que irían otra vez al Starbucks.

Aline y yo nos hemos hecho un gesto de saludo con la cara mientras los otros ni siquiera han reparado en mí porque conversaban animadamente entre ellos; creo que ninguno de los tres se ha percatado de mi cambio de aspecto.

He llegado a la pradera y estaba desierta; por lo menos, ninguna otra persona advertiría que me había ausentado a deshoras. Me he sentado a mi mesa; aunque me cueste reconocerlo, Ana tiene razón: debo hacer algo con los restos de Clara.

He vuelto a acudir al explorador de internet para ver si se me ocurría una alternativa estética y honorable donde dejar sus cenizas y cuando he visto las imágenes de esos columbarios he pensado que a Clara no le habría gustado yacer allí, parecían cajas fuertes de un banco suizo.

Una cosa es que Clara me haya ocultado su testamento o sus legados o cualquier relación con Henry Jollenbeck, pero no puedo permitir que acabe en una caja como si fuese un lingote de oro de algún narcotraficante o de alguna anciana con problemas de confianza en el sistema bancario.

He seguido buscando opciones.

No sé si eres consciente, Paul, de la enorme cantidad de opciones y de ofertas de ahorro que existe en la industria de la muerte, es como ir de compras al supermercado del descanso eterno. He visto lápidas de diseño y nichos personalizables estrambóticos y horteras a todos los efectos. Si, ya en vida de Clara, no era posible vivir en una casa normal, porque a sus ojos toda la normalidad resultaba vulgar, no debería permitir que repose rodeada de dedicatorias lacrimógenas y flores chillonas de saldo.

He encontrado un foro de arte funerario mexicano que hablaba de alegría y de celebraciones mortuorias, y, cuando me he visto visitando páginas de mausoleos y sarcófagos, he cerrado el explorador, sentía que estaba tratando a Clara como a una momia.

He decidido que era más productivo escribirte.

Todo esto me parece muy complicado, Paul, me parece igual de complicado que la lista de personas a las que tengo que devolver las llamadas o los mensajes de ánimo o de consuelo que he silenciado durante estas tres semanas. Me parece igual de complicado que confesar a estas alturas en la oficina que Clara ha muerto.

Empiezo a dudar de mi capacidad para organizar su funeral, por mucho que entienda que es mi deber y que su abuela Ana me lo pida. Además, no sé lo que le habría gustado a ella con respecto a este asunto; no sé si Clara tenía algún tipo de preferencia sobre su lugar en la eternidad. No nos dio tiempo a hablar del tema. O sí, pero priorizamos conversar sobre la vida; sobre la parte de la vida que va antes del final.

Quizás es que nuestra relación no era tan profunda como para proyectarnos más allá de la existencia terrenal. Recuerdo haber hecho en algún momento alguna broma macabra respecto a lo que sucede después de la muerte; porque, a pesar de haber recibido una educación tradicional y católica que debería serenarme en gran medida, siempre he sentido miedo de coincidir en el cielo con personas a las que no me apetecería volver a ver nunca, como alguna exnovia tóxica, incluso Hildur o Appletree; me parecería una situación muy incómoda.

Cuando compartí este pensamiento con Clara, nos acabamos riendo y me dijo que había perdido por completo la razón, aunque estuvo de acuerdo conmigo en que no había ningún tipo de lógica en que acabásemos todos en el mismo sitio durante un tiempo infinito.

Ahora quiero volver a coincidir con ella, Paul. Se me hace demasiado duro pensar que, si realmente al final de la vida no hay nada, no la pueda volver a ver o sentir; ya que eso sería perderla para siempre. Quizás sea por este motivo por lo que estoy dilatando la tarea de esparcir sus cenizas; puede que no sepa con seguridad dónde le hubiese gustado descansar, pero tengo claro que habría detestado permanecer en la urna que me dieron en la morgue.

La única decisión que tomé aquella tarde fue que la incinerasen después de la autopsia.

Pensé que a Clara, que siempre había sido bastante claustrofóbica, el hecho de reposar en un féretro le podría acarrear algún tipo de inquietud. Además, a pesar de saber que el cuerpo y el alma pertenecen a dos esferas diferentes de la creación, no quise bajo ningún concepto que mancillasen su cadáver con algún tipo de criterio tanatoestético discutible. Clara era ese tipo de mujer que raras veces se maquillaba y cuando lo hacía siempre era de una manera muy sutil, decía que lo contrario era sinónimo de vulgaridad. Me imagino que la ayudaba el hecho de tener una piel fina, suave, delicada; una piel que era el reflejo de la manera en que se conducía.

La última imagen que conservo de ella, Paul, es la misma que cuando me quedaba observándola mientras dormía, al principio de nuestra relación: una placidez serena. No sé por qué con los años dejé de experimentar el reflejo de observarla mientras dormía.

Esa primera noche la tengo en blanco, no soy capaz de describírtela con demasiado detalle. Cuando me avisaron por teléfono, no me dieron la noticia como tal, creo que no están autorizados, simplemente me dijeron que tenía que ir, que había sucedido algo. Me metí en el coche como un autómata, sin pensar demasiado, pero con la convicción firme de que no iba a volver a verla.

No tardé mucho en llegar a ese lugar, un lugar que es bonito y sin embargo siempre será siniestro, un lugar donde me iba a enfrentar a aspectos tan desagradables como el levantamiento de un cadáver, aspectos tan cinematográficos de los que piensas que estás protegido de por vida, y, no obstante, suceden.

Y cuando volví a la casa en la que nos habíamos alojado, solo y todavía con la sensación de que aquello no me estaba sucediendo, me tumbé en la cama. Miré el techo. Sí, recuerdo que no paraba de observar aquel techo blanco; había un ventilador con hojas de teca que en ese momento no estaba funcionando, pero que decidí encender porque sudaba. Y, luego, me debatí durante horas entre la estupefacción y la incredulidad.

La habitación, que en realidad era gigantesca, se me hacía cada vez más pequeña y recuerdo que me faltaba el aire. Aunque intenté salir de allí, había algo que me lo impedía. Cuando trataba de levantarme de la cama, me volvía a tumbar, porque todo me daba vueltas, muchas vueltas, me sentía como si me hubiese montado en ese ventilador. Ahora me parece que no me atrevía a moverme de aquella habitación porque me negaba a afrontar una nueva realidad.

No creo que durmiese más de veinte minutos seguidos aquella noche.

Como me sigue ocurriendo desde entonces, cuando parecía que iba a descansar, me sobresaltaba y volvía de nuevo a las vueltas, y al miedo, volvía al lugar en el que presencio una historia que no va conmigo y de la que, sin embargo, soy el protagonista.

Recuerdo que llamé a mis padres al teléfono fijo de su casa, que es el único canal a través del cual se les puede localizar con facilidad. Descolgó mi madre y cuando le dije que Clara había muerto, repitió esa misma frase de manera más alta y nerviosa, en tono interrogativo, como si no lo hubiese comprendido bien, y a mí me crispó su reacción.

Me alteré al pensar que mi madre se estaba poniendo así de histérica, incluso me enfadé porque me dio la sensación de que debía consolarla yo a ella y en ese momento el que estaba viviendo una situación terrorífica era yo. Creo que fue entonces cuando comprendí que debía tener mucho cuidado a la hora de revelar la muerte de Clara. No recuerdo bien los términos exactos de nuestra conversación, solo sé que le pedí que me pasase con mi padre.

Mi padre, a diferencia de ella, sí me dijo algunas frases que tampoco recuerdo, pero que debieron de ser profundas y sensatas, puesto que consiguieron calmarme.

Ahora tengo claro, Paul, que ante la desgracia más terrible es mejor estar acompañado de personas católicas y practicantes como mi padre, que siempre tiene una respuesta espiritual y humanista para todo. Le pedí que, por favor, fuese a casa y visitase a los niños, necesitaba un par de días como mínimo para poder salir de aquel lugar. Le hice prometer que no diría nada a nadie, tampoco a ellos, sobre todo a ellos.

Al día siguiente volví a la morgue.

Firmé otros tantos formularios y me entregaron a Clara en una urna; un objeto simple, ramplón, inadecuado para que alguien tan especial como ella pudiese descansar. Aun así, lo único que quería hacer era salir de aquella sala con olor a antiséptico. Les pedí una caja de cartón; me daba mucha vergüenza ir por la calle con una urna, me parecía indiscreto e irrespetuoso, una manifestación de tristeza fuera de lugar. En esa caja, también guardé distintos papeles que recuerdo firmar y sus efectos personales. Me vi a mí mismo transportando una urna como en *Crazy in Alabama*, la película en la que Melanie Griffith va a todas partes con la cabeza de su marido en una maleta, y me empecé a reír; sí, Paul, me reí de manera algo histérica, similar a como me he reído esta mañana cuando a Cataclismo le daba pena mi barba medio canosa; me reí de la única forma en la que parece que me sé reír desde entonces.

Fui directamente al aeropuerto. Rellené un formulario

en el que categorizaban el contenido de la urna como abono, aquello rozaba la indecencia.

Aterricé en Madrid.

Cuando llegué al portal de casa, no vi a Avelino. Me imaginé que estaría en el bar o en la ferretería, pero lo agradecí. De haber coincidido con él, quizás hubiese sido la primera persona a la que hubiera confesado lo ocurrido y ahora mi vida sería distinta porque no habría empezado a ocultar un estado civil en el que no me reconozco.

Me dirigí directamente al trastero y lo único que fui capaz de hacer fue cambiar a Clara de caja. Metí la urna en otra de cartón blanco que ella se resistía a tirar porque decía que era muy bonita. Y dejé el resto del equipaje allí. Clara no soportaba subir las maletas a casa cuando llegábamos de viaje, seguía un protocolo estricto para guardarlas en el trastero y que Vilma se ocupase de vaciarlas y limpiarlas en los días siguientes. Luego subí a casa y me senté en el cuarto de estar. Esperé a que viniesen los niños del parque con Vilma. Y, cuando los vi, los abracé mucho.

Cataclismo se abalanzó sobre mí y me cubrió de besos.

Miré a Vilma y, por la manera en la que me devolvió la mirada, supe que mis padres ya le habían puesto al corriente. Cataclismo me preguntó por su madre. Y ahí empezó la mentira, Paul; si es que se le puede llamar mentira a no querer dejar partir a la persona más importante de tu vida.

Lo voy a dejar aquí.

Disculpa, Paul, todavía me cuesta trasladarme a ciertos lugares y momentos de aquel día. Cuando he dejado de escribirte, he intentado concentrarme en las tareas pendientes, pero te confieso que, con excepción de Carlos Álvarez, no siento ninguna motivación profesional, no tengo ganas de contestar ningún correo.

No había comido. Me ha dado igual, tampoco tenía hambre; además, no podría ir a casa a comer porque ya había salido demasiado de la torre y Aline me había visto regresar.

He llamado a Vilma para avisarle de mi nuevo plantón y no me ha cogido el teléfono. No soporto que no responda a mis llamadas. Me hace pensar que está tirada inconsciente en un parque mientras una mafia ha secuestrado a Cornelius y pretenden pedir un rescate que no podría reunir en diez vidas; o que la han atropellado y se han dado a la fuga y, como el niño todavía no sabe hablar, no va a ser capaz de decirle a la ambulancia o a la policía su dirección o mi teléfono.

Nunca había tenido este tipo de pensamientos tan cenizos; hasta hace tres semanas. Ahora me asaltan miedos totalmente irracionales que solo existen en mi cabeza; además, me he empezado a aficionar a leer las páginas de sucesos de la prensa y es terrible la cantidad de fatalidades que ocurren en el mundo, no sé si eres consciente, Paul. Es tan terrible como lo que le ocurrió a Clara.

Vilma me ha hecho una videollamada poco después y yo estaba al borde del infarto porque nunca me había hecho una videollamada y ya me estaba imaginando una *snuff movie* en la que iban a cortar una oreja a Cornelius, pero he visto la cara de Cataclismo y me he tranquilizado. Estaban paseando por la calle, una calle que he reconocido, una calle contigua a la de nuestra casa. Le he preguntado a mi hija que por qué no estaba en el colegio y qué hacía con el teléfono de Vilma. Cataclismo me ha mirado como si hubiese dicho la incongruencia más enorme del mundo. Me ha recordado que es miércoles, que los miércoles, en el liceo, los alumnos salen a la una de la tarde y que Vilma la había ido a buscar a la parada de la ruta, como todos los miércoles.

Lo había olvidado, Paul. No la hora de salida de los miércoles en el liceo; había olvidado que hoy es miércoles.

Cataclismo me ha comentado que *madame* Merkel había discutido con ella porque decía que su padre estaba ignorando sus peticiones y, como Cataclismo no entiende el significado de la palabra «ignorar», le había respondido mal.

He notado que Cataclismo estaba preocupada y ansiosa; le he dicho que no hiciese ni caso de las tonterías que podía decir *madame* Merkel y que ese era precisamente el significado de la palabra «ignorar». También le he felicitado por haber cuestionado a su profesora, porque en la vida no se puede decir a todo que sí solo porque la otra persona ostente una posición de superioridad jerárquica o de mayor edad, a excepción, por supuesto, de los mandatos de su padre.

Cataclismo me ha dicho que lo entendía y me ha preguntado si tampoco debía cuestionar los mandatos de su madre. Le he dicho que por supuesto, que todas las órdenes de su madre había que cumplirlas escrupulosamente. Y me he quedado callado; otra vez. Otra vez mi hija confundida sobre dónde está su madre y yo sintiéndome la persona más miserable del mundo por no ser capaz de contarle que su madre ya no existe en formato terrenal.

Vilma ha cogido el teléfono y, antes de que le pudiese decir que no iba a ir a comer, he visualizado que apretaba los labios como si estuviese a punto de abofetearme y me ha colgado. No me he atrevido a volver a llamar.

En la pantalla de mi ordenador, seguía abierta la investigación sobre Henry Jollenbeck. Appletree y el resto todavía no habían regresado del Starbucks y me ha parecido oportuno investigar a todas las personas que apareciesen en el buscador con ese nombre y apellido. Pero, esta vez, he sido precavido y he decidido levantarme y buscar un sitio más tranquilo.

He ido con mi portátil a la sala de juntas de la planta 12.

Siempre he destacado por ser un profesional puntilloso y orientado al detalle, Paul, estaba convencido de que daría sin problema con la identidad del hombre al que Clara ha confiado un posible legado.

Al principio he recurrido a Facebook. He encontrado un Henry Jollenbeck que vivía en Madrid y debía de tener más o menos nuestra edad. Era un sujeto bien parecido, con cierto aspecto exótico, tipo Keanu Reeves, aunque con el pelo canoso y un hijo sospechosamente parecido a Cornelius; o puede que un sobrino, tampoco salían demasiadas fotos familiares, solo él con ese niño. Como vivía en Madrid, quizás fuese el Henry Jollenbeck que Clara conocía, pero tampoco lo podía asegurar.

Luego he entrado en Instagram. Todas las cuentas de Henry Jollenbeck, sin embargo, parecían privadas. Aun así, no me he desanimado y he seguido buceando por la red para ver si daba con algún dato interesante. Ha habido un momento en el que he acabado en una especie de foro para adultos en el que aparecía un tal Henry Jollenbeck que ha resultado ser un hombre de la edad de mi padre que vivía en Bruselas y buscaba sexo sin compromiso con mujeres «higiénicas y abiertas de mente».

Me he sentido ridículo; ridículo y confundido. Aunque no conozca a ninguna, existen demasiadas personas en el mundo con ese nombre. He llegado a la conclusión de que ningún buscador me iba a certificar quién es el Henry Jollenbeck del testamento de Clara y he sentido rabia. He sentido mucha rabia, Paul.

Me enfada mucho que Clara haya elegido a otro para que administre asuntos que ni siquiera conozco.

Me enfada mucho saber que Clara tenía una vida oculta, porque es la única razón que se me ocurre para explicar que haya hecho un testamento sin decírmelo, para que haya nombrado en su testamento a Henry Jollenbeck cuando en todos los años de relación nunca he oído ese nombre.

Me enfada mucho no poder pedirle una explicación, es como si se hubiese llevado esos secretos a la tumba; una tumba que ni siquiera he sido capaz de proporcionarle.

Quizás debería revisar su móvil; está apagado, me lo entregaron así en la morgue. La verdad es que no sé si quiero encenderlo; no sé si sería capaz de escuchar todos esos pitidos de los mensajes perdidos que suenan cuando un teléfono lleva apagado mucho tiempo. Además, no tengo ni idea de cuál es el código de desbloqueo.

Nunca le pregunté a Clara su clave. Y tampoco le dije nunca la mía; Clara y yo nos conocimos con la edad suficiente para tener nuestros propios asuntos sin caer en espirales tóxicas de celos o necesidad de controlar al otro. Eso me permitió, desde luego, mantener muchísimas conversaciones clandestinas con Aline; y quizás a ella le permitió entablar de la misma manera muchas otras conversaciones clandestinas con otros hombres; conversaciones clandestinas con Henry Jollenbeck.

Nunca me había sentido celoso con Clara, hasta ahora, Paul, y eso debe de tener el nombre de una patología, una patología incurable, como es la de sentir celos de una mujer fallecida.

Mi estómago ha hecho un ruido verdaderamente elevado.

De repente, me ha entrado hambre, mucha hambre. Es como si estuviera sufriendo un ataque de ansiedad gastronómica. Me he autoconvencido de que debía comer algo si no quería desmayarme. En esas condiciones, no puedo rendir ni trabajar de manera adecuada; y, con todas estas investigaciones, sigo acumulando enormes cantidades de *e-mails* a los que no he respondido.

Debería contactar con el socio de París para asegurarme de que tiene todo listo para las reuniones del viernes. Y debería estar más pendiente de lo que hacen Sylvia y Eric; últimamente no me preguntan nada, van por libre, no sé ni lo que hacen, quizás estén intentando destronarme. Les he enviado una convocatoria para una reunión de urgencia esta tarde. Lo he hecho única y exclusivamente para hacerles notar que estoy encima de ellos, no me interesa lo más mínimo el estatus de sus temas, sé que no habrán avanzado nada en absoluto desde el lunes porque son perezosos y torpes. Tampoco tengo manera de comprobar nada, ya te he dicho que estoy desconcentrado del todo.

Quizás debería dejar el diario, Paul, me está quitando mucho tiempo; aunque es verdad que, por otra parte, el hecho de escribir de forma compulsiva me ayuda a parecer ocupado, como si estuviera redactando informes o respondiendo a todos esos correos electrónicos de los que rehúyo sin piedad, es mi coartada perfecta. Además, he adquirido un compromiso con respecto a mi terapia, no puedo dejarlo tan rápido, ¿no crees?

He decidido que un sándwich en la máquina de *vending* podría aliviar un poco esta ansiedad, por lo que he vuelto a subir a la planta 13.

Cuando he entrado en la cocina, Sylvia y Eric estaban sentados con Patty y Selma; compartían lo que parecía una berenjena rellena y se me ha vuelto a quitar el hambre al ver el bigote de Selma con restos de tomate frito. He comprendido que definitivamente Sylvia y Eric están trazando un plan para destronarme, con la cooperación necesaria de Patty y Selma. Con toda probabilidad, además de compartir esa berenjena grasienta que se parece a la nariz de Hildur cuando se ha excedido con la cerveza, estuviesen haciendo sus quinielas sobre los próximos nombramientos de socios y les debe de dar mucha rabia que me vayan a promocionar.

Les he sonreído y he comprado una botella de agua porque tampoco quería parecer un lunático. Me he bebido la botella de un trago de camino a mi sitio y, cuando he visto mi mesa vacía y he recordado que se me había olvidado el portátil en la planta de abajo, se me ha ocurrido una idea brillante.

Clara y yo compartíamos el ordenador de casa; bueno, en realidad era su ordenador, ya que yo siempre utilizo mi portátil.

Clara, como buen arquitecto, compró un Apple extremadamente plano que colocó de forma estratégica en una mesita oculta en la biblioteca de nuestra casa. Y me sé de memoria la contraseña de ese ordenador, la elegí yo, todavía me acuerdo de sus risotadas cuando se la comuniqué. Decidí que la única palabra que era verdaderamente difícil de escribir a la primera y que, por lo tanto, disuadiría a cualquier extraño o *hacker* de meterse en el sistema operativo era *vichyssoise*. Y la sofistiqué con dos signos de puntuación y una mayúscula, ya te he comentado que he seguido con atención las instrucciones de los cursos de seguridad que nos imparten en la firma.

Esta tarde, cuando llegue a casa, revisaré el ordenador de Clara y sabré perfectamente quién es Henry Jollenbeck.

Tener un plan de búsqueda me ha serenado bastante y, mientras bajaba por la escalera a la planta 12, ha sonado un pitido en mi móvil; he visto una notificación de WhatsApp de un número que no tenía registrado:

«Qué guapo estás sin barba, *crème fraîche*».

Solo existe una persona en el mundo que se haya referido a mí como *crème fraîche* en toda mi vida y hace más de diez años que no lo hace.

Recuerdo que aquel vuelo a Ginebra me resultó corto, mucho más corto de lo que debería. Y sé que esto fue porque me pasé todo el trayecto hablando con ella. Al principio me sentía un poco intimidado, quizás por su superioridad jerárquica o debido a que era mayor que yo o a que me parecía una mujer atractivísima; pero Aline tenía la capacidad de envolverte en las conversaciones, como si lo que tuvieses que decir fuese lo más importante que podía escuchar, y esa capacidad es extraordinaria, sobre todo cuando te acabas de conocer. Aunque no terminaba de olvidar que era mi jefa, me sentía inusualmente cómodo con ella; además, me resultaba incluso más atractiva que la primera vez que habíamos hablado, me llamaba la atención su boca sugerente que no paraba de hidratar con un cacao de labios.

Llegamos a Ginebra y tomamos un tren hasta Gstaad; Aline y yo seguíamos enfrascados en nuestra conversación, sin prestar atención a todos los paisajes de anuncios de chocolate.

David y Miguel, los otros directores de la firma que formaban parte del equipo ganador del sorteo, intentaban intervenir de vez en cuando, pero Aline no parecía muy interesada en dejarlos participar. Ellos sí acabaron mirando por la ventana a aquellas vacas que gozaban de buena salud.

Debimos de llegar a Gstaad a primera hora de la tarde. Hubo un problema con los apartamentos que habíamos alquilado y acabamos metidos en uno muy pequeño, una especie de cabaña coqueta y funcional con dos habitaciones y un baño. A Aline le pareció divertido compartir apartamento como si fuésemos estudiantes universitarios y yo me dejé llevar, al fin y al cabo, tampoco había otra opción. David y

Miguel decidieron unilateralmente que dormirían en una de las dos habitaciones y, antes de que Aline pudiese decir nada, le cedí el uso de la otra; yo me acomodaría en el minúsculo sofá cama del salón.

En un ejercicio de proactividad, y teniendo en cuenta que era el más joven y el de menor categoría profesional de ese viaje, me autoproclamé responsable de hacer la compra. Aline me dijo que me acompañaría entusiasmada.

David y Miguel decidieron quedarse en el apartamento jugando a una consola que Miguel había traído y que a David le parecía el *summum* de la felicidad porque decía que su mujer no le dejaba tener una en casa; sí, Paul, David era esa clase de hombre.

Aline y yo nos marchamos, y acabamos deambulando por el único supermercado Spar abierto que encontramos a esas horas. Después de meter en el carrito un paquete de café y unos biscotes, Aline me dijo que si estaba todo y yo asentí sin mencionarle la necesidad de comprar papel higiénico. Estarás de acuerdo conmigo en que comprar papel higiénico es sórdido y molesto cuando vas de viaje con compañeros de trabajo.

Ya te he comentado lo particular que soy para todo lo relativo al laxado, ese acto individual que no ha de ser objeto de imaginación por parte de las personas a las que debes parecer respetable o mostrar autoridad. Aline me debió de leer el pensamiento porque me dijo en un tono casi maternal que fuese a buscar papel higiénico mientras ella se encargaba de coger yogures y quesos para el desayuno.

Cuando nos vimos en la caja, puso una tarrina de *crème fraîche* encima de la cinta.

Le comenté que era un producto que me encantaba, que seguía sin entender la razón por la que no se podía encontrar en otras partes del mundo más allá de Francia o Suiza. Y

Aline, de manera maliciosa, me aseguró que la mayoría de la gente, que es vulgar como casi todas las mayorías, piensa que la *crème fraîche* es igual que el yogur o la nata.

Me hizo mucha gracia ese comentario tan clasista y le respondí que así era mejor, que solo algunos elegidos podíamos constatar la diferencia.

Volvimos del supermercado y Miguel estaba en la misma posición en la que le habíamos dejado media hora antes, embobado jugando a la maquinita; también oímos el ruido de la cisterna y vimos como David salía con cara de satisfacción del baño.

—No hay papel higiénico —le oímos decir, y Aline y yo nos miramos sonriendo.

Te confieso, Paul, que, después de Appletree, David es la persona que más me ha desagradado a lo largo de mi trayectoria profesional. Compartía con Appletree esa atracción por la mediocridad y lo hortera, aunque, contra todo pronóstico, llegó a convertirse en socio de la firma. También tenía barba y algo de sobrepeso. Hablo en pasado porque ha muerto. Murió de un infarto pocos meses antes de que entrase Hildur.

Sé que la muerte de Clara debería haberme convertido en alguien más empático en relación con estos asuntos, Paul. Sé que debería haber madurado y mostrarme más condescendiente y comprensivo cuando me acuerdo de él, indudablemente esto es así. Pero te mentiría si te dijese que me siento triste o culpable con su desaparición; hay personas en la vida, sobre todo las que son vulgares y ostentan criterios zafios de educación y de belleza, que es mejor que desaparezcan, es una cuestión de estética y de dignidad. De la misma manera que personas como Clara, que era el paradigma del refinamiento y la elegancia, deberían acompañarnos para siempre.

Por la noche, Aline propuso ir a cenar fuera. David y Miguel se negaron porque decían estar muy cansados del viaje y, además, tampoco querían «hacer gasto». Recuerdo que nunca había oído la expresión «hacer gasto» hasta que conocí a David y, aunque nunca se me habría pasado por la cabeza utilizarla, te confieso que me venía igual de mal que a ellos gastar mi dinero en una cena en Suiza. En aquellos momentos de mi vida personal y profesional, un júnior recién casado, mi economía estaba lejos de ser boyante. Pese a ello, ni se me pasó por la cabeza negarme.

Esa noche fue la primera vez que Aline y yo cenamos juntos, solos, mano a mano, en un restaurante cuyo nombre no recuerdo, pero en el que los manteles eran de cuadros rojos y blancos y solo servían *fondue* y vino tinto.

Enseguida compartimos opiniones muy personales, como que nos fijábamos mucho en el esmalte de los dientes. Aline me dijo que le llamaba la atención lo blanco que tenía el esmalte; y yo le dije que también me había fijado en el suyo. No sé si era por compartir el mismo signo del zodiaco (otro de los temas de los que hablamos en aquella cena) o por estar sumergidos en esos primeros diálogos de la seducción, pero coincidíamos en detalles tan insignificantes como que las matrículas suizas de los coches nos parecían preciosas o que la estética más elegante de todos los tiempos era la de cualquier película buena de los años setenta.

Aunque, ahora que transcribo esto, no me puede parecer más ridículo, te puedo decir que, en cada comentario que hicimos esa noche, en cada frase que dijimos, había una atracción subyacente, un doble sentido, una espiral de coqueteo que ninguno de los dos quería detener. Sentía como si quisiese compartir todo lo que pensaba de la vida con ella. Recuerdo no pensar en Clara en ningún momento de esa noche; recuerdo no pensar prácticamente en ella en ningún momento de ese viaje, incluso recuerdo que me molestaba estar casado. Ahora, ese recuerdo me duele.

Después de aquella cena, Aline y yo dimos un paseo de vuelta a nuestro apartamento y contemplamos las letras enormes e iluminadas estilo *art decó* del hotel Bellevue. Volvimos al apartamento. Aline se dirigió a su cuarto y yo me acordé del sofá cama. Antes de que pudiese ponerme el pijama, la Blackberry corporativa que llevaba entonces, y que era lo más parecido a una Game Boy, emitió un sonido similar al de WhatsApp y pude leer el primer PIN de Aline.

«Buenas noches, *crème fraîche*».

En aquella época no existía WhatsApp, Paul, ni nada que se le pareciese; Aline me enseñó una manera clandestina de comunicarnos a través de un sistema de Blackberry que se llamaba PIN. Esa noche descubrí que, si alguien te mandaba uno, la lucecita de esa máquina que normalmente parpadeaba en color verde se volvía fija y roja. Como soy una persona a la que no le gusta dejar ninguna conversación a medias, le respondí diciendo que *crème fraîche* sonaba mucho más apetecible que «yogurín».

Luego recuerdo que escribí un SMS a Clara diciendo que estaba todo bien y que la echaba de menos, que no la podía llamar porque estaba con esa gente aburrida del trabajo. Sé que fue un comportamiento hipócrita e infantil, digno de una persona egoísta e inmadura de dieciocho años y no de un hombre recién casado con una mujer que valía la pena.

Aquella noche, tardé mucho tiempo en conciliar el sueño, pero en ningún momento por experimentar algún sentimiento parecido al arrepentimiento. Las paredes del apartamento eran muy estrechas y oía con nitidez los ronquidos de David y de Miguel. Además, seguía pendiente de observar si la luz de la Blackberry se ponía en rojo. Esa noche, Aline no me escribió más; tampoco Clara me contestó.

Cuando al día siguiente sonó la alarma de mi teléfono, tenía la sensación de que me había dormido hacía diez minutos.

Aline estaba levantada y había preparado café. Me acercó una taza a la mesita del salón y yo me incorporé. Normalmente, me habría dado mucha vergüenza que alguien me viese recién levantado, con los ojos medio cerrados, el pelo alborotado y erecto, que es como te levantas cuando tienes menos de treinta años; pero esa mañana, no sé por qué razón, me sentía a gusto con Aline compartiendo ese momento de intimidad. Y, por la manera en la que ella me observaba, creo que no le desagradaba en absoluto mi presencia.

El baño se encontraba fuera de las habitaciones. La primera que lo utilizó fue ella; abrió el grifo de la ducha y recuerdo sentir que me apetecía mucho ducharme con ella. Más tarde entró David. Todos pudimos oír cómo relajaba sus intestinos, entre estruendos y suspiros inquietantes. Aline y yo nos miramos con una mezcla de sorpresa, risa y estupor. Cuando salió, igual de despreocupado que la víspera, Aline me dijo de manera divertida que era mi turno.

Yo no quería entrar en el baño después de aquello. El simple hecho de observar el maltrecho inodoro me daba pavor; pero tampoco podía retrasar al grupo ni quería llevarle la contraria a Aline. Entré conteniendo la respiración y en menos de cinco minutos ya estaba duchado y vestido con mi traje de esquiar.

Miguel salió del apartamento sin haber entrado en el baño, por lo que tuve la certeza de que no se había lavado la cara ni los dientes. Miguel resultó ser una persona muy poco higiénica, quizás debido a su adicción a la videoconsola con treinta y cinco años. También hablo en pasado de él; sin embargo, no ha muerto, Paul, tranquilo, solo que ya no trabaja en la firma.

Los tres se dirigieron a la tienda de alquiler de esquís y yo me retrasé deliberadamente, diciendo que, como tenía que alquilar una tabla de *snow*, quería ver más opciones en otras tiendas. Aunque ya había rebajado las expectativas de mi *expertise* en ese deporte tan fútil, seguía sin confesar a mis compañeros de equipo la realidad del asunto; tampoco a Aline. En ningún momento se me habría ocurrido interrumpir cualquiera de mis conversaciones entretenidas con mi nueva amiga para decirle que no tenía ni idea de manejar esa tabla de planchar nieve. Cuando vi que todos habían alquilado sus equipos y se marchaban hacia el primer remonte, entré en la tienda y alquilé unos esquís. No iba a perder mi tiempo intentando mejorar lo que Heike (la *au pair* cruel de aquel centro comercial al que me llevó Clara) me había enseñado.

Me acerqué a las pistas y vi a Miguel y a David en el recinto de los principiantes intentando hacer la cuña. Parecían dos luchadoras de sumo que se hubiesen pasado con el chinchón. Tuve la certeza en ese instante de que también habían mentido con respecto a su dominio del deporte alpino; entonces, me subí al telesilla dispuesto a pasar una de las mejores jornadas de esquí de toda mi vida.

La competición se celebraba al día siguiente, por lo que disponíamos de toda la jornada para nosotros. No había pasado ni una hora desde que había comenzado a esquiar cuando recibí otro PIN de Aline citándome a comer en una de las terrazas del valle. Se dirigió a mí como «colmillo blanco», en alusión a mi esmalte, no a la novela de Jack London que me leí cuando tenía trece años, Aline y yo no habíamos hablado de literatura nunca.

Viéndolo con perspectiva, Paul, creo que ahora podría identificarme perfectamente con ese perro doméstico que usa sus instintos básicos para sobrevivir. Quizás mi Alaska particular sea el hecho de haber enviudado y la mentira con la que convivo, un recurso de adaptación al medio.

Acudí a esa especie de cita dando por hecho que estaríamos resguardados de los dos animales de compañía de nuestro grupo, era imposible que con ese nivel de esquí pudiesen subir hasta allí y cuando Aline me vio llegar puntual, subido a mis dos esquís, comprendió inmediatamente mi pequeña mentira. Se echó a reír y me dijo que era un *crème fraîche* tramposo y juguetón; en ese momento, ya quería acostarme con ella.

Almorzamos dos sándwiches y una taza de chocolate caliente, y en ese almuerzo no paramos de reírnos sobre las flatulencias de David, a las que ella denominaba *pruts*. Me encantó que se refiriese a la aerofagia constante de ese hombre como *prut*, aquello me pareció el colmo de la sofisticación. Cada vez me sentía menos abrumado en su compañía, me imagino que no hay nada más efectivo que el humor escatológico para pensar que has encontrado a la persona de tu vida.

Con Clara nunca hablé de temas escatológicos; era tan femenina y delicada que nunca me habría permitido esa conversación. Aline también era femenina; en cambio, era mucho más desinhibida, aunque en absoluto vulgar.

Después de comer, continuamos explorando el valle. Aline me dejaba atrás con una facilidad pasmosa; me comentó que esquiaba desde pequeña y que, al poco de divorciarse, se había unido a un grupo de directivos de otras empresas que organizaban viajes de esquí en lugares como Bariloche o Colorado. Era la primera vez que Aline hacía referencia a su divorcio y esa confianza me gustó. Por mi parte, obvié mencionar a Clara, pese a llevar una alianza en el dedo anular de mi mano izquierda.

Volvimos al apartamento; no había ni rastro ni de Miguel ni de David. Nos quitamos las botas en una especie de antesala que habían habilitado al efecto y Aline empezó a criticar mis calcetines, que eran de rayas blancas y amarillas. Volví a sentirme abrumado. Nos sentamos en el sofá. Recuerdo que me resultaba algo incómodo el silencio y le dije una frase manida sobre que lo mejor de esquiar es la sensación de quitarse las botas. Y recuerdo que me dijo que estaba equivocado, para ella, lo mejor del *après-ski* eran los masajes en los pies que se deben dar los compañeros de pistas. Volví a quedarme en silencio. Habría jurado que mi cara se volvía de color escarlata.

Aline me tocó la pierna; deslizó las manos hasta mi pie y lo acarició de manera suave y sensual. Yo me dejé hacer, sumido en un estado que en aquel momento habría definido como semitántrico.

Entonces oímos el sonido de unas llaves en la cerradura de la puerta. En menos de treinta segundos, los paquidermos de Miguel y de David interrumpieron esa conexión; Aline se detuvo y me miró con toda la lujuria del mundo.

David y Miguel entraron en el apartamento. Parecían dos muñecos Michelin, con aspecto de haber sido víctimas de tres aludes. Se desplomaron en el sillón.

Aline sugirió la posibilidad de pasar el resto de la tarde en el *spa* del hotel Bellevue, a sabiendas de que Miguel y David se negarían en redondo; eso lo supe más tarde. Entrar en el *spa* suponía «hacer gasto». Mucho gasto. Para mí también. Pero, de nuevo, no se me ocurrió en ningún momento no acompañarla a ese lugar. Había llegado demasiado lejos como para echarme atrás por una restricción presupuestaria.

Treinta minutos más tarde, Aline y yo nos encontramos otra vez, solos, en la piscina climatizada del Bellevue. Fue la primera vez que la vi en bikini; un bikini negro, simple, elegante. Me encantó su clavícula y sus brazos torneados; la forma de sus pechos me recordaba extraordinariamente a los de Clara y tenía unas piernas fabulosas, de hueso largo, como las modelos antiguas.

Decidimos tomar una sauna.

No sé si sabrás que las saunas en Suiza son mixtas y el protocolo exige que se entre desnudo, aunque por decoro debas envolver el cuerpo con una toalla.

Aline decidió que aquello no debía ser un obstáculo para que pudiésemos disfrutar de esa práctica finlandesa. Pensaba que iba a vivir una de las experiencias más eróticas de mi vida, cuando ella, de manera diligente y ejerciendo su superioridad jerárquica, estableció que entraríamos separados por turnos de quince minutos. Pese a tener la convicción en aquel momento de que nada me apetecía más que ver a Aline desnuda, asentí como un niño obediente a quien han castigado por alguna travesura.

Me pidió que le prestase mi reloj, quería cronometrar el tiempo de cada sauna. Se lo presté de manera automática, irreflexiva; le quedaba sorprendentemente bien. Siempre he tenido las muñecas muy estrechas, como de mujer, mi madre dice que debería haber sido pianista.

Aline me dijo que le encantaban los relojes de hombre y más ese en particular, un Rolex Pepsi de acero con la esfera negra y un bisel giratorio de color azul y rojo; un reloj que sigo llevando y que ya no se fabrica. Un reloj que Clara me había regalado por nuestra petición de mano. Bromeó con que se lo iba a quedar y yo me reí porque me daba igual, todo en aquel viaje estaba siendo frívolo y festivo; y, aunque después de esa sesión de sauna me lo devolvió y nunca más me lo he vuelto a quitar, ahora, cuando lo pienso, me siento fatal, Paul. Me siento como un auténtico impresentable por habérselo prestado. Me parece una traición en toda regla, casi al mismo nivel que todo el sexo que practicamos durante las siguientes semanas. Quizás me haya vuelto hipersensible.

Te tengo que dejar otra vez, están llamando a la puerta de la sala.

Sylvia y Eric han entrado con la excusa de que tienen que preparar la reunión a la que los he convocado, lo que confirma de forma clara mi teoría conspiratoria sobre sus malas intenciones hacia mí, no recuerdo haberles dado permiso para reunirse en mi ausencia. He salido con determinación de ese espacio y me he metido en el baño a refrescarme la cara, todo este episodio de la nieve en Gstaad me estaba sofocando. He mirado el reloj y me he dado cuenta de que se ha vuelto a hacer muy tarde; definitivamente, este diario confesor me está haciendo perder la noción del tiempo.

En vez de subir a mi sitio, he bajado por las escaleras para ir a la primera planta, que es donde se encuentra el Departamento de Informática, una planta repleta de personas con acné y que se visten de manera muy exótica. Pretendía excusar mi ausencia actualizando el portátil, que es un proceso que tarda horas y que siempre nos piden hacer; creo que se empieza a notar el poco tiempo que paso en la oficina, Paul, tengo la sensación de que todo el mundo sabe que me ocurre algo extraño; incluso tengo la sensación de que apesto a viudo.

Perdona, no me quiero descentrar.

Te decía que iba a actualizar el portátil, un trámite que, por supuesto, nunca realizo porque me parece una pérdida de tiempo, pero he considerado que era una idea brillante, la coartada perfecta, la única posibilidad para no ser descubierto. Estaba llegando a la sexta planta, cuando he oído unos murmullos en el rellano inferior; unos murmullos inconfundibles, porque ya sabes que reconocería la brusquedad de los movimientos de Hildur aunque estuviese en un concierto de Nirvana.

Me he asomado por la barandilla y lo que he visto me ha sumido en un estado de estupefacción permanente: Hildur y Appletree salían del baño.

Bien, hasta ahí todo normal, dos colegas de trabajo que coinciden en los aseos para lavarse los dientes, aunque sean los aseos de siete plantas más abajo y aunque ya hayamos comentado que lavarse los dientes delante de un compañero de trabajo roza la indignidad.

Pero, entonces, Hildur ha dejado pasar en primer lugar a Appletree, como si él fuese una damisela, y le ha pellizcado el culo. Le ha pellizcado ese culo de señora, Paul. Appletree se ha sobresaltado y ha emitido una especie de gritito histérico como si fuese una animadora de fútbol americano.

Ha sido una visión muy desagradable.

Ahora te estoy escribiendo desde un portátil que me han dejado de sustitución. No sabía que hubieran cambiado el protocolo en Informática y que ya no hay que esperar esas dos horas sin ordenador, por lo que mi excusa era un despropósito. Sin embargo, me ha dado igual. De hecho, cuando he subido de nuevo a la planta 13, he atravesado la pradera y me he sentado al lado de Appletree haciendo ruido; me ha importado muy poco que pensase que llevaba todo el día holgazaneando. También he visto que Hildur estaba dentro del despacho con Aline y tenía la barbilla colorada, como si se hubiese hecho un *peeling* facial, aunque yo sabía que esas rojeces habían sido provocadas por un contacto estrecho con la barba ruda de Appletree.

Ahora me siento poderoso. El hecho de saber que Hildur

y Appletree mantienen relaciones sexuales, independientemente de parecerme grimoso y agresivo, me da tranquilidad. Me da tranquilidad con respecto a mi ocultación de la viudedad; me da tranquilidad con respecto a lo que Appletree haya podido ver esta mañana en mi pantalla; incluso me da tranquilidad con respecto a las relaciones inapropiadas que mantuve con Aline: Appletree está casado, yo también lo estaba, Hildur es su jefa, Aline era la mía. Admito que no me hace tanta gracia compartir este tipo de similitudes, pero no puedo dejar de sentirme satisfecho por haber descubierto este idilio tan salvaje.

Por supuesto, me he tenido que marchar de la oficina, aunque fuesen las seis de la tarde. Paul, no me iba a quedar viendo cómo ese par de viciosos tonteaban delante de mí.

He creído conveniente esperar a que actualizasen el portátil; también he contestado a Aline, con dos emoticonos sugerentes, ya que, a diferencia de los mensajes PIN de la Blackberry, el cambio tecnológico de la última década me ha beneficiado y puedo decir mucho más con esos símbolos. He utilizado la carita que sonríe y saca la lengua, lo que podría tomarse como una broma cómplice o una invitación a practicar un *cunnilingus*, y otro con la sonrisa pícara.

Al montarme en el Smart, he visto los mensajes de Sylvia y Eric, que estaban esperando en la sala de reuniones a que empezase la reunión de urgencia a la que les había convocado. Les he respondido diciendo que me veía obligado a anularla porque consideraba que no habían avanzado lo suficiente en los temas para revisarlos, que hiciesen el favor de acabar algunos antes de sentarnos mañana a primera hora.

También he recibido el clásico *e-mail* de Hildur, que me buscaba e intentaba hacerme sentir mal, pero me ha dado igual. He cerrado el correo y me he propuesto no volver a mirarlo hasta mañana. Esa mujer no tiene ya ningún tipo de autoridad sobre mí, coincidirás conmigo en que, después de lo que sé sobre sus prácticas libertinas con Appletree, tengo todo el derecho a tomarme la tarde libre.

CUARTO DÍA

Jueves, 27 de febrero de 2020

Para: Paul (terapeuta)

Asunto: Semana que viene

Querido Paul:

Me voy a París este mediodía y te escribo para comentarte que finalmente voy a dejar la terapia. Ahora mismo no doy abasto, me encuentro a las puertas de mi deseada promoción a socio y no tengo tiempo para nada. He descubierto, además, que mi compañero de trabajo se acuesta con mi jefa y me parece que tengo que poner un poco de orden en la oficina, esa clase de comportamientos son los que acaban con las carreras profesionales de las personas.

¿Sabes, Paul? Creo que tu agenda está repleta de gente mucho más trastornada que yo y que necesitarán de tu consejo desesperadamente.

Salvo tu mejor opinión, no veo que una terapia presencial tan personalizada sea necesaria. Quizás podría seguir escribiéndote por *e-mail*, siempre en el caso de que no pueda sobrellevar el duelo en condiciones.

Considero que cada día estoy mejor; de hecho, estos últimos días estoy durmiendo fenomenal y las pequeñas rutinas que me propusiste para recuperar el control han sido de enorme utilidad.

Te pagaré de todas formas, ya sabes que el dinero no es problema. Siento enormemente el inconveniente que esta decisión te pueda causar. Como compensación, te haré llegar unos *macarons* de Ladurée, aunque, si te soy sincero, me parecen igual de empalagosos y artificiales que los *cupcakes* de cualquier pastelería cutre de Ohio.

Cuídate mucho, Paul, y mucho ánimo con esos pacientes tan lunáticos que seguro te complican la existencia.

À bientôt!

Jueves, 27 de febrero de 2020

Te he vuelto a mentir, Paul, estoy fatal.

Aun así, me parece demasiado complicado ir a verte a la consulta y contarte todo esto de viva voz, resumirte todo lo que me está pasando, la ocultación de la viudedad en el trabajo, mi aventura con Aline, el testamento de Clara. Creo que es mejor que siga con el diario, también que te lo envíe; quizás, una vez que comprendas todo, me puedas ayudar en la consulta.

Sigo sin poder dormir y, si continúo así, puede que necesite recurrir a algún tipo de medicación.

Siempre me he mostrado reacio a tomar cualquier ansiolítico, sobre todo, desde que me dieron un golpe con el coche cuando era (más) joven y tuve que ingerir un relajante muscular durante las dos semanas posteriores al accidente. Un relajante que era inofensivo en apariencia, pero que me hacía vagar por la casa con un humor increíblemente bueno; llegué hasta a cantar marchas militares para despertar a mis padres.

Mi adicción duró muy poco; escuché una conversación privada entre ellos, en la que temían que acabase como Drew Barrymore cuando rodaba *E. T.* y me quitaron el bote de pastillas de cuajo. Recuerdo deprimirme mucho, pero no protesté, ya te he dicho que nunca he sido una persona rebelde con respecto a la autoridad paternal y, desde entonces, he mantenido una actitud muy sobria con los estupefacientes.

La tarde en la que Clara se marchó, los médicos pretendían atiborrarme a Orfidales. Hice como que me los tomaba. Sin embargo, no me tragué ninguno y en medio de aquel caos pensé que, si Michael Jackson no se hubiese fiado de sus médicos, quizás hoy seguiría aquí.

Ayer por la noche intenté descansar. Como no quería que me pasase lo del día anterior, traté de ocupar mi mente elaborando una lista de aspectos positivos derivados de haberme quedado viudo.

Me centré en la parte cotidiana, como, por ejemplo, haberme librado de compartir el baño con Clara, no someterme a su dictadura con el mando de la televisión, disponer de su Smart eléctrico y dejar de pagar una parte del préstamo hipotecario. Inmediatamente, me sentí miserable y fuera de lugar, por lo que recurrí a las memorias de Winston Churchill, que mi padre me regaló por mi último cumpleaños.

Leí tres capítulos. Seguía sin poder dormir.

Cogí el móvil.

En un impulso del todo inapropiado, empecé a intercambiar mensajes con Aline por WhatsApp; mensajes un poco ambiguos en los que recordábamos anécdotas de Gstaad o de cuando empezamos a trabajar juntos en la firma. En algún momento de la noche, Aline dejó de contestar y a mí me venció el agotamiento, pero dormirme ha sido peor que estar despierto. He tenido una pesadilla tan violenta, Paul, que ni siquiera he sido capaz de levantarme sobresaltado, por lo que he tenido que asistir impasible a una sucesión de imágenes dantescas que me siguen taladrando la cabeza.

En mi sueño, nos encontramos los cuatro juntos en el apartamento de Gstaad; Hildur, Appletree, Aline y yo. Hildur y Appletree están tumbados en uno de los dos sillones y

Aline y yo en el otro. La televisión está encendida y emiten una especie de *Ruleta de la fortuna vintage* con imágenes en color mate. Sortean un Opel sedán como el que poseía mi padre en 1989.

Hildur come palomitas y acierta los paneles con entusiasmo mientras habla con la boca llena. Aline me está acariciando la rodilla y Appletree, sentado a la derecha de Hildur, agita esa pierna inquieta como cuando estamos en una reunión y le entran los temblores. Entonces, en una pausa publicitaria, Hildur nos dice que es hora de ponernos a hacer los deberes y le pasa el brazo por la espalda a Appletree, obligándole a tumbarse en su regazo, como si fuese un niño al que fuese a propinar una azotaina.

Yo permanezco en silencio y Aline contempla divertida la escena.

Hildur le dice a Appletree que ha sido un niño muy malo, que le va a castigar, y Appletree, con los ojos cerrados, empieza a emitir sonidos guturales como si fuese Maggie Simpson aspirando un chupete. Hildur le baja de un tirón los pantalones y nos descubre su trasero, que es de señora, como ya te he comentado alguna vez, pero además muy peludo, como su barba. El trasero de Appletree parece el lomo de un *chow chow*.

Hildur le da un azote seco en la nalga izquierda y comienza a practicarle un masaje prostático.

Appletree se queja.

Hildur saca la mano, le da otro azote y, con la otra mano, le estira de la barba.

Appletree se vuelve a quejar y Hildur le mete otra vez un dedo por el recto.

Appletree parece transitar entre el placer y el desconsuelo, pide clemencia, pero pone caras de disfrutar con aquella tortura y la presentadora del concurso anuncia al ganador del Opel.

Aline me hace un ademán con la cara indicando que la acompañe al dormitorio. Yo me levanto y la sigo, sometido, subordinado como un zombi. Una vez en la habitación, Aline comienza a desvestirse. Lleva una combinación de seda de color rojo oscuro, totalmente descontextualizada en esa cabaña de esquí y que, a pesar de ello, me encanta porque, durante los meses que duró nuestro tórrido romance, ella siempre llevaba combinaciones de La Perla que me quitaban el habla.

Se acerca a mí, me toca la cara; empezamos a besarnos. Dirige mi mano a su monte de Venus y la noto empapada.

Entonces, se sienta en la cama y empieza a quitarme el cinturón, como si fuese a iniciar una felación; Aline parece dispuesta y entusiasmada, pero a mí no me está excitando en absoluto. Para evitar que se dé cuenta de mi probable gatillazo, decido cambiar de posición. Ahora me agacho yo y le empiezo a besar las piernas; son suaves y huelen bien. Continúo recorriendo sus muslos con la suficiente lentitud para que Aline emita pequeños gemidos rasgados y, con una mano, comienzo a acariciar su vagina. Lo hago de manera mecánica, por inercia, te aseguro que me resulta igual de indiferente que tocarle la barriga a un gato; ella, en cambio, parece disfrutar.

Me agarra del pelo y dirige mi cabeza hacia su intimidad. En mi pesadilla, me agobia que Aline me pueda arrancar parte del cuero cabelludo y me pongo de mal humor, ya que el tratamiento del tricólogo me está costando cantidades ingentes de dinero y no estoy dispuesto a perder mis folículos pilosos por prácticas profesionales de riesgo.

Le quito las manos de mi cabello, pero sigo esmerándome en la técnica, aunque me dé la sensación de que estoy mascando un chicle sin azúcar. Aline se refiere a su vagina en tercera persona. Me dice frases pornográficas que yo veo ridículas, como «sigue así, *crème fraîche*, no le tengas miedo, dale placer». Y sigo oyendo de fondo los azotes de Hildur y esos lamentos tan extraños de Appletree.

Me he despertado.

No había oído la alarma y había demasiada luz en la habitación, por lo que he sabido que era extraordinariamente tarde.

He mirado el móvil y tenía una decena de notificaciones de WhatsApp. Es probable que me quedase dormido contestando a Aline.

Cuando he visto la hora que era, he comenzado mi rutina de aseo como si dispusiera de todo el tiempo del mundo. No existía ninguna posibilidad de que pudiésemos llegar a tiempo al colegio. En el espejo del baño, he visto que tenía los ojos llorosos, no sé si por culpa de esa sesión tan bizarra de sexo, de mi alergia, o solo es que me he puesto a llorar dormido.

Sí, a lo mejor es que estoy llorando dormido lo que soy incapaz de llorar despierto.

Puedes suponer que ni siquiera he ido a nadar. He zigzagueado por el pasillo hasta la cocina y, cuando he entrado, mis hijos ya estaban listos para ir al colegio y yo ni siquiera me había cambiado.

Cataclismo me ha saludado efusiva y Cornelius me ha mirado con algo de alegría. Vilma continúa sin dirigirme la palabra, pero, por lo menos, ha preparado un litro de café y me he sentido muy agradecido; creo que podría convivir pacíficamente con sus miradas de odio y decepción siempre y cuando siga preparando ese café.

No me daba tiempo a ponerme un traje para llevar a Cataclismo al colegio y eso me ha desestabilizado por completo, Paul. Los hijos han de ver a sus padres bien vestidos, siempre, sin excepción. Me enervan mucho esos progenitores que llevan a sus hijos al colegio en chándal, con aspecto de haber pasado todo el fin de semana lavando el coche en un centro comercial, aunque luego presidan un fondo de inversión.

He tomado una determinación: no pasaría por la oficina. Llevaría a Cataclismo al colegio, volvería a casa, me pondría un traje de hombre respetable y me iría al aeropuerto a cumplir con mi deber. Le he pedido a Vilma que nos acompañase porque mañana tiene que llevar a Cataclismo a clase (no me ha dado tiempo a meterla de nuevo en una ruta) y quiero que se aprenda de memoria el trayecto.

Nos hemos subido los cuatro al Volvo, Cornelius parecía muy contento.

Hacía casi un mes que no cogía ese coche y me ha parecido espantoso. Demasiado grande, demasiado potente, demasiado familiar para la estructura reducida que me queda. Lo he rayado contra una columna al salir del garaje y me he sentido estúpido porque no puedo soportar los arañazos en los coches. Luego me he acordado del reparador de arañazos que había comprado por internet y he empezado a pensar que el destino es macabro y me obliga a hacer compras espontáneas absurdas para prepararme frente a los desastres a los que voy a tener que enfrentarme.

He decidido que, cuando volviese de París, lo pondría a la venta y me compraría algo más pequeño y adaptado al tipo de familia en la que nos hemos convertido. Inmediatamente después, me he dado cuenta de que el Volvo es un coche de empresa y tampoco puedo cambiarlo así, sin más, despertaría sospechas en el Departamento de Residuos Humanos. Me he acordado también de que no avisarlos de mi situación de viudo también impacta en el tema de los impuestos. He decidido que ya lo arreglaría cuando me hicieran socio, una pequeña irregularidad fiscal tampoco es tan grave.

Debería desprenderme del Smart, solo cuenta con dos plazas y yo tengo dos hijos, no puedo renunciar a ninguno de ellos. Escribiré a Robert para ver qué pasos he de seguir. Quizás también le tenga que pedir permiso a Henry Jollenbeck.

Si te digo la verdad, Paul, nunca pensé que me vería en la situación de recibir la herencia de Clara.

La incursión que hice ayer en su ordenador cuando llegué a casa fue improductiva. Además de parecerme muy complicado utilizar un Mac, lo único que encontré fueron las fotos que guardaba de nuestros momentos en familia, de nuestro viaje de novios, de cuando nacieron nuestros hijos. Fui incapaz de seguir viendo fotos, me sentía francamente mal buceando en sus cosas. No sé si estoy preparado para revisarlas, por mucho que me inquiete Henry Jollenbeck o que haya descubierto que le encantaba otorgar testamentos en Nochebuena.

No te puedo decir que me dé igual, Paul, pienso seguir investigando este asunto hasta el final; solo que quizás ayer no era el momento. Ayer había asuntos más importantes de los que ocuparme, como preparar la maleta del viaje a París o cenar con mis hijos, que es algo que no había hecho en los últimos seis años porque nunca me había encontrado en casa a esas horas.

Cenamos en el *office* de la cocina, que cuenta con una mesa redonda de madera blanca y un banquito de obra que Clara revistió de una tela muy cara con un estampado rosa y azul. Te aseguro, Paul, que podrías utilizar perfectamente ese estampado para tejerte una camisa a medida. Me senté entre mis hijos y esperamos a que Vilma trajese la comida. Sí, puedes pensar que era una imagen algo ridícula, extravagante, como *Modern Family*, pero con las costumbres de *Downton Abbey*.

Cornelius empezó a agitar los cubiertos como si estuviera tocando la batería y Cataclismo propuso encender la tele. Se lo prohibí porque ver la tele comiendo es el inicio de la decrepitud y, a pesar de que haya infringido ese principio desde que soy viudo, todavía estoy a tiempo de educar a mis pequeños en la excelencia.

De hecho, no sé por qué Clara puso una tele en la cocina, estaba totalmente en contra de esta práctica. Aunque, en honor a la verdad, Paul, esa tele no parece una tele.

Clara tardó dieciséis meses en encontrar ese modelo de Samsung. Se trata del modelo Frame y creo que podrías incorporarlo en tu consulta.

Cuando está apagado, parece un lienzo con un marco de madera y se puede cambiar el fondo de pantalla; existe un amplio espectro de reproducciones de pintura o de fotografía artística para elegir. Clara cambiaba de imagen cada semana, decía que era una manera de no aburrirse de la decoración de la cocina y yo nunca opinaba, ya te he explicado que todo lo relativo a la estética de nuestro hogar era un terreno prohibido.

Antes de irnos a ese viaje, el último que hicimos juntos y en el que volví solo, dejó proyectada la imagen de una naturaleza muerta de Van Gogh, una imagen en la que hay una Biblia.

Es posible que ayer estuviese muy sensible con respecto al tema de los funerales o del clero o del más allá, pero me puse muy nervioso, Paul, no había manera de que me concentrase en la cena. No podía atender a la conversación de Cataclismo, la oía sin escucharla; tampoco me importunaba el ruido metálico y grimoso que hacía Cornelius removiendo frenéticamente una cuchara dentro de ese puré de verduras soso y con sabor a comida de hospital. Solo podía pensar en aquella imagen nostálgica y deprimente.

Cogí el mando y empecé a explorar alternativas; todas me parecían demasiado tristes y melancólicas. Decidí decantarme por algo de *pop art*, que siempre me ha resultado alegre. Estaba concentrado en elegir alguno de los iconos más típicos de la factoría Warhol, cuando oí con nitidez una frase que pronunció mi hija, una frase sin ningún tipo de mala intención, pero que en aquel momento resultó cruel, casi incisiva.

—¿Cuándo va a venir mamá?

Dejé el mando en su sitio, la miré fijamente.

Le respondí que Clara iba a tardar unas semanas más porque la construcción de las villas de los jeques se estaba retrasando por fallos en la cadena de suministro. Le dije que es lo malo que tiene querer tener una villa llena de oro y de mármol. Luego estuvimos hablando cinco minutos sobre lo que significa ser un jeque y le conté que es un señor muy moreno que se viste de blanco y que suele tener muchas mujeres a su disposición. Cataclismo pareció convencidísima con mis explicaciones y le pedí a Vilma que me relevase para poder escaparme de allí. Me escapé de mi propia cocina, Paul. Me escapé de mis hijos por temor a decirles la verdad. Y, ahora mismo, la tele de la cocina proyecta un urinario de Marcel Duchamp que ha reventado todo el lenguaje estético del espacio.

Hemos llegado al colegio y he dejado el coche en doble fila, justo delante de la parada de autobuses que hay. Me ha dado igual, era demasiado tarde para buscar un aparcamiento como las personas civilizadas.

Nos hemos bajado los cuatro, y Vilma, Cornelius y yo hemos escoltado a Cataclismo hasta la puerta de su clase. Sé que mi hija se sentía un poco avergonzada porque me ha dicho de manera muy adulta que no hacía falta tanta compañía.

La puerta estaba cerrada; *madame* Merkel siempre desprecia de esa forma a las personas que tenemos alguna dificultad para llegar a tiempo. Me he despedido de Cataclismo de manera muy profunda, como si me fuese a ir de viaje para siempre. Me he agachado para abrazarla y le he dicho que la quería muchísimo, que se acordase siempre de lo importante que es la educación en la vida, que rehuyese la vulgaridad y que estudiase algo práctico y de números para que nadie la estafase. Vilma me ha apartado de la niña como si fuese la hermana gemela de *madame* Merkel y hemos vuelto al coche. Creo que se me han saltado las lágrimas, ya te he dicho, Paul, que estaba muy sensible esta mañana.

He visto a lo lejos que un agente municipal me estaba poniendo una multa en el parabrisas y, por miedo a discutir con la autoridad, he pasado de largo, como si el coche no fuese mío, mientras Cornelius señalaba con el dedo el Volvo y decía «coche, coche, coche». Mi hijo en ocasiones deja de ser esa alma silenciosa de la que estoy tan orgulloso.

Nos hemos sentado en la parada de autobús y hemos esperado a que se fuese la policía. Cuando los agentes se han marchado, hemos regresado al interior del coche. Le he dado a Vilma un sobre con mil euros en billetes de cincuenta.

Ayer decidí que Vilma podría necesitar dinero en efectivo mientras yo esté en París y me ha parecido una cifra lo suficientemente grande para que cubra las principales eventualidades, pero al mismo tiempo demasiado pequeña como para que intente huir del país.

Luego la he obligado a pedir un Uber.

A pesar de que iba a volver a casa igualmente, quería asegurarme de que Vilma podía coger un Uber con mi hijo sin problemas. Se ha bajado del coche con Cornelius y ha emitido una especie de suspiro silencioso que me ha hecho saber lo mucho que le desagrada mi compañía. El Uber ha llegado, ellos se han subido y yo he seguido parado en doble fila.

Me han entrado ganas de fumar.

Hace años que no fumo, Paul. Lo dejé porque a Clara le ponía muy nerviosa que fumase en casa o en mi propio coche y cada vez que encendía un cigarrillo me hacía sentir como una persona apestada al borde de la marginalidad. Cuando nació Cataclismo, el nerviosismo pasó a ser prohibición y, a pesar de que a mí no me parecía tan grave que mi hija me viese fumar, probablemente porque vengo de una familia fumadora empedernida, no me quedó más opción que dejarlo, tampoco me iba a poner a discutir con alguien que acababa de dar a luz.

Además, en el trabajo ya nadie fuma. Es como si todo el mundo se hubiera confabulado para coger manía a las personas que fuman, como cuando la sociedad británica condenaba a Camilla Parker-Bowles por su aliento de cenicero.

Recuerdo con auténtica nostalgia aquellos días en los que se formaban círculos de poder en la oficina y los fumadores estábamos al tanto de todos los pormenores de la firma, de todas las noticias de actualidad; esos años en los que fumar era un símbolo de estatus, de disfrutar de una vida más divertida, porque el fumador siempre es una persona más divertida que el no fumador, Paul.

Me imagino que tú fumas, o has fumado, o pretendes empezar a fumar, eres francés. En el fondo de mi ser, siempre supe que volvería a fumar, que simplemente era un paréntesis en mi existencia. Tenía la sensación de que pasaría algo en mi vida que me incitaría a volver a encender un cigarrillo. Pero lo asimilaba más a la alegría, como si me hubiera tocado un boleto de lotería; nunca pensé que volver a fumar pudiera ser un refugio frente a la situación de incertidumbre y de caos en la que me encuentro.

Y lo he hecho, Paul.

Me he acercado al quiosco que hay enfrente del colegio y me he comprado un paquete de Marlboro rojo. También he comprado un mechero BIC de color negro.

Me he encendido mi primer pitillo en seis años. No he tosido, ni he sentido asco, ni mareos, ni nada por el estilo; ha sido una sensación de vuelta al hogar, de recuperar una parte de mi vida que había perdido. También he pensado que era espantoso que hubiese un estanco tan cercano a la salida de un colegio, debo escribir a alguna asociación para que lo quiten, no me gusta nada que mis hijos tengan un contacto tan cercano con el tabaquismo.

Cuando he llegado a casa para cambiarme y ponerme el uniforme de ejecutivo en viaje de negocios, Avelino me ha increpado en el portal entregándome una carta certificada a nombre de Clara: era de la compañía de seguros.

La he cogido con toda la naturalidad del mundo, como si la estuviera esperando, y le he dicho a Avelino de manera espontánea que ayer Clara me dio muchos recuerdos para él, que confiaba en que siguiese cuidando el portal y la escalera con el mismo esmero de siempre. También le he comentado, en un intento de dar verosimilitud a mi diálogo imaginario con ella, que a Clara le parecía fatal que en Abu Dabi no hubiese profesionales tan diligentes como él, que en Abu Dabi directamente no había conserjes (he pensado que Avelino nunca va a contrastar esta ocurrencia, tampoco creo que sepa situar en el mapa Abu Dabi, a mí, desde luego, me cuesta).

Avelino ha sonreído y ha parecido creerme, porque es un hombre de elevada autoestima respecto a la limpieza, pero sé que desconfiaba de la carta. Él conoce de memoria nuestra correspondencia habitual y, más allá de las multas que a Clara le ponían todas las semanas, nunca nos había llegado una carta certificada de una compañía de seguros. Probablemente, habrá pensado que se trataba de un aviso de impago; un impago como los que suele recibir Appletree.

Me he metido en el ascensor y, justo cuando se cerraba la puerta, me he sentido observado. He comprendido que Avelino es esa clase de porteros que, en el caso de que apareciésemos muertos por un ajuste de cuentas, saldría en el telediario diciendo que, a pesar de mostrarnos educados, siempre sospechó que no éramos personas de fiar.

He abierto el sobre. No he comprendido del todo lo que ponía, usaba un lenguaje jurídico muy enrevesado. Me ha parecido entender que, de acuerdo con las políticas de la aseguradora, la manera en la que Clara desapareció podría ser considerada una excepción en las causas de mortalidad de su póliza de vida. Hablaban de las excepciones relativas a los deportes de riesgo y requerían más información y más documentos. Como tengo la sensación de que todos estos papeles administrativos me desbordan, he hecho una foto con el móvil de esa carta y se la he enviado a Robert con un signo de interrogación.

Durante dos segundos me he sentido inquieto y enrabietado. Me parecía un disparate que considerasen la muerte de Clara como una práctica de deportes de riesgo; además, ya me había hecho a la idea de dejar de pagar parte de la hipoteca de mi casa, incluso lo había marcado ayer en mi lista de aspectos positivos de enviudar.

He abierto la puerta del apartamento. Vilma ya había llegado con Cornelius y mi hijo la perseguía por el pasillo con una aspiradora. Con todo el trasiego de Cataclismo, no le ha dado tiempo a llegar a la guardería, había olvidado que en ese reducto de conocimiento infantil no es posible retrasarse ni un minuto. He decidido que, durante los dos días que esté fuera, Cornelius se ausentará de sus clases, dado que es materialmente imposible, incluso para Vilma, llegar a los dos sitios a la vez.

Me ha costado bastante tomar esa decisión, Paul; ya sabes, que soy de la opinión de que un niño alejado de sus obligaciones escolares supone el inicio de una existencia indolente y pagana. He pensado que, por lo menos, estaba ayudando en las labores domésticas, pero aun así me he sentido mal, como si mi viaje a París fuera a provocarle una situación de abandono escolar.

Recuerdo cuando Clara eligió esa guardería; una elección que, por supuesto, no cuestioné, a sabiendas de que la escolaridad posterior de mis hijos discurriría en el liceo francés. A Clara le encantó el concepto, puesto que se halla en una de las casitas inglesas próximas a nuestro tricólogo. La directora, Mrs. Alice, es una mujer irlandesa con la que nunca me he comunicado y que nos envía *e-mails* todos los días para confirmarnos que nuestro hijo progresa adecuadamente. Lo único que sé es que el uniforme cuesta más que uno de mis trajes a medida, pero debo reconocer que estoy contento con la elección. Veo a mi hijo cada día más parecido al príncipe William; al príncipe William cuando era guapo, cuando era pequeño, conservaba su pelo y no se le había puesto cara de vendedor de electrodomésticos o de casas de protección oficial.

Aun así, creo que el porte aristocrático de Cornelius se debe más a su sorprendente genética que a su guardería. En las pocas ocasiones en las que le he ido a buscar, he visto que a los demás niños ese uniforme no les queda tan bien porque son colores británicos, orientados a futuros estudiantes de Cambridge y, por lo tanto, deben tener los ojos claros y el pelo rubio o pelirrojo, algo muy alejado del resto de sus compañeros. Quizás creas que soy el típico padre que piensa que sus hijos son los más guapos y únicos del universo. Y no te equivocas, Paul, soy esa clase de padre.

Me he ido a la biblioteca y he encendido el ordenador. He visto que todavía me quedaban dos horas para salir hacia el aeropuerto y pretendía terminar de revisar el dosier de Carlos.

Mi correo echaba humo; al parecer, ayer por la tarde fui el director más buscado de la oficina. Hildur optó por enviarme mensajes vacíos cuyo asunto mostraba palabras o frases como «Urgente: dónde estás» y «Cómo llevas el viaje de Carlos Álvarez». He visto que, en uno de ellos, incluso había puesto en copia a Aline y a Appletree, es tan torpe que ha pensado que eso me podía afectar.

No sé si fue una imprudencia desconectar el correo, pero es cierto que, si hubiera habido algo urgente de verdad, me habrían llamado, lo que quiere decir que estas misivas son simples intentos de hostigamiento hacia mi nueva independencia adquirida.

También me ha saltado el aviso de la reunión que había convocado esta mañana con Sylvia y Eric, reunión a la que evidentemente no he asistido. Me he imaginado a ese par de mequetrefes deambulando por los pasillos preguntando a toda la gente si me habían visto con el único propósito de figurar y echar leña al fuego, con el único propósito de que se note que me he vuelto a ausentar de la oficina.

He decidido que, antes de contestar esa cantidad de correos, debía priorizar mis comunicaciones, por lo que he escrito a Mrs. Alice explicando que Cornelius se ausentaría hasta el lunes debido a un viaje familiar. Espero que mi hijo no aprenda a hablar este fin de semana y me delate la semana que viene cuando regrese al centro.

En la guardería, evidentemente, tampoco saben lo de Clara; le pedí a Vilma que se mantuviera discreta. Le pedí que hiciese todo como si continuara con nosotros.

La noche en la que volví, después de que los niños se metieran en la cama, Vilma estaba cenando en la mesa del *office* de la cocina. Cuando nos mudamos a nuestra casa, Clara estableció una regla no escrita por la que nunca se debía molestar a Vilma mientras comía o cenaba. Tardé un rato en decidirme a entrar en la cocina para interrumpirla, pero me parecía más complicado todavía tocar a la puerta de su habitación, como si fuese un viudo con ganas de practicar un derecho de pernada en ausencia de su esposa.

Vilma dejó de cenar; como intuía, mi padre ya le había puesto al corriente. Me dijo que lo sentía mucho, en voz baja, parecía triste de verdad. Yo no sospechaba que apreciase tanto a Clara, mi mujer era una jefa tremendamente perfeccionista con todo lo relativo al orden y la limpieza, y si yo hubiese sido su empleado, habría intentado asesinarla en repetidas ocasiones. Creo que no me entristecería tanto la muerte de Hildur como le entristeció a Vilma la desaparición de Clara; a decir verdad, Paul, no me entristecería nunca la muerte de Hildur.

Me estaba sintiendo muy incómodo manteniendo una conversación tan personal con Vilma, ya te he dicho que no solía pasar tiempo en casa y era Clara quien se encargaba de estos asuntos; Clara, tan atenta que hasta hacía que los Reyes Magos le trajesen también un regalo a Vilma y nunca dejaba de comprarle un detalle por su cumpleaños.

Estoy pensando que debería preguntarle cuándo es su cumpleaños, aunque evidentemente ahora quizás no sea el momento más oportuno. Te decía que esa noche, a pesar de mi incomodidad, le dije a Vilma, con todo el afecto que fui capaz de mostrar, que no se preocupara, que todo seguiría igual.

Le pedí que no le contase a nadie lo que había sucedido. Me preguntó si ese silencio era extensible a los niños. Y en ese instante, Paul, la hice prisionera de mi engaño.

Si existe una persona en este mundo que adora a mis hijos, esa es Vilma. Y no dudo de que tendría la manera correcta de comunicarles algo tan trágico como lo de Clara, pero no puedo aceptarlo, no puedo dejar que sea ella quien les comunique esa fatalidad, sé que tengo que ser yo. Y también sé que no estoy preparado para que lo sepan. Ahora no estoy preparado para que nadie sepa nada, por lo menos estas semanas, por lo menos hasta que me hagan socio.

Hildur me ha vuelto a escribir, esta vez preguntándome si ya había llegado al aeropuerto, como si fuese una persona informal incapaz de llegar con puntualidad a una reunión. Iba a responder con un *e-mail* repleto de excusas y me he acordado de su episodio sexual con Appletree, el del pellizco, no con el que he soñado esta noche. He respondido de manera sucinta: «Todo OK».

En el caso de Sylvia y Eric, les he mandado otro mensaje diciendo que, como no me habían enviado un estatus actualizado como les pedí, algo que es falso, ya que no les pedí absolutamente nada (siempre puedo decir que lo deberían haber intuido, porque para eso soy su jefe), me había visto obligado a cancelar la reunión. Les he pedido que buscasen un hueco en mi agenda para la semana que viene y que me diesen *feedback*, que es otra palabra que solemos utilizar de muletilla en la firma y que carece de todo tipo de sentido. También les he dicho que no tengo tiempo para ir detrás de ellos como si fuesen unos niños pequeños y que espero que cambien de actitud. Les he recordado que en breve son las promociones y que este tipo de comportamientos no ayuda en su evaluación del desempeño.

Me ha extrañado que Aline no me dijese nada más por WhatsApp. Quizás se haya dado cuenta de que ha perdido el hábito de ser una jefa profesional y se ha convertido en una líder lúbrica para siempre.

Debería haber parado los mensajes de ayer, Paul, pero tampoco quería resultar antipático, al fin y al cabo, vuelve a ser mi jefa y deberíamos poder establecer una comunicación cordial y madura, de dos profesionales, sin que el hecho de haber sido amantes hace muchos años interfiera. Aunque sea por WhatsApp, ¿no crees?

No, seguro que no: mantener ese tipo de comunicaciones por WhatsApp con Aline es igual de inapropiado que haber sido su amante hace diez años, incluso ahora que no tengo mujer.

Ayer, a diferencia de cuando nos reencontramos por primera vez, no hizo referencia alguna a mi matrimonio con Clara, ni siquiera la mencionó. Actuó de la misma manera en que lo hacía cuando estábamos en el pleno apogeo de nuestra aventura, con un mutismo absoluto sobre mi condición de hombre casado. Y yo también. Era un acuerdo tácito, esencial para que la aventura funcionase; cualquier comentario de Aline acerca de Clara, o acerca de mi comportamiento improcedente, habría iniciado una espiral mutua de reproches morales que habrían apagado de inmediato nuestra conexión salvaje.

Ayer ni siquiera me atreví a preguntarle si seguía casada porque, si soy honesto, Paul, me da igual. Me da igual lo que haya sido del matrimonio de Aline, me parecería de una hipocresía absoluta preocuparme al respecto; y, aunque esta semana me he mostrado como un ser tremendamente hipócrita, sé que, si lo hiciera, si le preguntara, ella se vería obligada a preguntarme por Clara de nuevo y me parece muy complicado confesarle a Aline lo que me ha pasado. Me parece muy complicado hablar con ella de los sentimientos de culpa que tengo diez años más tarde sobre una aventura sexual que tampoco debió de ser tan relevante entonces como me lo parece ahora. Ella se casó, yo continué con mi matrimonio con Clara y formé mi propia familia. Fin.

Te tengo que dejar, me acaba de saltar el aviso de que mi Uber llega en cinco minutos.

He llegado al aeropuerto, Paul.

Me he instalado en un *pool* de mesas en el que varios ejecutivos de aspecto similar al mío deben de estar respondiendo correos electrónicos y organizando asuntos profesionales, no escribiendo al terapeuta de manera compulsiva.

Cuando viajaba con Clara, no había manera de llegar al aeropuerto con tranquilidad, parecía que le generase una enorme adrenalina colarse en los sitios o desafiar el arco de seguridad. Yo nunca he tenido esa capacidad de colarme, incluso me pone nervioso la posibilidad de hacerlo, no sé, Paul, quizás son vestigios que me quedan de una educación algo calvinista. Puede que deba apuntar este asunto en mi lista de aspectos positivos de la viudedad: poder llegar con dos horas de anticipación a un aeropuerto. Bien.

Al salir de casa, Cornelius se encontraba en la lavandería, que es como Clara se refería al cuarto de la plancha. Estaba mirando de manera atontada y con la boca abierta cómo giraba el tambor de la lavadora y me he vuelto a sentir mal, pero he pensado que toda la gente con altas capacidades tiene esos pequeños momentos de descanso. He confiado en que la semana que viene recuperará todas sus clases y su actividad intelectual. También me he despedido de Vilma diciéndole que la necesitaba mucho y era una presencia importante en nuestras vidas y creo que me he excedido, Paul, porque ha bajado la mirada y ha salido andando por el pasillo.

En el portal, no he visto a Avelino y he supuesto que se encontraría tomando algún café o perdiendo el tiempo en alguna ferretería.

Ha llegado mi Uber.

¿Sabes, Paul? Me encanta utilizar este servicio de transporte privado que me hace sentir como un primer ministro. El conductor me ha abierto la puerta y se ha hecho cargo de mi equipaje, que se reducía a un ataché de Loewe que Clara me regaló el año pasado pensando que me iban a hacer socio y por lo tanto debía tener uno, y la única maleta Rimowa que se puede cargar en la cabina del avión y es compatible con llevar un traje doblado a la perfección. El coche estaba acondicionado a la temperatura que me gusta y he iniciado una conversación amable con el chófer. Le he dicho que me alegraba profundamente de su presencia en España para desbancar al sector del taxi, que consideraba anticuado y grosero.

Había bastante sinceridad en mis palabras: siento una enorme antipatía por los taxistas, Paul, quizás es otro de los trastornos que debamos tratar. Suelen ser personas malhumoradas y me pone muy nervioso que lleven colgadas en el retrovisor figuras de pinos olorosos, también atrapasueños.

Como norma general, no puedo admitir ningún objeto que cuelgue bajo un retrovisor. Y creo que ya te he dicho alguna vez que tampoco puedo soportar los asientos de bolas (otra de las características más frecuentes en el sector). Te pido disculpas de antemano si tu padre es taxista.

El caso es que estaba hablando de tonterías cuando, de la

manera más espontánea, ha salido el tema de los matrimonios y, de la manera más tonta, le he dicho que acababa de enviudar.

Así, sin más.

El tipo me ha dado el pésame y hemos hecho el resto del trayecto en silencio.

No debo permitir que me vuelva a pasar, por lo menos en los próximos días, por lo menos delante de Carlos Álvarez. Cuando hemos llegado a la terminal, me he despedido de él y le he dado la máxima puntuación por sus atenciones, pero no le he dejado propina porque la firma no sufraga este tipo de gastos y he pensado que tengo que empezar a organizarme mejor si al final el seguro de Clara no cubre el préstamo hipotecario. Ahora solo cuento con mi salario, Paul, del que no debería quejarme; bueno, sí, dado que si lo divides por el número de horas que me he pasado en la oficina, exceptuando, por supuesto, mi horario especial de esta última semana, equivaldría a una tarifa de transexual prostituido y sin papeles. Creo que debería sentarme y replantear el equilibrio presupuestario familiar: lo haré a la vuelta de París.

Como había llegado con tanta anticipación, he decidido darme una vuelta por el *duty free* y he comprado un cartón de Marlboro. Todavía no estoy seguro de que vaya a volver a fumar de manera recurrente, pero, en cualquier caso, quiero estar preparado y disponer de mi propio tabaco, no me quiero convertir en ese tipo de personas que dicen que no compran tabaco porque lo están dejando y abusan de las cajetillas ajenas. Una cosa es que la viudedad me empobrezca y otra muy distinta es que me convierta en alguien rácano o avaro, eso jamás.

Al pasar por la sección de colonias, he visto que había un frasco de Egoïste Platinum de Chanel. Me he puesto un par de ráfagas sin reflexionar, por inercia, esa fragancia era una de mis señas de identidad desde que la descubrí con veinte años. La dejé de utilizar por Clara.

Durante el embarazo de Cornelius y sin previo aviso, Clara desarrolló una manía absoluta hacia mis olores. Ni siquiera cuando dio a luz se le pasaron esas náuseas provocadas por Chanel o por mí. En ese instante, me ha venido a la cabeza que otro de los aspectos positivos de ser viudo pasaría por el hecho de volver a embadurnarme con mi colonia de siempre, pero entonces ha pasado lo que no tenía que pasar: he empezado a odiar mi colonia.

Me ha dado la sensación de que esa fragancia era demasiado joven para mí, como si yo fuese un perfumista experimentado; me ha parecido que, en mi piel, Egoïste olía a loción de afeitar con pretensiones, ya sabes, Paul, ese tipo de lociones que anuncian estrellas de béisbol que han acabado enganchados a los calmantes por haber forzado demasiado la rótula. Quizás Clara empezó a odiarla porque estaba fuera de lugar.

De repente, he sentido miedo; miedo a envejecer demasiado rápido, miedo a que me salgan pelos y canas por todos los lados y se me ponga cara de Walter Matthaw: miedo a haber alcanzado esa edad en la que tienes que cambiar de colonia.

Lo cierto es que nunca le había prestado demasiada atención al paso del tiempo. Durante mis cuatro décadas de vida, todo se me ha hecho siempre largo, quizás porque ansiaba alcanzar una serie de metas, fundamentalmente profesionales, que tardaban en llegar. Y, sin embargo, ahora, desde que Clara se ha ido, pienso todo el rato en que estoy entrando en la segunda parte de mi vida, como cuando en el coche queda menos de medio depósito de gasolina y piensas que se va a gastar más rápido. Y tampoco sé qué metas quiero alcanzar.

A lo mejor todo se reduce a que, sin ella, mis metas carecen de sentido.

Me he imaginado a mí mismo comprando frascos de Álvarez Gómez, que era a lo que olía en los cuartos de baño de la casa de mis abuelos, y he decidido invertir la situación radicalmente: he empezado a probar todas las colonias a mi alcance ante la atenta mirada de la encargada, que se debatía entre la extrañeza y la posibilidad de conseguir la venta de su vida.

Entonces, ha ocurrido otra fatalidad; debido a la sudoración de mis manos, otra vez esa sudoración que me trae tantos problemas cuando estoy nervioso, se me ha resbalado el frasco de Égoïste Platinum y he visto como mis pantalones eran salpicados con violencia por la fragancia de la que quería escapar.

He salido del *duty free* sin comprar nada y me he metido en un baño. He frotado con agua mis pantalones, en un último intento de controlar la situación; cuando he salido del aseo, lucía una enorme marca de agua en la entrepierna, cualquier persona que me observase supondría que me había orinado encima.

En ese momento, ha sido cuando he visto a Carlos Álvarez.

Es extraño quedar en un aeropuerto con alguien que no conoces. Podría asemejarse a una cita a ciegas, aunque tampoco lo sé, nunca he tenido una. Conocía el aspecto de Carlos porque en el dosier preparado por la firma había una foto de una publicación financiera a la que había concedido una entrevista y me sé ese documento de memoria, Paul, no a causa de que le haya dedicado demasiado tiempo, es que tengo la suerte de contar con una memoria prodigiosa.

Poseo la capacidad de repetir como un loro frases que he escuchado o que he leído y que no comprendo, o que comprendo, pero me importan muy poco, algo así como el discurso de cualquier político mediocre. Sin embargo, en el caso concreto de Carlos, me ha llamado la atención descubrir muchísimos aspectos que desconocía de la industria de la teletienda. Siempre había pensado que era un negocio superficial, despreciable, al borde de la estafa; un negocio similar a los programas del tarot que emiten a las tres de la madrugada en los canales regionales de televisión. Por el contrario, gracias a la documentación analizada, he descubierto que, además de comercializar todos esos productos, la empresa de Carlos ha registrado todas las patentes, es decir, por encima de todo, se dedican a la investigación y el desarrollo de esos artículos tan tramposos. Y me ha parecido fascinante.

Mi primera impresión ha sido que, pese a tener la edad de mi padre, parecía más avejentado. Me he acercado a presentarme.

He intentado sorprenderle para que no se fijase en la enorme mancha de agua que lucía en la entrepierna. El apretón de manos de Carlos ha sido conciso y firme, gracias a Dios, nada parecido a los penes flácidos que tanto a Aline como a mí nos espantan. Se ha mostrado sonriente y agradable, pero no ha tardado en reparar en la mancha del pantalón. Mi sonrisa se ha tornado glacial y le he dicho que había sufrido un pequeño accidente en el baño, lo que ha sonado peor y más sospechoso todavía.

Dos empleados de la aerolínea han anunciado la apertura del vuelo y hemos entrado en el avión.

Viajamos en clase turista porque París es un vuelo de corto radio. Una de las reglas de oro de la firma es no mostrar jamás una imagen despilfarradora con un cliente o potencial cliente al que, por otra parte y con total seguridad, facturaremos honorarios estratosféricos. El cliente nunca debe pensar que estamos malgastando su dinero en fruslerías y lujos innecesarios. Además, disponemos de unos métodos más sofisticados para inflar nuestras notas de gasto y sacar todo ese dinero sin dar la sensación de que somos lobos hambrientos de codicia.

Lo que sí solicité a la agencia de viajes es que asignasen a Carlos una salida de emergencia, dado que, de esta manera, dispondría de más espacio para las piernas. No quise pedir otra para mí. Pensaba que estaríamos más cómodos separados, sin la necesidad de inventarnos alguna conversación educada durante el vuelo. Considero imprudente establecer un contacto tan estrecho en un avión, que es un espacio pequeño, al límite de lo hostil, desbordado de personas que respiran el mismo aire y lo expulsan por distintas vías.

Cuando Carlos ha visto que le había tocado la salida de emergencia, me ha dicho que iba a solicitar un cambio porque aparentemente prefería mirar por la ventana de los aviones, y las salidas de emergencia no tienen ventana. Me ha dicho que el aterrizaje en París era digno de ser visto, yo le he sonreído de forma mecánica y le he ofrecido cambiarle mi asiento, pero se ha negado. Carlos ha decidido que me acompañaría hasta mi sitio y que allí convencería a algún otro pasajero para que pudiésemos hacer el vuelo juntos.

La persona que iba a compartir fila conmigo llevaba una gorra de color negro, una riñonera y parecía tener un sobrepeso considerable. Cuando Carlos ha intentado intercambiar los asientos, el paquidermo se ha negado en redondo, al mismo tiempo que mi nariz detectaba cierta pestilencia axilar. He ofrecido a Carlos de nuevo mi asiento, por si seguía queriendo ventana, y de una manera ágil me ha dicho que no era necesario, que iría en su salida de emergencia, pero que no dejase de prestar atención al aterrizaje. Y me he quedado acompañado de ese ser maloliente y con riñonera, que quizás es lo que me pueda desestabilizar de verdad.

Últimamente me noto más neurótico de lo normal, Paul.

Me irritan de manera extraordinaria cosas ajenas que no deberían importarme en absoluto, como esa riñonera o esos objetos colgados del retrovisor de los que te he hablado antes. Quizás me encuentro en el estado previo a convertirme en un asesino en serie, como en esa película de John Waters en la que una honorable madre de familia empieza a matar por asuntos banales mediante piernas de cordero, cuchillos o secadores. A lo mejor es que la muerte de Clara va a desencadenar un comportamiento inapropiado y peligroso para mí y para el resto de la sociedad. He agradecido, en cualquier caso, no tener que entablar conversación con Carlos durante las dos horas del vuelo.

Ya no le quiero dar conversación a nadie, Paul, ahora me encantaría que todas las formas de comunicación fuesen como este diario, manejando yo los tiempos, manejando las respuestas, manejando incluso si lo que voy a contar acaba saliendo de mi boca o enmudece para siempre en mi cerebro.

He dejado la maleta en el portaequipajes, me he quitado la chaqueta y me he instalado al lado de ese pasajero de aspecto tan vulgar. Una vibración en mi bolsillo me ha hecho sacar el móvil. Era un mensaje de Aline:

«No hay París que se resista a la *crème fraîche*».

He imaginado varias respuestas, pero ninguna sonaba lo suficientemente profesional, por lo que he desviado la atención diciendo que le tenía que contar un bombazo sobre Appletree y Hildur. La tripulación indicaba que debíamos apagar los teléfonos móviles; me he despedido de nuevo con el emoticono del *cunnilingus*. Luego, una azafata bastante momificada a la que habrías sido incapaz de rechazarle un café, té o cualquier tipo de prensa con tal de no llevarle la contraria me ha mirado furibunda y lo he apagado.

El avión ha entrado en la carrera de despegue.

¿Sabes, Paul? En general, me suelo santiguar en el momento en que detecto que alcanzamos la velocidad de no retorno, esa en la que se debe despegar porque ya no hay manera de frenar a tiempo. Es un acto reflejo, una especie de rutina de salvación por si pasa lo inevitable. He pensado que quizás había alcanzado esa misma velocidad con respecto a mi mentira en el trabajo, no creo bajo ningún concepto que ahora sea el momento oportuno para comentarle a Hildur o a cualquier persona lo que me ha sucedido. Quizás solo me quede santiguarme.

El avión se ha alzado suavemente y he empezado a ver como todas las formas e infraestructuras de la ciudad se hacían cada vez más pequeñas. He pensado si la última imagen que vio Clara sería algo parecido.

Las luces de los cinturones se han apagado; yo, como siempre, me he quedado atado.

No te creas que me encanta volar. Me imagino que la razón por la que no estoy del todo cómodo en los aviones es que no tengo el control. Aunque tampoco lo podría asegurar, ahora me parece que cada vez tengo menor control de las cosas. Tampoco pienses que sufro fobia a la aviación, en cualquier caso, mi trabajo no me lo habría permitido. He cogido tantos vuelos, Paul, que colecciono millas y tarjetas de fidelización como si de verdad fuera alguien importante, un George Clooney en la película *Up in the air*; aunque, en esa película, la infiel era la actriz Vera Farmiga.

Tampoco quiero que creas que cada vez que viajaba engañaba a Clara, no habría tenido tiempo, ni logística, creo que tampoco habría tenido ganas. Lo de Aline fue una casualidad, un romance. La atracción que surgió y que no quise frenar, probablemente no habría llegado a más si no hubiésemos estado fuera, pero una concatenación de circunstancias hizo que acabásemos juntos en París. Y ahora, como si de una sonrisa maquiavélica del azar se tratase, vuelvo a la ciudad donde le fui infiel a Clara por primera vez.

Hicimos el viaje de vuelta los dos solos. Me refiero a Aline y a mí, cuando volvimos de Gstaad. En la competición, David sufrió un pequeño accidente y Miguel se quedó cuidándolo. A decir verdad, fue un pequeño gran accidente, de hecho, David no se mató de milagro.

Te podría describir el día de la competición como si fuese ayer.

Llegué con mis esquís al valle donde se celebraba la prueba. Se trataba de un eslalon cronometrado por el que teníamos que bajar todos los equipos. La firma no había escatimado en gastos y, detrás del eslalon, habían habilitado una barra de hielo y dispuesto varias botellas de Dom Pérignon para celebrar el fin del concurso. Entendí enseguida que lo que se esperaba de nosotros era que nos emborrachásemos de manera educada.

Creo que ya te comenté que los equipos que participaban en el sorteo debían estar formados por como mínimo una mujer y un *snowboarder*. El árbitro analizó con detenimiento mi indumentaria, reparando enseguida en que había sustituido la tabla de *snow* por dos esquís de *carving*. Me deshice en disculpas con él y, a pesar de mis ruegos, me descalificaron de inmediato.

David me miró con reproche y rabia, como sintiendo vergüenza de mi comportamiento transgresor, cuando yo en el fondo pensaba que lo más sensato que nos podía pasar como equipo era ser descalificados de manera honorable; al fin y al cabo, me parecía menos violento que la vergüenza de arrastrar una última posición, algo que no dudaba en alcanzar a tenor de las habilidades deportivas de esos dos parias. También, por supuesto, de las mías como *snowboarder*.

Sin embargo, contra todo pronóstico, el árbitro permitió que el resto del equipo participase en la prueba.

Aline me sonrió con complicidad y se deslizó por la pendiente; lo hizo extraordinariamente bien. Oí a David murmurar algo sobre el tiempo tan mediocre que había hecho, dando por seguro que él podría superarlo.

Luego le tocó el turno a Miguel, quien, antes de empezar a deslizarse, perdió el equilibrio y sus gafas se llenaron de nieve, lo que acentuaba aún más ese aspecto depravado y onanista de alguien que se solaza varias veces al día delante de la pantalla de un ordenador y con pañuelos de papel cerca. Miguel también fue descalificado y no pareció importarle mucho. Se fue en dirección a la barra de hielo, con todo el pantalón mojado como si se hubiera orinado encima, más o menos con la misma marca que llevo yo ahora en mi pantalón. Solo que Miguel, probablemente, sí se había orinado encima.

Entonces, David se dispuso a bajar.

Parecía menos agarrotado que de costumbre, incluso orgulloso; parecía satisfecho con sus botas, que eran de color naranja, y con su traje de esquí, que parecía sacado de la beneficencia.

El silbato del árbitro sonó y se encaró con el eslalon. Hizo su primer zigzag, también el último. La oronda figura de David impactó contra la primera puerta y comenzó a ir derecha como si fuese un proyectil. Como se había quedado incrustado con la vara, daba la impresión de ser una flecha disparada por Cupido. Aquel improvisado saltador de esquí de tallas grandes se convirtió de pronto en una gran bola de nieve ingobernable que bajaba por una pendiente imposible, un alud cada vez mayor.

Los espectadores mirábamos atónitos, como si estuviésemos en un circo y hubiesen prendido la mecha del hombre bala, y recuerdo que había silencio, mucho silencio; el silencio indicativo de que algo va a terminar mal.

Aquella avalancha desapareció de mi campo de visión y en los siguientes minutos hubo mucho desconcierto.

Ese silencio tan incómodo del que te he hablado antes pronto lo interrumpió el ruido de los rotores de los helicópteros de emergencia.

Todos los participantes bajamos como pudimos en dirección hacia donde había salido despedido David; todos, con excepción de Miguel, que seguía pidiendo alcohol al camarero detrás de la barra y parecía no enterarse de nada.

A pesar de que el impacto había sido gravísimo, no pensé en ningún momento que David pudiese haber muerto o quedado tetrapléjico.

Creo que en aquella época todavía no me había enfrentado a la muerte o al dolor, ni siquiera a la posibilidad del peligro. En aquella época vivía bajo el azar protector de alguien que conserva a sus padres y a todos sus abuelos, de espaldas al final. Ni siquiera había tenido que pisar un tanatorio o una iglesia para asistir a un funeral.

Entonces, comencé a reír.

Sí, Paul, no sé si por locura o adrenalina, pero comencé a reír.

Me parece que antes, además de inoportuno, era alguien extremadamente inconsciente. Antes de ser viudo, antes de ser tan adulto, antes de comprender que la vida te da y te quita con la misma intensidad, a mí me gustaba reír despreocupado, concentrado en la última estupidez que me proporcionase mi imaginación desbordante. Y te aseguro que, en aquel momento, nada era más cómico que la imagen de David paralizado e inmóvil, estático como un muñeco de nieve profanado por niños con antecedentes penales.

Ahora que te estoy describiendo esa imagen, no te puedo decir que me haga gracia. No es que haya perdido mi estupidez, tampoco mi imaginación; pero sí la capacidad de reírme sin reserva. Me alegro de haberme convertido en una persona menos inconsciente, de eso no tengo duda alguna, aunque ahora me perciba como alguien que pertenece a la menor categoría en mi escala de valores: un ser triste.

¿Sabes, Paul? David murió pocos años más tarde. A lo mejor es que la muerte tiene un plan para cada uno de nosotros y no se la puede engañar, como en esa película, *Destino final*, en la que varios estudiantes logran esquivar sus planes mortales al bajarse de un avión que explota y que precisamente va a París, pero terminan de manera ineludible sin poder sortear su final. A lo mejor es que Clara tenía que morir porque sí y es hora de que empiece a asumir este asunto con naturalidad.

Sin embargo, es difícil hacerlo. Que Clara haya muerto resulta desconcertante.

El único consuelo que me queda es que fue una muerte buena, si es que las muertes se pueden clasificar de alguna manera como buenas. No hubo sufrimiento, no hubo dolor, eso es algo que le oí decir al médico forense cuando, a pesar de escucharle, no entendía lo que me quería decir, mi cabeza en ese momento no se encontraba allí.

La muerte de Clara fue igual de pacífica que la de cualquier anciana que se acuesta en paz después de tomarse un chocolate caliente y ya no se levanta.

Sufrió un paro cardiaco.

Fue instantáneo, súbito, como los que les dan a los deportistas de élite. La única particularidad es que sucedió en un globo. Es casi igual de ridículo que la imagen de David petrificado envuelto en nieve.

Lo irónico de este asunto es que fue ella quien tenía el sueño de volar en globo.

Y fui yo quien agilizó los trámites para ejecutar una idea tan disparatada como la de recorrer esa isla en semejante medio de transporte.

Recuerdo a la perfección el momento en el que se me pasó por la cabeza organizar la excursión.

Clara siempre se quejaba de mi falta de iniciativa y aburrimiento para lo lúdico en general. Ya te he hablado de nuestras muchas diferencias con respecto a los planes que nos gustaban y a las aficiones que podíamos compartir.

A ella le gustaba el campo y yo soy alérgico a todo lo que suponga salir de la circunvalación de una gran capital. También le encantaba conocer a gente nueva y no perderse ningún plan, mientras que yo siempre he tenido un gran mundo interior que hace que no me apetezca mucho estar acompañado. Clara era un auténtico animal social, una «planista», como define Cataclismo a las personas que organizan actividades para divertirse, y a mí, aquella noche, encerrado en la torre por culpa de un cliente latino al que no le importaban las diferencias horarias ni la conciliación familiar, se me ocurrió buscar por internet experiencias extraordinarias.

Y encontré lo del globo.

Se trataba de una hora de excursión e invitaban a una copa de *champagne*. Reservé esa experiencia gastándome una barbaridad de dinero y decidí por primera vez en mi vida que utilizaría mis días de vacaciones acumuladas para sorprender a Clara.

Cuando se lo dije, le pareció magnífico. Los dos sabíamos que necesitábamos esos días para volvernos a encontrar. El plan era perfecto, los niños se quedarían con Vilma y nosotros disfrutaríamos solos en un entorno idílico y fuera de la rutina, alejados de la soledad compartida en la que se convierte una vida adulta y responsable. Nos alojaríamos en la casa que Clara heredó de su abuelo en esa isla y montaríamos en globo; la perspectiva no podía ser más sensacional.

Pero al final yo no subí a aquel globo, Paul.

Media hora antes de salir, tuve que conectarme a una videoconferencia organizada por Hildur, una de esas videoconferencias que se suponía que eran trascendentales y absolutamente necesarias para mi ansiada promoción a socio. Una videoconferencia prescindible, que debería haber dejado pasar, Paul, porque, aunque a Clara le dijese lo contrario, por supuesto que había opción, siempre hay opción.

Aunque toda mi vida haya puesto como excusa mi responsabilidad hacia el trabajo, siempre he tenido la potestad de cambiar. No lo hice; me conecté aun sabiendo que aquello disgustaría a Clara y desgastaría aún más nuestro matrimonio, cada día más deteriorado por las intromisiones de la firma, intromisiones de las que, a la postre, el responsable era yo.

Me conecté porque el simple hecho de disfrutar de un merecido descanso en compañía de Clara no me pareció lo suficientemente importante como para no figurar entre los ejecutivos de éxito que asienten a las órdenes de sus superiores. El simple hecho de acompañarla mientras cumplía su sueño no me pareció lo suficientemente relevante para cambiar de opinión.

Clara se marchó indignada.

Y ya no nos volveremos a ver, por lo menos en la única vida que conozco.

Me duele no haber subido a ese globo y me intento convencer de que mi presencia tampoco habría alterado su destino; pero me mata no haber podido abrazarla una última vez.

La dejé morir sola, Paul, con la única compañía de aquel tripulante responsable del globo. Él, en un primer momento, pensó que Clara se había desvanecido por culpa del vértigo o el mal de altura. Cuando vio que no se recuperaba, realizó un aterrizaje de emergencia.

Ese hombre fue quien vio por última vez con vida a mi mujer. Un señor al que le pedí disculpas por que Clara se hubiese muerto en su globo de una manera tan poco oportuna. Reaccioné de la manera más injusta. Debería haber llorado, incluso perdido los nervios, debería haberme derrumbado cuando me dieron la noticia y, sin embargo, Paul, le pedí disculpas a aquel hombre por si la muerte de mi mujer le había incomodado. En ocasiones, la educación tan cartesiana que he recibido me hace parecer un pequeño psicópata, alguien incapaz de sentir empatía.

Las luces de los cinturones se acaban de encender de nuevo y el comandante ha indicado que en los siguientes veinte minutos aterrizaremos en la ciudad de la luz. Nos obligan a poner el asiento en posición vertical y replegar la mesita. Me obligan a dejar de escribirte, Paul.

Nuestro conductor nos estaba esperando.

Se trataba de un hombre joven, de rasgos asiáticos; un hombre cuya cara he olvidado y al que probablemente no recuerde nunca más porque tenía la vista fijada en el nombre y el apellido que él sostenía en un pequeño letrero: mi nombre y apellido.

¿Sabes, Paul? Hasta ahora, el hecho de que alguien me recibiese cuando llegaba a algún sitio, el hecho de que alguien me esperase con un pequeño cartel me resultaba reconfortante, incluso algo vanidoso, me atribuía un estatus determinado del que me sentía acreedor. Y, sin embargo, hoy, cuando he visto a ese conductor anónimo con ese letrero, he pensado que, cuando vuelva de París, no habrá nadie esperándome en el aeropuerto; cuando vuelva de cualquier otro viaje, Clara no estará esperándome y he sentido de nuevo otra punzada en el estómago.

Creo que, de alguna manera, me lo merezco. No todo lo que ha pasado, eso nunca, pero sí el hecho de que Clara me haya dejado de esperar. Me esperó durante mucho tiempo, durante muchos días de su vida.

Cuando la conocí, hace catorce años, yo ya trabajaba en la firma, por lo que calculo que a lo largo de toda nuestra vida en común debió de esperarme alrededor de dos mil veces, lo que es una cifra enorme; o muy pequeña comparada con los días que tendré que esperar yo para volver a reunirme con ella, si es que al final, detrás de todo esto, existe algo.

Me pregunto si cuando se subió a ese globo me esperó; si en algún momento pensó que me daría tiempo a llegar, tal y como le había prometido, o fue realista. Me pregunto en qué momento llegó a la conclusión de que finalmente no compartiría esa vivencia con ella, de que finalmente cumpliría su sueño sola. Me pregunto cómo se debió de sentir; en qué momento tiró la toalla y me dejó de esperar.

En el coche, he intentado concentrarme en hablar poco. Es posible que, en algún momento de las próximas semanas, pueda liberarme y abandonar esta clandestinidad; pero durante el tiempo que me encuentre en París, durante el tiempo que comparta con Carlos Álvarez, debo permanecer cauteloso en mis manifestaciones. No permitiré que suceda otra vez lo del Uber del aeropuerto, no confesaré delante de un cliente que me he quedado viudo, sería una completa incorrección.

En todos estos años en la firma, he aprendido que, en todo lo relativo al trato con nuestros clientes, es mejor no abordar determinados asuntos considerados personales, como la familia o las ocupaciones preferidas, más allá de una prudente cortesía. Su poder adquisitivo, sobre todo el de los más acaudalados, suele ser proporcional a su número de divorcios, pensiones compensatorias y honorarios de terapia que pagan durante toda su vida. Evitando estos temas, se elimina la posibilidad de escuchar una historia trágica o rocambolesca. Una historia como la mía, por ejemplo. Pero en el trayecto al hotel, encerrados en ese coche y atascados en algún punto intermedio del *périphérique*, Carlos ha resultado ser un conversador inquieto y yo tampoco podía permanecer mudo, me habría hecho parecer brusco o grosero.

Carlos me ha contado que es un enamorado de París, ciudad a la que viaja con frecuencia, un punto que tenemos en común. Me ha dicho que su pasión primigenia era viajar, sin importar el destino, tampoco el medio de transporte. Al parecer descubrió su afición de pequeño poco después de leer *Cinco semanas en globo*, de Julio Verne. Deberías haber visto cómo se me han erizado los pelos al oírle decir esto, Paul, no pensaba que nadie me mencionaría un globo en estos días y menos un cliente; quizás haya sido otra de las señales de Clara, otro de esos indicios que van a acabar por desestabilizarme.

También me ha dicho que la edad le había aburguesado y que ahora prefería limitar sus viajes a ciudades europeas del primer mundo donde pudiese coger un avión que en menos de tres horas le devolviese a Madrid, por lo que era consciente de que nunca conocería destinos más exóticos, como el Sudeste Asiático o Nueva Zelanda. Le he sonreído y le he dicho que a mí también me encanta viajar, otra mentira más, por lo menos de mi yo actual: de mi yo viudo.

Me parece terrible que, por razones muy distintas a las de Carlos, yo tampoco me pueda alejar de Madrid a más de tres horas de avión, al menos hasta que mis hijos sean independientes. Y he pensado que probablemente me quedase también sin conocer Nueva Zelanda, el clásico país que a Clara le habría encantado recorrer.

Luego nos hemos quedado en silencio y me he limitado a observar por la ventanilla del coche al resto de los conductores. Chispeaba. Me he imaginado a todas esas personas volviendo a su hogar, quizás con una *baguette* o con una botella de Borgoña dispuestos a pasar una velada feliz con sus familias o con sus amantes o puede que solos; afrontando el peor día de su vida. Porque también he de decirte, Paul, que no creo que la clandestinidad sea tan poco frecuente como en mi caso; cada vez soy más consciente de que todos ocultamos una historia secreta detrás de lo que aparentamos, una historia que no queremos compartir y que hemos decidido enterrar en el interior de nosotros mismos para siempre: incluso Clara parecía tener ese tipo de historia.

Una vez atravesada la *porte de Versailles*, se empezaban a divisar los primeros edificios con la arquitectura clásica de París. Soy un admirador de esas construcciones uniformes, con la piedra color crema y esos techos abuhardillados que albergan ventanas más pequeñas.

Me imagino que sabrás que, detrás de esas ventanas, se encontraban originalmente las habitaciones que alojaban a las clases más desfavorecidas de la sociedad, las *chambres de bonnes*. Y, sin embargo, es desde esas habitaciones desde donde se disfruta de las mejores vistas de la ciudad. Quizás es que los que hemos nacido en el lado afortunado de la vida tenemos la costumbre de pasar por alto las cosas más elementales.

París es mi capital favorita, Paul, mi segunda casa. Creo que es el único lugar del que podría no volver.

A diferencia del resto del mundo que he conocido, lo que para mí tiene París es que es invariable. Clara decía que los lugares cambian en función de las personas con quienes los visitas; y también que no se debe volver a aquellos sitios en los que has sido feliz, pero París es tan potente, Paul, que está por encima de cualquier tipo de convencionalismo.

Hoy era la primera vez que pisaba París como viudo y, aun así, me he sentido sereno; es como si la grandeza de la ciudad estuviese por encima de los recuerdos que he atesorado en todas mis estancias allí. O quizás es que no puedo asociarla a una persona determinada.

He recorrido París en infinitas ocasiones; de hecho, fue la primera capital extranjera que mis padres me enseñaron, me imagino que, amenazados por Mimi, quien consideraba que una persona que no conociese París no merecía su atención.

Recuerdo que cuando Mimi nos dejó, rescatamos de su casa unas fotos con el tinte mate tan característico de los años ochenta. En una de ellas, en la que debo de tener una edad parecida a la de Cataclismo, salgo montado en un *bateau mouche*, ya sabes, ese barco tan turístico que recorre el Sena mientras te explican en varios idiomas las razones por las que París es la capital del mundo; un barco que probablemente ningún parisino de verdad haya cogido en su vida.

Lo curioso de esa foto es que, lejos de admirar la grandeza de los monumentos que envuelven la ciudad, lejos de contemplar embobado ese exhibicionismo de belleza y de buen gusto, salgo concentrado en un coche rojo y barato de juguete; el típico coche japonés de plástico que imagino que mis padres habrían comprado en un quiosco para que no los importunase con comentarios sobre mi aburrimiento o mi cansancio.

Puede que, desde mi más tierna infancia, y al igual que lo que sucede con las ventanas pequeñas de las *chambres de bonnes*, haya dejado pasar de largo lo que verdaderamente importa. Puede que toda mi vida, Paul, me haya centrado en asuntos efímeros y sensaciones impostadas de placer; como mi relación con el trabajo o incluso la aventura con Aline.

La inconsciencia de la que te he hablado en el avión, la misma que me llevó a no querer desperdiciar la oportunidad de disfrutar de la relación sexual más osada que podía tener en ese momento, la más inapropiada también, me condujo a ser infiel a Clara por primera vez. Y ocurrió en París, que es donde este tipo de historias parecen estar permitidas.

La competición había acabado y, debido al accidente de David, tuvimos que tomar una decisión de grupo, una decisión en la que, por supuesto, no participé. En aquellos instantes de tensión volví a sentirme el pequeño del conjunto, tanto en edad como en jerarquía. A pesar de que los médicos aseguraron que David estaba fuera de peligro, uno de nosotros debía quedarse con él, hasta que su mujer o algún familiar cercano volase a Suiza y se hiciese cargo de la situación. Miguel se ofreció a ser el cuidador temporal y Aline y yo nos despedimos de ellos.

Recuerdo que, en el viaje de vuelta, en aquel tren, Aline iba en silencio. Yo la observaba de manera discreta, también en silencio porque no me atrevía a romper esa sensación agridulce de despedida que el accidente de David había provocado entre nosotros.

No sé si era por su superioridad jerárquica o a causa de que era diez años mayor que yo, pero las conversaciones con Aline siempre las iniciaba ella; era como si me tuviese que dar autorización para que desplegase todas mis habilidades de seducción. Aline, en aquel trayecto, no consideraba que tuviese que decir nada (aunque recuerdo que me moría de ganas de sugerirle que tanto David como Miguel deberían haberse apuntado a un viaje al santuario de Lourdes y no a la competición de Gstaad).

En lo que a mí respecta, había alejado por completo la posibilidad de tener algo con ella, estaba concentrado en volver a casa, al primer hogar que había fundado con Clara; recuerdo pensar que debía comprar unos bombones en el aeropuerto para llegar con un mínimo detalle, una hipocresía absoluta, no originada, desde luego, por la culpabilidad, pero sí por los usos y costumbres familiares que me han marcado de manera tan intensa desde que nací. Entonces, el destino quiso que no pudiésemos tomar el avión programado.

Cuando llegamos al aeropuerto de Ginebra, había caos, mucho caos. Tengo la imagen de aquellos empleados de las aerolíneas desbordados, tecleando de manera frenética en sus ordenadores. Parecían refugiarse en sus pantallas sin querer asimilar las enormes colas de viajeros agolpados en los mostradores de facturación, la mayoría histéricos, sin comprender que la fuerza de la naturaleza es superior a cualquier pretensión humana.

Por lo visto, una nube de cenizas provocada por la erupción de un volcán en Islandia había teñido de gris todo el espacio aéreo europeo y nadie parecía entender que aquellas cenizas iban a perdurar más tiempo que el de dos o tres reprogramaciones de los vuelos cancelados. Aline sí. De hecho, fue extraordinariamente rápida.

Mientras la mayoría de los pasajeros seguían empeñados en volar, se dirigió al mostrador de Hertz. No quedaban coches disponibles en ese aeropuerto, pero podíamos intentar coger un tren hasta París, donde reservaríamos un coche para regresar a Madrid por carretera. Aline sacó su American Express corporativa y yo avisé a Clara del cambio de planes. Seis horas más tarde llegamos a la *gare du Nord*, debía de ser aproximadamente la misma hora a la que hemos aterrizado hoy.

En un atrevimiento por mi parte, le dije que deberíamos darle una oportunidad a cenar en París. Si íbamos a conducir toda la noche, debíamos coger fuerzas. Le propuse que tomásemos algo rápido, aunque fuese un *croque-monsieur* en alguno de los cafés turísticos de los Campos Elíseos.

Aline pareció dudar.

Creí detectar una chispa de luminosidad en sus ojos y durante un momento pensé que era factible que pasásemos la noche juntos en París. Volvía a sentirme conectado con ella, volvíamos a tener esa atracción electrizante pendiente de resolver. Aline, no obstante, se limitó a sonreír y me dijo que era tarde, que no debíamos olvidar lo que habíamos venido a hacer allí. En un tono sugerente y manipulador se refirió a mí como un *crème fraîche* atrevido y, antes de poderle responder, ya habíamos llegado a la oficina de alquiler de coches.

Nos montamos en un Audi cupé de color azul oscuro. Aline se puso al volante y recuerdo pensar que me moría de ganas de conducir ese deportivo, pero que me daba vergüenza pedírselo, no quería parecer inmaduro. En aquel momento, mi prioridad absoluta era resultarle atractivo. Nunca habría podido suponer, como lo sé ahora que ya tengo la edad suficiente, que lo que verdaderamente le atraía a Aline de mí era la espontaneidad de mi momento vital, la frescura que te otorgan los veintipico años unida a una excelente condición física. En aquel momento, Paul, no tenía tanta seguridad en mí mismo como para concluir que lo único que buscaba Aline era mi disponibilidad, también mi vigor sexual.

En el coche, decidí ocuparme de la música. Nos paramos en un semáforo y conecté a la radio mi iPod, un iPod que me había costado un dineral porque te estoy hablando de una época en la que no existían las listas de Spotify y todo era más artesanal e inaccesible. Me dediqué a buscar una canción que sabía que epataría a mi compañera de viaje, una canción que sabía que era una de sus favoritas, dado que me lo había dicho en algún momento de nuestras conversaciones en el telesilla. Los primeros compases de Bette Davis Eyes sonaron en la radio. Aline me miró y, sin decir nada, puso su mano derecha en mi cara, iniciando una caricia cargada de sensualidad.

Nos besamos, al principio de manera algo tímida; luego jugueteando con la lengua y con la firme convicción de no querer parar nunca. Aline me acarició la pierna y deslizó la mano buscando mi cremallera. Recuerdo estar erecto como un poste de electricidad. El semáforo se puso en verde y Aline abandonó mi entrepierna para meter la primera. Nos adentramos en el tráfico de la circunvalación, el mismo *périphérique* que he compartido hace nada con Carlos. Supe, en ese momento, que no habría vuelta atrás; supe, en ese momento, que me acostaría con Aline pasase lo que pasase, sin ningún tipo de cautela, sin remordimiento alguno.

El conductor se ha detenido en la puerta del Jolly Lotti.

Carlos ha comentado que le encantaba ese hotel, que no era la primera vez que se hospedaba allí. No le he confesado el acuerdo especial de la firma con el dueño. Carlos me ha emplazado en el vestíbulo dentro de treinta minutos para que cenemos juntos.

Cuando he llegado a mi habitación, he visto que Vilma me había escrito un WhatsApp en el que me mandaba un vídeo de mis hijos jugando en el parque. También me decía que *madame* Merkel quería hablar urgentemente conmigo.

He decidido concentrarme en el vídeo y aplazar el conflicto de *madame* Merkel. Cataclismo estaba montada en una especie de silla giratoria que no paraba de dar vueltas y reía sin ningún tipo de preocupación mientras Cornelius la observaba divertido aplaudiendo.

Iba a hacer una videollamada, pero me he detenido; no quería interrumpir su momento de esparcimiento real, no quería que mi hija detectase una sombra de inquietud al verme. Sé que los niños detectan los matices; sé que, por mucho que me esfuerce en evitar las conversaciones, por mucho deporte que practique, mi hija es consciente del cambio que he experimentado en estas últimas semanas, más allá de mi barba canosa o de mis ojeras; sé que se da cuenta de que su padre no es la misma persona de antes, aunque no sospeche en ningún caso la causa de este cambio.

Muchas veces estos días me he sentido como si diese vueltas sin llegar a ninguna parte, como si el que estuviera montado en esa silla giratoria del parque fuese yo. La parte más difícil de la clandestinidad, Paul, es que nadie te dice hacia dónde debes ir. Ni siquiera tú, que me has dado la herramienta para que salgan a la luz mis reflexiones más profundas, me puedes ayudar a tomar una decisión correcta. Me imagino que esperas que este ejercicio me conduzca a encontrar lo que debo hacer, me imagino que esperas que recobre el sentido común y que inicie el duelo sin preocuparme de lo que puedan opinar las personas sobre mi nueva situación. Entiendo que eso es a lo que debo aspirar.

No sé si en algún momento saldré de esta clandestinidad y me liberaré, pero, hoy, Paul, tengo muchos asuntos por resolver.

Desconozco la razón por la que Clara hizo ese testamento; desconozco la razón por la que no me dijo nada. Estoy seguro, sin embargo, de que su ocultación escondía un secreto, incluso una mentira. Estoy seguro de que Clara, en algún momento de esas semanas, sin saber que iba a morir, se sintió en la clandestinidad; se sintió en la misma clandestinidad en la que me he sentido yo varias veces, como cuando empecé a acostarme con Aline, aun sabiendo que era incorrecto, o incluso en la clandestinidad en la que me encuentro ahora mismo sin confesarle a nadie lo que ha pasado.

Aunque tampoco me siento con el derecho de juzgarla, Paul, no todo es malo en la clandestinidad.

Si algo he aprendido estos días es que, en la clandestinidad, sigo conectado con ella; hago ver que hablo con ella, hago ver que todavía existe, y esa sensación me genera paz. No sé si al esparcir sus cenizas y despedirme de Clara para siempre podría alcanzar el mismo grado de conexión; no sé si un recuerdo puede llegar a ser tan potente como para perdurar lo que me queda de vida, pero, en cualquier caso, creo que no quiero comprobarlo.

Lo voy a dejar aquí, Paul, tengo que prepararme para la cena. Te seguiré escribiendo cuando vuelva.

No consigo dormir, Paul.

A pesar del agotamiento del viaje, de la tensión del aeropuerto en mi primer encuentro con Carlos, a pesar de saber que mañana me juego mi carrera en la reunión con Jean-Baptiste, no consigo relajarme. Estoy nervioso, angustiado, inquieto. Como último recurso, me he descargado en el Kindle *Guerra y paz*, de Tolstoi. Estaba seguro de que esta lectura me sumiría en un letargo reparador, y no solo no he conseguido enterarme de nada, sino que tampoco he caído rendido; por eso me he decidido a escribirte.

Temo haberme excedido con Carlos; temo que se haya llevado una impresión equivocada. Aunque debo decir que la cena ha ido bien, incluso extraordinariamente bien. Carlos es un conversador agradable, sereno, es un hombre que transmite paz.

Cuando he bajado al *lobby*, me estaba esperando. Me ha propuesto que fuésemos a Lipp, una *brasserie* del *boulevard* Saint-Germain que estaba llena y en la que de forma milagrosa nos han dejado sentarnos. He comprobado que Carlos hablaba francés de manera muy correcta; ha pedido una botella de Borgoña y ha decidido nuestro menú de forma unilateral, se nota que es un hombre acostumbrado a mandar; yo he asentido porque es el cliente y tampoco quería resultar antipático o caprichoso. Y porque creo que ahora prefiero dejarme llevar; no quiero tomar decisiones.

He bebido.

Sé que no era apropiado, puede que incluso se tratase de una trampa de Carlos para ver si soy un profesional riguroso y merecedor de su cuenta, pero me parecía descortés negarme a compartir el vino, incluso irritante. No quería que Carlos pensase que he tenido algún problema con el alcohol o que le estaba juzgando de manera moralista, siempre he desconfiado de la gente que deja beber solo a su interlocutor, es como esos individuos a los que les gusta el mosto o que piden un zumo de tomate cuando estás encargando un *bloody mary*. Mimi catalogaba a ese tipo de gente como sospechosa: personas sobrias que te miran con cierto grado de reprobación en situaciones en las que la buena educación requiere una copa. Aunque admito que quizás habría sido más prudente mojarme los labios; esas copas de Borgoña me estaban reconfortando sobremanera, Paul, incluso he estado a punto de bajar la guardia.

Durante la cena, Carlos ha sacado un tema tan personal

y heterogéneo como la importancia de la familia y me ha preguntado sobre mí. Le he contado la realidad fundamental de quién era yo hasta hace tres semanas, un hombre casado con dos hijos. Te confieso, sin embargo, que, en otro contexto, en otra relación, quizás en otro momento de mi vida o quizás con otra botella más de Borgoña, me habría sincerado con él. Creo que incluso me habría gustado compartir con Carlos todo lo que me está sucediendo en estos días tan inciertos. Hay algo en él que me inspira confianza; me transmite la misma sensación que el notario al que acudí, el que me consiguió la copia del testamento de Clara.

A lo mejor es que, desde que soy viudo, me identifico mucho más con las personas en edad de serlo, mientras que cualquier atisbo de amistad o de relación con alguien de mi edad me produce rechazo. Ahora mismo, Paul, rehúyo de las personas con una vida parecida a la que tenía yo hasta hace tres semanas.

Carlos me ha contado varias anécdotas de cuando viajaba a París a principios de los años setenta, describiendo con detalle el ambiente intelectual en el que alternaba, un ambiente en las antípodas de lo que esperarías que frecuentase un hombre joven de negocios con un futuro prometedor. Ha tardado poco en desmitificarme la historia de su imperio mercantil. Me ha confesado que su familia siempre tuvo patentes, que sus antepasados eran industriales que expandieron sus negocios por Dinamarca y que tanto él como sus hermanos se limitaron a formarse en buenas universidades para continuar con la saga. Le he dicho que aun así me parecía encomiable, el traspaso generacional de los imperios tampoco resulta evidente.

Carlos me ha contado que se casó muy joven y que no tuvo hijos. Ha hecho una pausa cuando ha dicho esto, una pausa que me ha resultado demasiado larga, imperceptiblemente incómoda para él, como si el no haber sido padre hubiese cambiado por completo la relación que había tenido con su mujer.

Me pregunto qué habría sido de mi matrimonio con Clara si no existiesen Cataclismo y Cornelius. Lo cierto es que disfrutamos unos años de nuestra relación de dos adultos, de nuestra libertad sin las limitaciones que supone tener hijos, viviendo de alquiler y haciendo viajes caros. Una época divertida, Paul, la misma época en la que le fui infiel; aunque creo que, aun con hijos, también lo habría sido. Sí, Paul, me parece que mis hijos no habrían frenado mi conexión con Aline.

Tuvimos hijos por Clara; quiero decir, tuvimos hijos cuando ella decidió, a lo mejor es que los hombres no sentimos una llamada biológica o solo es que soy una persona egoísta, poco inquieta y no me parecía necesario transitar por este mundo perpetuando mi linaje. Pero, aunque no los hubiésemos tenido, habríamos continuado juntos. Sí, me imaginaba con ella hasta el final, no solo hasta el final que ha sufrido, prematuro e innecesario, hablo de habernos acompañado treinta o cuarenta años más.

Pensándolo de otra manera, si no hubiésemos tenido hijos, quizás Clara no se habría visto en la obligación de otorgar ningún testamento y yo no conocería la existencia de un secreto. A lo mejor, si no hubiésemos tenido hijos, yo no estaría buscando a Henry Jollenbeck, ni me estaría torturando, pensando en las razones por las que mi mujer hizo eso a mis espaldas. A lo mejor, si no hubiésemos tenido hijos, aunque se hubiese ido, todo sería más fácil, su ausencia no se haría tan presente.

Porque desde hace tres semanas, Paul, me imagino situaciones en las que no estar con Clara va a complicarlo todo mucho más. Como cuando Cataclismo se case y deba elegir un vestido de novia o le suceda cualquier otro asunto vital en el que necesite el consejo o el punto de vista de otra mujer y yo sea incapaz de dárselo, por mucho que empiece a leer en bucle las novelas de Danielle Steele que tanto le gustaban a Mimi. O como cuando Cornelius viva su primer desengaño amoroso y yo le parezca un ser autoritario y rudo; o tareas tan cotidianas como envolver los regalos de todas las celebraciones, incluso elegir esos regalos. Siempre he sido un completo desastre para elegir cualquier regalo, Paul, el viaje en globo de Clara es la prueba más evidente.

Yo quería estar con Clara hasta el final, de eso estoy seguro, pero no tengo tan claro si ella habría querido lo mismo conmigo. No tengo tan claro si me habría elegido de manera incondicional, si verdaderamente estaba ya en otra etapa de nuestra relación cuando me ocultó sus disposiciones finales. No tengo tan claro si el hecho de que hayamos estado juntos hasta el final ha sido casual, circunstancial, solo porque un accidente coronario ha quebrado una relación que Clara habría finalizado con el tiempo.

Ha habido una frase en la cena, Paul, que ha estado a punto de delatarme; una frase que me ha traspasado por completo y me ha hecho reaccionar de una manera automática e irreflexiva. Carlos ha dicho que había sido muy feliz durante el tiempo en el que había convivido con su mujer y yo le he respondido que le entendía a la perfección. Quizás un poco achispado por el vino, le he dicho que yo también había sido un hombre muy feliz durante el tiempo en el que había estado casado. He utilizado el pasado, Paul, he utilizado el mismo tiempo verbal que Carlos; entonces, me ha preguntado que qué había sucedido.

En ese momento, he comprendido que no podía rectificar como si me hubiese equivocado de forma accidental de conjugación, he comprendido que Carlos es demasiado mayor e inteligente para tragarse un error gramatical. Y te prometo, Paul, que he estado a punto de abrirme en canal con ese viejo zorro, pero he recobrado un poco de lucidez y me he dado cuenta de que no estaba hablando con un amigo íntimo de la familia, tampoco con un segundo padre o padrino al que le pudiese confiar lo que ha pasado. Me he dado cuenta de que Carlos no dejaba de ser un cliente importantísimo del que me debía ocupar. Y me he limitado a decirle que ahora estábamos distanciados, lo que técnicamente no deja de ser cierto, ¿verdad?

Tampoco le he preguntado qué había sido de su mujer; no sé si ahora Carlos es un hombre divorciado o compartimos el mismo estado civil. Lo que creo saber a ciencia cierta es que comparto con él la ausencia; estoy seguro, Paul, de que la mujer de Carlos ya no está. Ha pedido la cuenta y hemos regresado en taxi al hotel.

Me he metido en la cama, pero, como ya te he comentado, no consigo conciliar el sueño. He dejado el teléfono cargándose en el baño de la habitación porque he decidido que debo empezar a dormir alejado del móvil; ese artilugio me desvela y hace que cometa equivocaciones, como iniciar conversaciones inconclusas con Aline. Ahora que parezco no tener tanto control como me gustaría, necesito evitar comportamientos de los que me voy a arrepentir por la mañana con toda seguridad y esa sensación es nueva y extraña, Paul.

Durante todo el tiempo que duró mi aventura, jamás me arrepentí por la mañana; desde aquella primera noche en la que volvimos de París, jamás sentí nada parecido a la culpabilidad o el remordimiento.

Al llegar a casa de Aline, a pesar de haber conducido durante toda la noche, a pesar de no habernos duchado desde el día anterior cuando salimos de Gstaad, nos fuimos directamente a la cama.

La primera vez que nos tocamos, pensé que había nacido para hacer el amor con ella. La manera de acariciarnos, la manera de comunicarnos era como si hubiésemos estado programados para practicar sexo juntos, sin ningún límite. Recuerdo nuestro sudor, sus gemidos roncos cuando alcanzó el primer orgasmo. Y ese recuerdo me excita, Paul, aunque ahora me encuentre vacío y apagado, aunque ahora mis circunstancias sean todo lo opuesto al deseo.

Aquel primer encuentro fue tan poderoso, fue tan animal que no pude reprocharme nada. Hacer el amor con Aline era un acto físico tan intenso y personal que quedaba por encima de cualquier tipo de moral, de cualquier juicio de valor. Te aseguro, Paul, que nadie, ningún ser humano, simplemente por el hecho de serlo, podría haberse arrepentido de vivir una experiencia así.

Cuando terminamos aquella primera sesión, me duché y me ofrecí a devolver el Audi de alquiler en el aeropuerto. Aline se despidió de mí en el quicio de la puerta, cubierta con una bata de seda en la que se intuían sus pezones. Recuerdo su mirada luminosa y también su sonrisa, la sonrisa liberadora que te da haber vivido una experiencia trascendental.

Debían de ser las dos de la tarde cuando llegué a mi apartamento. Clara no estaba, se encontraba trabajando. Me volví a duchar; seguía sintiendo el olor de Aline impregnado en cada célula de mi cuerpo. Mientras me volvía a enjabonar, me masturbé recordando todo lo que había pasado esa mañana con mi jefa. Luego me puse un traje y me fui a la oficina, donde permanecí hasta las nueve o diez de la noche, el horario que cumplía habitualmente, el horario que ha hecho que no vea demasiado a Clara durante el tiempo que ha durado nuestro matrimonio. No es que no quisiese regresar a casa ese día, es que estaba esperando a que Aline viniese.

Aline no me dijo en ningún momento que pretendía ausentarse de la oficina ese día. Se quedó retozando en la intimidad de su casa mientras yo volvía a la rutina de siempre, como si nada hubiera sucedido, cuando, en realidad, ya había cambiado todo; había traicionado a Clara.

Esa noche, cuando volví a mi casa, fingí estar igual de derrotado que de costumbre, pensando que Clara no notaría ninguna diferencia. Ella me recibió como siempre, incluso con mayor interés, le parecía increíble la suerte que había tenido, le parecía una especie de milagro que mi mentira sobre el *snow* hubiese pasado desapercibida por el accidente de David. Creo que no habría imaginado jamás lo que había estado haciendo durante el viaje, lo que había hecho en el apartamento de Aline unas horas antes esa misma mañana.

Esa misma noche, hicimos el amor de manera enérgica. Esa misma noche, como todas las siguientes que duró mi aventura, sentía la necesidad de proporcionarle el mismo placer a Clara que a Aline; era como si tuviese que demostrarme a mí mismo que era capaz de poder estar con las dos; era como si me negase a asumir que la vida es una sucesión de renuncias y la posibilidad de renunciar a alguna de ellas fuese un comportamiento demasiado adulto para mi yo de entonces; quizás también para mi yo de ahora.

A lo mejor es que sigo siendo un inmaduro, Paul, y por eso me niego a renunciar a Clara. A lo mejor es que nunca he crecido de verdad y por eso no he evitado las conversaciones de doble sentido con Aline. Un adulto de verdad habría zanjado el primer comentario de WhatsApp de una manera profesional y contundente, sin dobles sentidos, sin utilizar los apelativos cariñosos de otra época, como *crème fraîche* o colmillo blanco, apelativos que ahora me parecen absurdos y fuera de lugar; un adulto de verdad no estaría en París, escribiendo en un diario los engaños amorosos que ha cometido en su vida.

En lo único que me siento un poco más adulto ahora, Paul, es que he comprendido que Clara lo supo, tuvo que saberlo.

Clara notó que la estaba engañando, ahora lo sé.

Mi mujer era lista, extraordinariamente intuitiva; estoy convencido de que en aquellas noches en las que me convertía en un compañero de cama mucho más fogoso y desinhibido, aquellas noches en las que le hacía el amor pensando en Aline, comprendió que había otra persona. Y por alguna razón lo dejó pasar.

Mientras que yo era tan arrogante como para suponer que simultanearía a dos mujeres, mientras que yo era tan arrogante como para no sentirme culpable, Clara decidió perdonarme. O quizás decidió vengarse de mí, de una manera más sutil y calculada, la venganza de una mujer femenina y reflexiva, dos atributos, Paul, que la describían a la perfección.

He encendido el televisor.

Pensaba que encontraría algún programa de mayor altura que los *realities* a los que me he enganchado desde que duermo solo; pensaba que la televisión francesa me ofrecería la posibilidad de ver algún contenido ilustrado que no acabase por embrutecer mi mente, cada día más confundida.

He empezado a ver un documental que emitían en Arte TV sobre un virus que ha confinado a la ciudad de Pekín. El autor, un periodista francés casado con una mujer china y confinado con ella, hablaba de una epidemia que hacía que la gente tuviese que ir vestida como si fuesen astronautas;

una especie de gripe a lo bestia que acababa por vencer a los habitantes de la ciudad. Los vecinos, cada día más crispados y recelosos entre ellos, acababan denunciándose los unos a los otros por ser supuestos portadores del virus con el fin de que los aislasen y los llevasen a morir a otra parte.

Me ha recordado a aquella novela de Saramago en la que toda una ciudad se queda ciega y se produce una especie de guerra civil entre invidentes buenos y malos ante la mirada de un único habitante que parece ser inmune a esa ceguera, pero que debe fingirla con el único fin de sobrevivir.

Me he empezado a angustiar, Paul. Además de mi tendencia a la hipocondría, creo que me empiezo a sentir acorralado, creo que la dualidad que estoy viviendo con respecto a Clara me persigue como una sombra cada vez más próxima y amenazadora. Quizás es que siento miedo de acabar aislado, denunciado por algún extraño que acecha y sabe lo que en realidad me ha sucedido; alguien como Appletree o Avelino. Incluso si termino siendo la única persona que sabe lo que ha sucedido, puede que me quede encerrado, atrapado, sin volver a relacionarme con nadie en lo que me queda de vida, relacionarme de manera honesta, quiero decir, sin recurrir a la mentira.

He intentado tranquilizarme recordando la teoría de Mimi sobre los chinos («mentirosos, manipuladores, comunistas»). Sin embargo, no he conseguido serenarme en absoluto.

He cambiado de canal.

Estaban retransmitiendo un programa de testimonios; un programa horrible en el que distintos invitados revivían historias trágicas de su vida ante una periodista encantadora que parecía querer empatizar con ellos, pero que hablaba de sus entierros y bancarrotas con la misma ligereza con la que se habla del baile de debutantes. Hablaban de volver a empezar.

Me he quedado impactado con el testimonio de una mujer que había perdido todo. En su relato, un exmarido trastornado, un tipo como el de *El adversario*, de Emmanuel Carrère, había liquidado a toda su familia con el único fin de hacerle daño, con el único fin de vengar su abandono. Aquella mujer sufría tanto dolor que me ha paralizado; era como si me hubiese enganchado a su capacidad para sobrellevar la tortura más profunda, era como si me hubiese vuelto adicto a su capacidad para sobreponerse a lo que no tiene nombre.

Hay algo hipnótico en el dolor ajeno, incluso admirativo. La fatalidad de otra persona amortigua en cierta manera el dolor individual. Quizás por eso te hiciste terapeuta, Paul. Durante el tiempo que he escuchado a esa mujer, he olvidado por momentos haber perdido a Clara. A medida que escuchaba su voz, que se quebraba por hechos que habían sucedido hacía veinte años, pero que la acompañarían durante el resto de su existencia, me ha parecido insignificante haberme quedado viudo; me ha parecido casi una falta de respeto sentir algo de rabia cuando tengo motivos importantes para seguir adelante. Luego me he sentido culpable.

Me he sentido culpable por no sufrir tanto dolor, me he sentido culpable por saber con bastante certeza que no lo voy a sufrir, aun estando convencido de que la persona a la que más he querido en mi vida era Clara.

Me pregunto si ella no se merecería un marido que estuviese mucho más dolorido que yo; me pregunto si el hecho de no sentir tanto dolor, Paul, disminuye la intensidad de mi relación con ella, incluso la verdad sobre mi matrimonio.

Recuerdo haber leído el libro de Carrère cuando salió; estaba en la universidad y, a pesar de haber terminado mi etapa de estudiante en el liceo, me negaba a cortar mi relación con la literatura francesa. Además, nada es más epatante que una persona que lea en francés y a mí en esa época solo me importaba epatar.

No sé si recordarás la historia, Paul, está basada en un hecho real.

Un hombre, en principio bueno, empieza la carrera de Medicina. Al cabo de unos meses, no recuerdo si por accidente o inseguridad, no se presenta a un examen, pero sigue haciendo ver a todo su entorno que continúa estudiando. Ese hombre, a pesar de continuar asistiendo a la universidad, no vuelve a presentarse a ningún examen, no vuelve a matricularse en ninguna asignatura.

Ese hombre, en principio bueno, no se gradúa jamás. Sin embargo, hace creer a todo el mundo que sí lo ha hecho; también hace creer a todo el mundo que ha sido contratado por la Organización Mundial de la Salud, una actividad prestigiosa y bien remunerada, un trabajo de médico experto, sin ser ninguna de las dos cosas.

Toda su vida es mentira, todo en aquel hombre, en principio bueno, es mentira y, aun así, consigue engañar a todo el mundo; consigue casarse, consigue tener hijos, consigue incluso tener una amante. Y, cuando su estafa piramidal está a punto de desmoronarse, mata a toda su familia e intenta desaparecer él también, sin conseguirlo. Sobrevive a sus víctimas, sobrevive a su mentira.

Fue uno de los casos de mayor repercusión en Francia durante los años noventa. Y la cuesta abajo de ese hombre, Paul, un hombre en principio bueno, empezó por accidente, o inseguridad, no me acuerdo, pero se sustentaba en la mentira. En una mentira como la que he decidido mantener yo en el trabajo o con mi hija; en un aplazamiento de la verdad, pensando que lo podría arreglar a la mañana siguiente. Y ya han pasado tres semanas y sigo sin poderlo decir.

Si ahora lo confesase, Paul, si ahora descubriese que,

efectivamente, he enviudado y necesito unos días, quizás unos meses, años, el tiempo que sea, si decidiera admitir que, desde luego, en estos momentos no soy la mejor versión de mí mismo para que me promocionen a socio, me mirarían como a un psicópata; me fulminarían de manera inmediata, o quizás no, pero no me promocionarían a socio jamás. Me tomarían por una persona mentirosa, manipuladora, imprudente. Y yo creo, Paul, que siempre he sido un hombre, en principio, bueno.

Quizás a Clara le pasó lo mismo.

Quizás me intentó decir lo del testamento y yo no la dejé. Puede que, en las ocasiones en las que lo intentó, yo no le atribuyese importancia, que la avasallase con cualquier conversación más urgente sobre mi trabajo o, peor aún, que la pasase por encima a través de mi silencio.

Recuerdo que, unas semanas antes de marcharse, Clara insistía en que hablásemos. Hubo un par de veces en las que me pidió que la acompañase a dar un paseo, me acuerdo de que incluso me escribió varios WhatsApp en los que me proponía acercarse a la torre para almorzar juntos. Y, en todos sus intentos, la rehuí; no siempre de manera deliberada, quiero decir, la carga de trabajo que he soportado toda mi vida era motivo suficiente para no atender las peticiones de una mujer indignada por las ausencias de su marido; pero no quise dar la cara.

Yo sentía que nuestro matrimonio no estaba en la mejor de las épocas, Paul, aunque tampoco lo veía peligrar tanto como para oficializar esa crisis con una conversación adulta de pareja. Además, pensaba que el hecho de escaparnos durante unos días mano a mano atenuaría la distancia que se expandía poco a poco entre nosotros, una expansión a la que no poníamos freno, por lo menos por mi parte.

Ahora no podré saber la razón por la que Clara quería

conversar conmigo. Tampoco podré saber si es que tuvo una aventura con Henry Jollenbeck y esa aventura me pasó totalmente desapercibida.

Me pregunto si se sintió culpable al día siguiente, Paul. Clara era una mujer, en principio, buena; me pregunto si fueron sus remordimientos la razón por la que quería hablar conmigo. O quizás solo tuviese algún secreto que, por accidente o inseguridad, no me quiso desvelar, un secreto que se ha llevado para siempre; y, en cualquiera de los dos casos, Paul, la única culpabilidad que me quedaría es no haber accedido a su universo por estar demasiado ocupado atendiendo al mío.

Creo que es hora de dejarlo; faltan menos de tres horas para que me tenga que levantar y debo descansar.

QUINTO DÍA

Viernes, 28 de febrero de 2020

Es la primera vez en toda mi carrera que he ido a una reunión sin dormir; pensaba que anoche, después de escribirte, mi cuerpo sería vencido por el sueño, también mi mente; pensaba, Paul, que, entre las copas de Borgoña, el libro *Guerra y paz* y los documentales, me desplomaría en la almohada hasta que sonase la alarma del teléfono, pero no ha sido así. No he pegado ojo en las tres horas que me quedaban libres. Pensaba que podría hacerlo.

Sin embargo, no puedo soportar la idea de no saber quién es Henry Jollenbeck; no puedo soportar la idea de que Clara se haya ido de este mundo con un secreto así. Es de una impotencia indescriptible no conocer, no comprender las razones que la llevaron a hacer eso, Paul.

Me dijiste que una de las primeras etapas del duelo, después de la negación, era la ira y yo creía que nunca había sentido ira, te lo garantizo. Hasta ahora; ahora que he perdido toda posibilidad de entablar una conversación esclarecedora con Clara sobre este asunto, me siento torturado y rabioso.

He analizado todas las posibilidades por las que Clara pudo mencionar a ese hombre en su testamento. He imaginado todas las alternativas posibles por las que podría haber designado a Henry Jollenbeck para que administrase cualquier otro legado que le correspondiese a ella o a nuestros hijos y no se me ocurre ninguna que aleje la sombra de la infidelidad. Sí, Paul, estoy seguro de que Clara me fue infiel con Henry Jollenbeck y me lo ha dejado por escrito; ha dejado registrada esa infidelidad ante un notario y eso es algo que me acompañará en lo que me quede de vida. No puedo asegurar si su infidelidad partió de un sentimiento de revancha o simplemente la historia surgió y Clara se lanzó a vivir una experiencia igual de física que la mía; entonces me he acordado de Diane Lane.

Me imagino que conoces a Diane Lane; rubia, de una belleza serena y elegante, la viste seguro en *Bajo el sol de la Toscana*. Clara se parecía muchísimo a la actriz.

La última película que vimos juntos, dos semanas antes de que se marchase, era de ella. Una película espeluznante cuyo título es preciso y certero: *Infiel*, y en la que interpreta a una atractiva mujer de unos cuarenta años; una mujer, Paul, que, a pesar de estar felizmente casada con un ejecutivo de la talla de Richard Gere, decide iniciar una aventura con un intelectual francés con el que se cruza una tarde cualquiera en la ciudad. De la noche a la mañana, Paul, esa mujer pierde el control de su vida; también el de su familia. Y su marido, en un ataque de ira, acaba asesinando al amante.

Recuerdo que vimos juntos esa película en la tele de nuestra habitación, tumbados en la cama. Creo que fue la última de las cada vez más escasas ocasiones en las que Clara y yo nos íbamos a dormir a la vez; luego hicimos el amor. He imaginado que Henry Jollenbeck tenía el mismo aspecto físico de Olivier Martínez (el amante perturbador) y me he puesto celoso. Una conducta patética, casi indigna de alguien con cierta perspectiva, porque al final, Paul, lo único importante de esa película es que el marido acaba entregándose a la policía y lo único que debería importarme en esta historia es que Clara no está.

Me he metido en internet para intentar ver de nuevo la película. No sé si tenía la esperanza de que me revelase algo o solo quería recrear mi último momento dulce con ella, pero ha dado igual, no he conseguido visionarla.

He aprendido, en cambio, que *Infiel* la había rodado el mismo director que *Atracción fatal* y *Una proposición indecente*; me he dado cuenta de que todas esas películas retratan comportamientos inadecuados de personas que se quieren, de parejas que no deberían tener problemas y acaban enredándose en tragedias por anteponer el sexo y la atracción por encima de una falsa calma. Quizás es que Clara se sintió aburrida por una existencia demasiado burguesa, una cotidianidad previsible y soporífera con un marido obsesionado por su trabajo y cada día más distante, unos hijos atendidos por una *nanny* eficiente y una casa bonita.

No sería la primera vez que una mujer de esas características recurre a las emociones fuertes. Leí hace poco un libro de una de las antiguas *call girls* de *madame* Claude, aquella proxeneta francesa del París más libertino e inaccesible de los años setenta. Aquella *call girl* aseguraba que muchas de sus compañeras eran mujeres de un elevado estrato económico; mujeres que buscaban en la prostitución de lujo esa dosis de adrenalina.

Estoy rabioso, Paul, no me creo que esté llegando al extremo de asociar una historia de proxenetismo de lujo con Clara. He intentado cerrar los ojos y, aunque no los he abierto ni me he movido de la cama, sé que no he dormido ni un minuto.

A las siete de la mañana, Robert me ha escrito para decirme que había obtenido una copia del testamento. Le he llamado sin detenerme a pensar si era una hora adecuada. Le he pedido que localizase a Henry Jollenbeck. No me he molestado en hacerle comprender si yo estaba enterado o no de su existencia ni en comprobar si le habían informado en la notaría de mi visita furtiva. He colgado de manera apresurada y me he ido a la ducha; pensaba que cinco minutos debajo de un chorro de agua ardiendo me harían mucho bien en un día en el que tenía que dejar de lado cualquier atisbo de vulnerabilidad o de preocupación.

Entonces, Paul, ha ocurrido algo horrible.

Cuando he salido de la ducha y me he secado, al ponerme la camisa que había elegido para la gran reunión, una camisa a medida que guardo para las grandes ocasiones, me he dado cuenta de que no había traído los gemelos. Es un olvido que no tiene disculpa alguna. Debería haber preparado la maleta con mayor atención.

En mi defensa, te diré que nunca suelo llevar camisas de gemelos, hace demasiado calor en la torre y habitualmente acabamos siempre con las mangas remangadas, es más, un director que no se remanga las mangas da a entender que no está trabajando a destajo, es como lo de no llevar un cuaderno a una reunión. En un intento desesperado por pensar que quizás los había metido en el equipaje, me he puesto a buscarlos por todos los rincones de la maleta, incluso en el neceser de aseo, algo que en el fondo sabía que no iba a servir de nada; recordaba no haber tocado en ningún momento esos gemelos de plata de Cartier que simulan unas pilas redondas y que son los gemelos más elegantes que he tenido en mi vida; otro de los regalos de Clara que siempre me favorecían y me hacían parecer más impecable.

Me he encontrado ante el dilema de volver a ponerme la

camisa de ayer, lo que me habría dado un aspecto desaseado al límite, o intentar disimular la ausencia de gemelos, algo que me ha resultado más digno.

Después me he puesto el traje azul, que estaba arrugado porque ayer tampoco deshice la maleta según llegué a la habitación, como hago siempre, y esta mañana no me he dado cuenta de que debería haberlo dejado en el baño para adecentarlo con el vapor de la ducha. La única prenda que parecía seguir intacta era la corbata roja de Hermès que había escogido.

He decidido que no me pondría la chaqueta, que iría con las mangas remangadas como si hubiese estado toda la noche repasando temas que fuésemos a ver en la reunión y he bajado al *lobby*. Carlos no había llegado todavía.

He dejado la chaqueta en el respaldo de la silla del bufet y me he servido una taza de café. Cuando Carlos ha entrado, no me ha dado la sensación de que se percatara de lo de mis gemelos. Hemos desayunado juntos y a las ocho y media en punto nos hemos metido en un taxi camino de nuestras oficinas en la *avenue* Marceau. Estaba lloviendo y era realmente extraño no ponerme la chaqueta, sobre todo porque Carlos sí la tenía puesta; aun así, ninguno de los dos hemos dicho nada al respecto.

Durante el trayecto, me ha parecido que escuchaba con atención la perorata corporativa con la que le estaba bombardeando cuando Vilma me ha hecho una videollamada. He colgado de manera automática, sin detenerme a pensar que quizás fuese urgente. Nos hemos quedado en silencio; ha vuelto a sonar mi teléfono. Esta vez se trataba de una llamada de voz normal.

Carlos me ha dicho, en un tono casi paternal, que debía contestar, que quizás se tratase de un tema importante y, como no he querido quedar como un padre que desatiende sus obligaciones familiares, y más después de todo lo que habíamos hablado en nuestra cena de ayer sobre la importancia de la familia, he descolgado. Cataclismo lloraba desconsoladamente.

Le he dicho que se tranquilizase, que me contase lo que sucedía. Me ha pedido que por favor le hiciese una videollamada. He respondido que no podía, que estaba trabajando, pero Carlos me ha hecho un gesto con la mano como dándome a entender que era necesario que la llamase. Me he fijado que el conductor del taxi también estaba pendiente de mi conversación y, a pesar de sentirme acorralado, he iniciado la videollamada.

Lo primero que he visto en la pantalla han sido los enormes ojos de Cataclismo llorosos; se había puesto la misma diadema de unicornio con la que el otro día intentaba torturar a su hermano cuando llegué a casa. Me ha dicho que estaba triste, muy triste. Y ha esbozado otra vez su expresión de dibujo animado. Sin que yo le preguntase los motivos, me ha explicado que Vilma no le dejaba llevar al colegio su diadema de unicornio y le he dicho que Vilma tenía razón, que, por muy bonita que fuese esa diadema, iban a pensar que estaba disfrazada y *madame* Merkel podría llamarle la atención.

Cataclismo, muy segura de sí misma, me ha respondido que le era indiferente la opinión de su profesora, no me lo ha dicho con esas palabras exactamente, pero ha recalcado esa idea. Me ha dicho que, como bien le expliqué el otro día, no tenía por qué estar de acuerdo siempre con *madame* Merkel, que en eso consistía cuestionar.

Durante un segundo me he sentido muy orgulloso del espíritu crítico de mi hija, aunque tampoco la podía felicitar, un cliente no tiene por qué conocer mis métodos educativos adquiridos en las semanas más inciertas de mi vida. Cataclismo ha mencionado que el único motivo por el que quería llevar esa diadema es porque se la regaló su madre antes de irse de viaje; me he quedado en silencio. He visto que Vilma iba a coger el teléfono, pero Cataclismo lo ha sujetado con más fuerza. Mi hija me ha preguntado de forma directa que cuándo iba a venir su madre, que el viaje ya estaba durando demasiado y, antes de que pudiera responderle algo, Vilma ha conseguido coger el teléfono y me ha dicho de manera muy seria que teníamos que hablar con la niña.

Yo, en un intento desesperado por distraer la atención de mi hija, o la atención de Vilma, o simplemente la atención de Carlos y del propio conductor del taxi, he utilizado la táctica más cruel y capitalista que me ha venido a la cabeza: le he pedido a Vilma que me pasase con la niña y, cuando he visto esos enormes ojos de nuevo, le he hablado de su cumpleaños. De su regalo de cumpleaños, para ser preciso.

Le he pedido que pensase en el regalo que le haría más ilusión; en realidad, su cumpleaños es dentro de tres meses, pero Cataclismo todavía no tiene perspectiva temporal, o eso es lo que yo pensaba. Me he equivocado; mi hija me ha corregido diciendo que faltaban muchas semanas para su cumpleaños, aunque, de todas formas, ya sabía lo que quería: quería a su madre.

Silencio otra vez.

De la misma manera automática y repetitiva que llevo utilizando los últimos días, le he asegurado, por supuesto, que tendría a su madre por su cumpleaños, que le daba mi palabra. Entonces, Cataclismo ha parecido calmarse y se ha despedido afirmando que debía colgar para lavarse los dientes y coger el Uber con Vilma. La última imagen que he visto antes de que se terminase la videollamada ha sido la mirada severa de Vilma.

Me he quedado cabizbajo, en silencio, intentando centrar mi vista en algún punto intermedio entre mis zapatos Oxford de cordones y la alfombrilla del suelo del coche. No me apetecía levantar la mirada y enfrentarme a ningún comentario de Carlos.

Nunca había prestado demasiada atención al impacto que una simple frase pudiese tener en mi hija de cinco años; le acababa de dar mi palabra sobre un acto que sé que no va a suceder, que sé que no puede producirse. Me he dado cuenta de que, en algún momento de su vida, Cataclismo llegará a la conclusión de que la primera vez que estuvo en contacto con la mentira, la primera vez que fue traicionada por la palabra de alguien fue de la mano de la persona en la que se supone que debía confiar más. Algún día Cataclismo se dará cuenta de que fue justo en ese momento, en sus cinco años de existencia, cuando la palabra de su padre dejó de valer algo para convertirse en un mero ruido. Y esa idea, Paul, me ha parecido deleznable; esa idea me ha hecho sentir más miserable todavía de lo que me siento cada vez que rehúyo cualquier conversación que pueda derivar en la figura de Clara.

Carlos ha interrumpido mi introspección de una manera que me ha parecido incisiva.

—No sabía que tu mujer se encontrase de viaje.

He asentido y le he contado la historia de Abu Dabi. He comenzado describiendo las villas del jeque y he acabado ensalzando el talento de Clara como si le fuesen a dar un premio Pritzker y fuera a convertirse en la nueva Zaha Hadid del siglo XXI. Le he contado la historia con tanta seguridad, Paul, que a medida que la pronunciaba tenía la sensación de empezar a creer de verdad que Clara estaba en algún lugar de los Emiratos en vez de en una urna dentro de una caja de cartón en mi trastero.

Me sigue fascinando la naturalidad con la que puedo mentir sobre ella.

He mentido a Carlos, he mentido a Avelino, he mentido a todo el mundo que he querido menos al notario y al conductor del Uber que me llevó al aeropuerto. Quizás es que la sinceridad más verdadera solo puede producirse con las personas más desconocidas, aquellas a las que es muy poco probable que vuelvas a ver y que, sin embargo, son las únicas con las que puedes mostrarte tal y como eres.

He mentido a mi hija y sé que no está bien, Paul. Y también soy consciente de que no puedo ocultar hasta la eternidad lo que le ha sucedido a su madre, pero ahora mismo no soy capaz de decírselo, no puedo hacerlo. No se me ocurre la manera en la que debería abordar esa conversación; tampoco creo que sea posible consolarla.

No puedo consolar a Cataclismo enumerando las bondades de su madre porque simplemente ella se ha marchado de la vida ocultándome una mentira mucho más relevante que mi aventura con Aline y eso hace que me sienta confundido y frustrado. Y, si lo piensas, Paul, enfadarse en diferido con un muerto es absurdo, vergonzante; es un comportamiento que debería catapultarme directo al podio de la ridiculez y de la idiocia. Pero créeme, Paul, no consigo evitar sentirme así.

Carlos ha parecido creerse la historia de Abu Dabi y ha comentado que, en su opinión, antes, en su época, el cuidado de los hijos era en apariencia más sencillo.

Me ha vuelto a decir que, aunque él no había tenido hijos y que todos los tiempos de la historia entrañaban su propia dificultad, pensaba que los padres de mi generación debíamos multiplicarnos o subcontratar a todo un elenco de personas si queríamos atender nuestra vida familiar sin descuidar el ascenso profesional.

En mi cabeza, las palabras de Carlos no han hecho más que intensificar lo dependiente que me siento de Vilma, incluso he tomado nota mental de subirle sustancialmente el sueldo, porque debo evitar a toda costa que se vaya a otra casa o que quiera cambiar de vida.

Hemos llegado, por fin, a nuestras oficinas de la *avenue* Marceau.

El edificio lucía igual de impecable que siempre; un edificio que no parece en absoluto de oficinas, sino de enormes pisos de lujo con techos de cuatro metros y suelos de madera antigua.

En general, las sedes de la firma en el resto del mundo suelen estar ubicadas en torres similares a la nuestra en Madrid, pero en París hicieron una excepción, me imagino que mis colegas franceses no habrían aceptado jamás la configuración demencial a la que nos someten a nosotros, eliminando todos los despachos y obligándonos a renunciar a cualquier atisbo de intimidad laboral.

Nos hemos acreditado en la entrada y la recepcionista nos ha comunicado que Jean-Baptiste bajaría a recogernos. Nos ha entregado dos tarjetas que aparentemente debíamos colocarnos en la solapa de la chaqueta, en mi caso en la camisa, unas tarjetas que nos identificaban como visitantes.

Me ha gustado comprobar que Carlos ha cogido su tarjeta y no se la ha colocado, le ha debido de parecer igual de humillante que a mí mancillar su aspecto pulcro con un marcaje, como si fuésemos repudiados en la Alemania nazi. He notado como la recepcionista nos iba a llamar la atención, pero en ese momento ha llegado Jean-Baptiste con un paso enérgico y jovial, me ha tendido la mano de manera afectuosa y ha sonreído a Carlos con una dentadura que me ha parecido más blanca de lo normal, incluso más grande.

Me he fijado en que Jean-Baptiste llevaba varias pulseras de cuero en la muñeca, las típicas pulseras que se pusieron de moda cuando yo tenía veinte años. También llevaba el pelo más largo, incluso quizás se había puesto más cantidad, aunque no te lo puedo asegurar. He llegado a la conclusión de que Jean-Baptiste había dejado de ser ese socio elegante en el que me podía proyectar para convertirse en un ejecutivo en la típica crisis de los cincuenta. No ha parecido extrañarse con el hecho de que llevase la americana del traje doblada en la mano, lo que me ha infundido confianza y seguridad con respecto a la decisión sobre mi indumentaria.

Hemos subido en el ascensor. Al llegar a la quinta planta, una secretaria francesa que iba vestida igual que Amélie Poulain nos ha instalado en una sala de juntas; se ha ofrecido a traernos café. Carlos me ha indicado que me sentase a su lado en el mismo extremo de la mesa, lo que me ha irritado un poco. No quería parecer el cliente delante de mis colegas franceses, además, pretendía lucirme delante de ellos, también delante de Carlos. Claro, Paul, que le he obedecido y no me he movido un milímetro del asiento convenido.

Un minuto más tarde, se ha abierto la puerta y dos ejecutivos vestidos con un traje imperceptiblemente diferente al mío han entrado con el mismo paso enérgico de Jean-Baptiste. Llevaban los portafolios corporativos y uno de ellos un ordenador portátil, por lo que enseguida he entendido que nos iban a proyectar una presentación; una presentación que podrían haber compartido conmigo o de la que me tendrían que haber informado, eso es lo que habría sido honesto, al fin y al cabo, el cliente venía de nuestra oficina.

Aun así, lo que me ha molestado de verdad es que no se me hubiese ocurrido la idea de preparar yo mismo esa presentación. Es lo que debería haber hecho en el momento en el que me asignaron este cliente, es lo que habría hecho en cualquier otra circunstancia si no hubiese estado demasiado ocupado visitando notarías y desentrañando misterios de mi mujer fallecida. Me ha pasado lo mismo que con los gemelos o el traje, no he sabido actuar de la manera en la que he actuado durante toda mi carrera profesional.

He abierto mi portátil para sugerir que quizás yo también tendría algo que mostrar y he permanecido alerta con el objetivo de intentar dar alguna opinión o aportar algún criterio a la mínima ocasión que se me pudiese presentar, Paul, solo me quedaba el recurso de la improvisación.

Jean-Baptiste ha empezado a hablar.

En primer lugar, ha agradecido a Carlos la confianza de haber mostrado interés en nuestra firma; después, ha comenzado a recitar un breve resumen del currículo de esos dos ejecutivos, que contaban con diversos másteres en las escuelas de negocio más prestigiosas y experiencia en actividades deportivas solidarias, como triatlones a favor de la construcción de escuelas en Bangladesh e iniciativas parecidas; iniciativas que no he hecho en mi vida y por las que tampoco me había sentido nunca insolidario (y sigo sin sentirme así), pero que reconozco que habrían mejorado mi currículum de manera sensible.

Mis colegas, mientras tanto, ponían cara de satisfacción y de falsa modestia, la misma cara que debería haber puesto yo si Hildur me cumplimentase de esa manera. La secretaria que iba vestida como Amélie Poulain ha entrado con un carrito en el que se disponían dos bandejas con tazas y una cafetera recién hecha. Ha depositado cuidadosamente el material encima de una mesa adyacente para que pudiésemos servirnos a nuestra conveniencia y se ha marchado.

Carlos ha dicho que le apetecía ese café y yo me he levantado y he servido dos tazas, una para él y otra para mí. Aunque no me apetecía en absoluto ese café, no podía tolerar que mi papel en aquella reunión se limitase al de un asistente personal. También le he acercado un platito con servilletas de cóctel y tres minicroissants.

El primer ejecutivo ha tomado la palabra. Era un hombre de mi edad, con la mandíbula muy cuadrada y el pelo demasiado liso y cuidado como para inspirar confianza. Ha dicho algo parecido a que esperaba que ese fuese el inicio de un romance corporativo entre las empresas de Carlos y la firma. Ha confesado, como queriendo ser divertido, que su mujer era una ávida compradora de los productos de la teletienda y yo he reído un poco porque me ha parecido ingenioso y seguía empeñado en hacerme presente.

Carlos, a quien entiendo que no le ha debido de sentar demasiado bien esa frase, ya que su emporio familiar es mucho más potente que esos *gadgets*, le ha preguntado que cuál era su favorito. Yo me he callado y Mandíbula Cuadrada no ha sabido qué responder; aun así, ha continuado diciendo frases estereotipadas de las bondades que puede ofrecer la firma. Entonces, en un perfecto ejercicio de puesta en escena, se han atenuado las luces y han comenzado a proyectar.

En honor a la verdad, el PowerPoint estaba muy bien hecho, Paul. Habían incluido múltiples gráficos de barras y mensajes principales con flechas de crecimiento y muchos símbolos de divisas. Y también he de reconocer que las explicaciones de Mandíbula Cuadrada sobre estrategias fiscales parecían claras e inteligentes o, desde luego, sonaban así, tampoco te creas que las he entendido demasiado, seguía sintiéndome culpable y miserable por la mentira que le había dicho a Cataclismo.

De repente, el ventilador de mi portátil se ha conectado con un ruido demasiado audible. No he hecho nada por detenerlo, puesto que tampoco quería cerrar la pantalla, quería continuar simulando que iba a presentar algo. He visto que Aline me estaba escribiendo por el chat interno; era un mensaje en el que me deseaba mucha suerte y me decía que confiaba en poder celebrar como es debido el éxito de mi viaje, me decía que le encantaría invitarme a comer a mi regreso o mejor cenar, «cenar como en los viejos tiempos, *crème fraîche*, y así me cuentas lo de Hildur y Daniel Appletree». No he respondido porque no quería que nadie se diese cuenta de que no estaba atendiendo a la presentación y porque creo que tampoco me conviene cenar con Aline.

Me ha entrado otro correo, esta vez de Robert; me solicitaba el libro de familia para iniciar los trámites de mi pensión de viudedad. Aquello ha sido la gota que ha colmado el vaso. He cerrado en un impulso la pantalla del portátil, con tanta fuerza que he derramado la taza de café por toda la mesa, manchándome además la corbata, parte de la camisa y los pantalones. Entonces, en medio de la oscuridad he soltado una grosería, un auténtico improperio, desacertado e inoportuno, una expresión casi blasfema que no se debería oír jamás en un entorno profesional, y menos delante de un futuro e importantísimo cliente.

No te lo voy a repetir, Paul, me da vergüenza haber cometido un fallo así y escrito quizás resulte todavía más vulgar; a modo indicativo, te diré que hacía alusión a defecar encima de una prostituta.

Se han encendido las luces.

Notar que varios pares de ojos te miran con sorpresa, Paul, casi con estupefacción, en uno de los momentos que deberían ser más relevantes en tu carrera profesional no es agradable; sobre todo, cuando esa atención desmesurada no se debe a que hayas intervenido de forma brillante o a un comentario inteligente y audaz, sino a que has sido torpe y descuidado al derramar una enorme taza de café mediocre de oficina.

He balbuceado una disculpa tímida, casi aflautada, en contraste total con la barbaridad que acababa de decir. Mandíbula Cuadrada me ha mirado como me mira *madame* Merkel, una mirada severa entre la sorpresa y el reproche. No me he atrevido en ningún momento a girar la cabeza hacia Carlos. A pesar de no albergar ningún tipo de esperanza de que no se hubiera dado cuenta de mi grosería, me ha parecido gentil y al mismo tiempo humillante notar que me acercaba el plato con las servilletas de cóctel que yo había dispuesto, como facilitándome el material para arreglar aquel desastre.

He cogido esas servilletas diminutas y me he puesto a limpiar todo el café, notando como el aroma de la taza vertida se impregnaba entre mis uñas. En ese momento, me he dado cuenta de que todavía faltaban muchísimas horas hasta que volviese a mi casa a ducharme, por lo que apestaría a café durante el resto de la jornada. En menos de treinta y seis horas, era la segunda vez que acababa con el traje manchado delante de Carlos y ya no me cabe la menor duda de que a sus ojos soy alguien obtuso.

Jean-Baptiste ha continuado hablando como si yo no existiese y las siguientes dos horas se han convertido en un partido de tenis dividido entre unas preguntas extraordinariamente técnicas de Carlos y unas respuestas acertadas de Jean-Baptiste; se notaba que se había preparado la reunión a conciencia. Mandíbula Cuadrada intervenía de vez en cuando, como un complemento sincronizado con su jefe, y el otro ejecutivo tomaba apuntes como un taquígrafo y decía que mandaría las minutas de la sesión. También organizaba futuras reuniones con Carlos, reuniones en las que no parecía que me fuesen a convocar.

He asistido en silencio porque no tenía nada que decir, no había nada que aportar, y, a tenor de todo lo que me estaba sucediendo cada vez que lo intentaba, parecía más prudente permanecer callado. Me sentía desplazado, anulado, invisible; me sentía como cuando era adolescente y en las clases de deporte me escogían de los últimos para jugar al fútbol. Me sentía como si formase parte de ese equipo por eliminación.

En realidad, Paul, y a pesar de que quizás deberíamos tratarlo de manera separada en una sesión dedicada a mis traumas de la infancia, en el caso de que me hubiese gustado el fútbol, probablemente habría intentado ser de los mejores, siempre he sido competitivo; no un competitivo enfermizo, como esas personas que tienen que ganar siempre, yo solo era competitivo en aquellas áreas que me interesaban de verdad y te aseguro que mi trabajo era una de ellas. El fútbol no, ya te he explicado que mi familia era demasiado intelectual para inculcarme el amor por los estadios, pero en mi trabajo, Paul, yo era excelente.

Antes de que todo pasase, y te puede resultar altivo y arrogante —ya te he reconocido que puede que lo fuera—, yo era un ejecutivo competente: sabía centrar la atención de las reuniones, poseía la capacidad de marcar el ritmo de las intervenciones, me anticipaba a las necesidades de los clientes, incluso empatizaba con ellos de una manera mucho más natural que Mandíbula Cuadrada. También podía responder con la misma soltura y el mismo conocimiento técnico que Jean-Baptiste. Antes de que todo pasase, jamás me había sentido inseguro.

Ahora, en cambio, tengo la sensación de no saber hacer

nada. Tengo la sensación de haberme convertido en un profesional inepto. Carlos desconfía de mí, es evidente, y tampoco le puedo culpar por ello; jamás había sido tan errático con un cliente, Paul, nunca, ni siquiera cuando entré en la firma y no contaba con ningún tipo de experiencia.

No soy capaz de concentrarme en nada que no sea ese Henry Jollenbeck y la razón por la que Clara otorgó el testamento. Quizás, hasta que no sepa la verdad, Paul, hasta que no descubra el secreto que se ha llevado y las razones por las que me lo ocultó, no voy a poder hacer otra cosa que dar tumbos; no voy a poder hacer otra cosa que impostar frases profesionales que carecen de sentido.

Jean-Baptiste ha mirado su Patek Philippe extraplano y ha propuesto que hiciésemos una pausa para comer; había reservado una mesa en un restaurante cercano a la oficina, L'Avenue.

Yo ya conocía L'Avenue, había estado con Clara allí hace bastantes años. Ella se encontraba haciendo un proyecto de rehabilitación de oficinas en París y yo me escapé el fin de semana para verla, debió de ser unos meses después de que Aline diese por terminada nuestra aventura. Cuando hemos salido a la calle, Jean-Baptiste me ha preguntado si no me iba a poner la chaqueta, hacía verdadero frío, le he dicho que no pensaba, que estaba muy acalorado, pero me ha sugerido que en L'Avenue no me iban a dejar pasar sin chaqueta. Entonces me la he puesto y he disimulado como he podido el hecho de que llevaba una camisa de gemelos sin gemelos.

Cuando hemos llegado, todo estaba igual que entonces. En la terraza, un grupo numeroso de personas estrafalarias y estilosas fumaban cigarrillos y bebían combinados; parecían conocerse entre ellos y todos llevaban gafas de sol, a pesar de que el día era gris y oscuro. Por un instante, se me ha pasado por la cabeza que era el ambiente propicio para que mi ausencia de gemelos se considerase una tendencia de estilo.

En el comedor interior, justo en medio de la sala, habían dispuesto una mesa redonda, que estaba vacía, y dos camareras, igual que maniquíes sacadas del último desfile de moda, se movían de un lado a otro preparando los cubiertos de la mesa; hablaban entre ellas a través de lo que parecía un pinganillo. He deducido que aquella era la mesa reservada a las personalidades importantes.

Entonces, he oído un murmullo detrás de mí y me he girado para ver de qué se trataba; he visto que una furgoneta con los cristales tintados se detenía en la puerta y de ella se bajaba una mujer que me ha parecido ser una de las hermanas Kardashian. Detrás, otra mujer o quizás un hombre que iba vestido como Lady Gaga la ha escoltado hasta la mesa que acababan de preparar.

He recordado que estábamos en medio de la Fashion Week de París. En realidad, no lo he recordado, Paul, es algo que le he oído decir al imbécil de Mandíbula Cuadrada en su introducción de esta mañana. En todo caso, he comprendido que era totalmente plausible que aquella mujer que me parecía una Kardashian fuese de verdad una Kardashian.

Nunca habría pensado que sabría reconocer a una Kardashian, nunca; jamás habría pensado que mi cerebro almacenaría este tipo de información, pero desde hace tres semanas, Paul, he visto tantas horas de *realities* que creo que podría dedicarme a ser comentarista, incluso podría escribir crónicas en las páginas de sociedad de alguna publicación; podría realizar cualquiera de esas actividades disparatadas y, sin embargo, parece que no sé desempeñar mi trabajo con un mínimo de profesionalidad.

Es posible que haya alienado mi mente con informaciones inservibles y que no pueden conducirme a nada bueno, y en cambio he olvidado los mínimos básicos de un trabajo que pensaba dominar.

Tanto Carlos como Jean-Baptiste han pedido salmón ahumado; Mandíbula Cuadrada y el otro ejecutivo sendos *steaks tartar*. Yo no tenía hambre; el solo hecho de imaginar que debía meterme un trozo de comida en la boca me mareaba. A decir verdad, lo que más me apetecía era una copa de Borgoña, como las de la cena de ayer, pero, como ni Jean-Baptiste ni Carlos han hecho alusión alguna al vino, me he servido un poco de agua con gas. He pedido una ensalada. Mandíbula Cuadrada me ha mirado como si fuese un completo *nerd*.

Jean-Baptiste seguía liderando la conversación; hablaba de lo bonita que estaba la ciudad en la semana de la moda y nos ha contado que un cliente, del que no podía desvelar la identidad, aunque ha dejado muy claro que se trataba del diseñador más controvertido de la última década, le había regalado dos pases para ir a uno de sus desfiles.

Ha comentado que asistiría con una amiga. No sabía que a Jean-Baptiste le interesase demasiado la moda; tampoco que tuviese una amiga. No sabía que la firma se dedicase ahora a asesorar al mundo creativo. En realidad, Paul, toda la conversación me estaba resultando ajena. Todo ese ambiente frívolo y esnob, todo ese ambiente cosmopolita que recordaba haber disfrutado cuando estuve con Clara allí, me resultaba absurdo, incluso vulgar. También Jean-Baptiste, del que he descubierto al fin la razón por la que sus piezas dentales me habían parecido tan grandes y brillantes: se había puesto una ortodoncia invisible.

Me ha llamado la atención nuestra vecina de mesa, una señora distinguida que debía de rondar los noventa años y almorzaba sola. Iba peinada con un moño; un moño singular, un moño que probablemente le había hecho un *coiffeur* a domicilio o su doncella por la mañana; un moño cuya densidad capilar me impresionaba porque aquella mujer con esa edad conservaba más pelo que yo.

En la solapa de su chaqueta verde pistacho, llevaba fijado un broche en forma de pantera; no soy ningún experto, Paul, pero esa joya tenía pinta de costar una fortuna.

Aquella dama me ha recordado enseguida a Wallis Simpson, ya sabes, la *madame* por la que el rey Eduardo VIII abdicó y se convirtió en el duque de Windsor más odiado de Inglaterra. También me ha recordado a Mimi; sobre todo por las manos, que eran largas y huesudas, y por el ritmo pausado con el que utilizaba la pala de pescado; la postura era idéntica, con la espalda recta, la espalda característica de todas las mujeres que, ante cualquier situación, permanecen regias.

A pesar de que no me ha mirado en ningún momento, he notado su desaprobación con respecto a mi traje manchado de café, también con respecto a los puños de mi camisa sin gemelos, que me daban el aspecto de un heredero *hippy*. He decidido que esa señora debía de llamarse Mathilde. Sí, Mathilde era viuda como yo y tenía dinero, probablemente porque sus padres habían sido industriales de Normandía o de Bretaña y su difunto marido había trabajado como banquero de inversión. Mathilde era lo que los ingleses llaman *old money*.

Mathilde se sentía igual de desubicada que yo y despreciaba los nuevos estandartes de elegancia que estaban sentados a la mesa de las Kardashian; pero Mathilde había decidido almorzar ese día en L'Avenue porque sabía que era el lugar más cosmopolita de París y su deber era conocer el lugar más cosmopolita de París, dejarse ver en el lugar más cosmopolita de París.

El deber de Mathilde era seguir perteneciendo a la sociedad más cosmopolita de París a pesar de su edad infinita y de que no pudiese compartir con ninguna de sus amigas lo mal que se almorzaba en L'Avenue porque todas las amigas de Mathilde ya habían muerto.

A Clara le divertía enormemente la facilidad con la que podía imaginar la vida de las personas anónimas; solía decirme que podría haber sido un gran contador de historias. La echo de menos, Paul, la echo mucho de menos. No me ha dado tiempo en estas semanas a pensar en esto, quizás sea el *shock* o el enfado o una rabia que no sé si es tristeza y me impide dar ese paso; pero la echo de menos. He pensado que Clara debería haber estado hoy en L'Avenue con Mathilde y conmigo.

Y luego, Paul, justo después, esa tristeza ha dado paso al enfado; a un profundo enfado.

Me he enfadado al imaginar que quizás Clara ya conocía L'Avenue y por eso me llevó allí; quizás fue en esos días en los que estaba rehabilitando aquellas oficinas cuando conoció a Henry Jollenbeck y fue él quien la llevó allí, desde luego, es el sitio al que yo habría llevado a una mujer para intentarla seducir, es el sitio al que yo hubiera llevado a cenar a Aline si no nos hubiésemos ido directos a Madrid en aquel Audi alquilado. Quizás Clara ya sabía de mis comportamientos inadecuados con Aline y se dejó llevar en París. Clara era una mujer guapa, Paul, cualquier hombre atractivo habría querido una cita con ella. Otra vez me he acordado de Diane Lane y de Olivier Martinez.

Hemos terminado de almorzar y Jean-Baptiste ha levantado la mesa. He visto que no pagaba la cuenta, por lo que he deducido que debía de ser un habitual de L'Avenue.

También me ha quedado claro que Carlos ya se había convertido a efectos prácticos en un cliente de la firma porque, en el caso contrario, Jean-Baptiste nos habría hecho pagar a escote, no me consta que sea un hombre especialmente generoso.

El resto de la tarde ha sido igual que la mañana, quizás un poco más distendida, o por lo menos para mí. Ya me había dado por vencido y había cesado cualquier intento de hacerme notar. La secretaria que iba vestida como Amélie Poulain ha vuelto a traernos más café y Jean-Baptiste se ha permitido bromear a mi costa diciendo que nunca había visto a un trabajador tan entusiasmado por el café y que si necesitaba un babero para tomarlo. Yo he aceptado la broma de manera corporativa y todos nos hemos reído, Jean-Baptiste quizás más por culpa del Invisalign.

Luego ha sucedido algo inesperado.

Cuando han finalizado todas las presentaciones y se habían tratado los temas pertinentes, Jean-Baptiste y Mandíbula Cuadrada nos han acompañado al vestíbulo. Habían avisado a un conductor para que nos llevase de vuelta al aeropuerto de Orly. Entonces, Carlos ha comentado que agradecía mucho la jornada que había pasado, pero que todavía necesitaba tiempo para tomar una decisión, al menos unos días para valorar si realmente la firma era la adecuada para gestionar sus asuntos. También ha pedido que, por favor, avisasen a otro taxi porque había decidido prolongar su estancia en París y no regresaría en mi vuelo.

Todos hemos comprendido que habíamos perdido al cliente y nos hemos quedado bastante cortados.

El primero en hablar ha sido Jean-Baptiste. Ha vuelto a sonreír y le ha tendido la mano a Carlos diciendo que entendía a la perfección que necesitase reflexionar, que era una decisión que no podía tomar a la ligera y que contase con ellos si precisaba cualquier aclaración o información adicional. A pesar de eso, yo sé que le ha sentado fatal porque justo después se ha dado la vuelta y le he visto alejarse junto con Mandíbula Cuadrada con un paso más enérgico todavía que el de esta mañana, ni siquiera se ha parado a atender a la petición del taxi que había solicitado Carlos.

Yo no sabía bien lo que debía decir ni lo que era apropiado hacer en esa situación; evidentemente, debía volver a Madrid, pero tampoco quería que pareciese que abandonaba a un cliente a su suerte, quizás Hildur o Aline se tomasen esto como un abandono.

He preguntado con educación a Carlos si podía hacer algo por él y me ha dicho que no me preocupase, que ya tendría noticias suyas. Y me ha acompañado hasta el taxi; nos hemos despedido con otro apretón de manos y he pensado que posiblemente aquella sería la última vez que iba a verle.

En el camino al aeropuerto, había de nuevo un horrible atasco en el *périphérique*. Esta vez, en lugar de observar al resto de los conductores, he repasado con minuciosidad todo el tiempo que había pasado con Carlos. He intentado descifrar qué motivos podría tener para no regresar en el vuelo previsto, qué motivos podría tener para rechazarnos como firma. Es cierto que quizás mi comportamiento no había sido el más ortodoxo de todos, pero Carlos era un hombre inteligente y, por mucho que me cueste admitirlo, Jean-Baptiste y Mandíbula Cuadrada habían hecho un trabajo excelente.

Cuando he llegado a Orly, el vuelo estaba retrasado, por lo que me he instalado cerca de la puerta de embarque y me he puesto a escribirte estas líneas.

Poco tiempo después, he recibido un *e-mail*; un *e-mail* de Jean-Baptiste dirigido a Hildur y a Aline; un *e-mail* en el que me responsabiliza exclusivamente de que Carlos no haya firmado la propuesta comercial; un *e-mail* que termina con cualquier posibilidad de ser promocionado a socio, por lo menos a corto plazo.

Jean-Baptiste subraya que lo único a lo que me he dedicado en todo el día es a tirarme café por encima y que he dado una imagen distraída y poco profesional; también menciona que mi aspecto estético no era en absoluto el adecuado respecto a los estándares de excelencia visual de la compañía (ha puesto entre paréntesis que parecía no querer ponerme gemelos ni americanas).

Me ha extrañado que dijese que olía demasiado a cigarrillo (es verdad que me había fumado dos o tres Marlboros en la habitación, pero solo porque me puse un poco nervioso con el documental de ese virus chino; además, nunca habría pensado que un francés se pudiese quejar al respecto).

También ha dedicado unas palabras de agradecimiento especial al equipo francés (ensalzaba a Mandíbula Cuadrada como ejemplo de lo que yo debería haber sido y le incluía en copia) y ha concluido diciendo que ha informado a la cúpula de socios internacionales sobre el comportamiento de la oficina española, en concreto de su director, para que se analice el caso y no se vuelva a producir. Jean-Baptiste se despide aludiendo al concepto de sanción disciplinaria.

Inmediatamente después, me ha llamado Aline. He colgado; no me siento preparado para responder ahora. También he visto que Hildur me preguntaba por el chat interno qué había sucedido; he apagado el chat interno.

Ahora mismo, Paul, te estoy escribiendo con el teléfono apagado y el correo deshabilitado. Vuelvo a comportarme como una especie de fugitivo; pero lo más extraño de todo, y quizás debería preocuparme porque no he hecho nunca otra cosa en la vida y no sé ni si sé hacerla, es que me da igual.

Acabo de recibir el peor correo electrónico de toda mi

carrera y me es indiferente. Ni siquiera me frustra pensar que Carlos no me considere en absoluto desde el punto de vista profesional. Me siento ajeno a esta historia, me siento igual que en la reunión, me siento igual que en L'Avenue.

Esta mañana he comprendido que he perdido por completo el interés por mi trabajo; he de decirte que no creo que esto se deba solo al hecho de no haber dormido en toda la noche ni tampoco a que esté obsesionado con encontrar a Henry Jollenbeck y descubrir qué clase de historia le unió a Clara. Es que creo, Paul, que no lo voy a recuperar nunca. Tengo la sensación de que Clara se ha llevado con ella esa parte de mí.

Esta mañana, al observar la manera en la que se desenvolvían durante todo el día Mandíbula Cuadrada, Jean-Baptiste, hasta la secretaria igual vestida que Amélie Poulain, me he sentido extraño, como si, de repente, hubiese dejado de pertenecer a ese mundo, como si me hubiese retirado de la competición corporativa. Incluso siento una enorme incredulidad por pensar que mi trabajo valía la pena, que, a través de él, podía alcanzar una satisfacción que no fuese la del dinero.

Es posible que sea debido al *shock* que sufro en estos momentos, cuando, lejos de haber conseguido que este viaje me termine de patrocinar para que me nombren socio, parece que me voy a llevar una buena reprimenda, pero me es indiferente, Paul.

De hecho, me pregunto si de verdad he hecho alguna vez lo que quería; no lo tengo tan claro. Puede que, en realidad, haya ido sobreviviendo toda mi vida, de la mejor manera posible para intentar encajar; encajar en un trabajo, encajar en un modelo de éxito, encajar quizás en un estilo de vida.

No me gustaría culpar a mis padres de este tipo de problemas, Paul, ya te he dicho lo que pienso de la ingratitud de aquellos hijos que responsabilizan a sus progenitores de todo lo que les sucede, a pesar de haberlos responsabilizado antes de no saber jugar al fútbol. Quizás la sensación que tengo ahora, la sensación que he tenido esta mañana en la reunión, la misma que me ha acompañado todo el día, de manera tan intensa como mis manchas de café, sea la sensación de siempre: ese sentimiento de no encajar y de no tener nada que decir ni que escuchar; una sensación anestesiada por completo en una existencia en la que creía, pero solo porque me daba seguridad y esa seguridad, al final, ha resultado ser ficticia.

Siempre he pensado que estaba recorriendo el camino correcto, Paul, el que casi garantiza una existencia plena; un camino, desde luego, en el que no contemplaba enviudar con cuarenta años y, a pesar de eso, me ha pasado, no lo he podido evitar. Y no sé ni siquiera el impacto que esto está teniendo en mí, solo sé que me he vuelto un mentiroso compulsivo con mi hija, con mi cliente, con la firma. Puede que ahora, en estos momentos en los que ese camino que parecía seguro se ha convertido en un laberinto tortuoso sin salida, sea el momento de parar.

Lo único que es cierto en estos momentos, Paul, es que no siento seguridad en nada, ni siquiera en la deriva que podría tomar mi carrera profesional después del *e-mail* de Jean-Baptiste. Está claro que no hay posibilidad alguna de que me asciendan, incluso puede que se deshagan de mí. Debería sentir vértigo, incluso miedo, pero no siento nada, Paul, no siento absolutamente nada.

Debo dejarte, acaban de abrir el embarque; quiero sentarme en el avión e intentar dormir. Lo único en lo que pienso ahora es en dormir.

Tenía tantas ganas de llegar a casa que, cuando he visto esas maletas en la entrada, no he comprendido que mi día podía terminar aún peor de lo que pensaba; Vilma se marcha. Esto es grave, Paul.

Por la hora que era cuando he llegado, Cataclismo y Cornelius ya debían de estar dormidos y esperaba que Vilma se encontrase en su habitación, por lo que me ha extrañado verla sentada a la mesa del *office* de la cocina.

Iba vestida de calle, con el pelo recogido en una coleta, y miraba la pantalla de su móvil. Se ha levantado y se ha despedido; así, sin más. Me ha dicho que sentía mucho marcharse, pero que llevaba tiempo queriendo cambiar de trabajo. Al parecer, ha conseguido una oportunidad como encargada de un centro de manicura y pretendía comunicárselo a Clara a la vuelta de nuestro viaje; nunca esperó, como es lógico, que de aquel viaje volviese yo solo.

Vilma me ha confesado que ha intentado encontrar un momento oportuno en estas tres semanas para comentármelo y evidentemente no ha encontrado ninguno; tampoco la culpo. También me ha dicho que había intentado buscar alguna conocida que la pudiese sustituir, sin éxito. Al parecer, no es muy popular entre el gremio del servicio doméstico eso de trabajar en la casa de un viudo con hijos pequeños.

Lo cierto es que estaba azorada, Paul, como si le estuviese dando vergüenza haber encontrado un trabajo que no supusiese subordinarse a la vida cotidiana de otras personas.

Sé que debería haber reaccionado como una persona educada y agradecida; sé que debería haberle deseado toda la suerte del mundo, al fin y al cabo, siempre pensé que lo de Vilma tenía fecha de caducidad, no es un trabajo compatible con las aspiraciones de una chica de treinta años con toda la vida y las ilusiones por delante. Sé la manera en la que debería haberme comportado y, aun así, he hecho lo más bochornoso que podía hacer en esa situación. Le he ofrecido dinero; mucho más dinero.

Le he dicho a Vilma que le igualaba la oferta del centro de manicura y que le daba doscientos euros más. He insistido en que no tendría que estar rodeada de uñas todo el día, uñas desconocidas y más desagradables que las de mis adorables hijos. Me he comportado de manera zafia, Paul, me hago cargo, una manera parecida a la de esos promotores inmobiliarios que llevan fajos de billetes en una riñonera y acaban cerrando acuerdos en casas de citas. A pesar de ello, Vilma, la siempre impecable Vilma, haciendo gala una vez más de una dignidad infinitamente superior a la de su jefe, me ha dicho que no era una cuestión de dinero.

Entonces, he decidido pasar a la táctica psicológica. Quería culpabilizarla; le he dicho que no nos podía hacer esto, que los niños la iban a echar muchísimo de menos, que cómo se le ocurría abandonarnos en estas circunstancias después de lo que estábamos pasando con Clara, que cómo le iba a explicar a Cataclismo su ausencia. Entonces, Vilma me ha interrumpido: me ha dicho que ya le había explicado su partida a Cataclismo. También ha añadido que la niña lo había comprendido a la perfección, que incluso le había prometido que cuando supiera leer y escribir se mandarían muchas cartas.

De una manera cortés, pero insultantemente sincera, una manera que me ha resultado incluso punzante, como si me hubiera clavado un estilete en el corazón, Vilma me ha dicho que era mucho mejor despedirse de manera sincera, sin necesidad de inventarse un viaje y me ha deseado mucha suerte.

No he sabido qué responder, Paul, estaba paralizado; no sé si por la partida de Vilma, por mi comportamiento inaceptable, incluso por sus lecciones certeras de moral.

Ha dejado la copia de su llave encima de la mesa y, en una especie de cámara lenta, he visto cómo se dirigía al *hall*, cogía las maletas y abría la puerta, despidiéndose de nosotros para siempre. Entonces, he reaccionado de la manera más infantil que se me podía ocurrir. He cogido el teléfono fijo de casa y he llamado a mi madre.

Debes comprender la magnitud de la situación, Paul: sin Vilma soy una persona dependiente e imposibilitada. Yo no sé hacer nada, no sé ni siquiera peinar a Cataclismo; no sé elegir su ropa, no sé poner lavadoras, no sé ni dónde debería tenderlas. Tampoco sé qué productos se utilizan para llevar una casa, el territorio doméstico siempre ha sido algo completamente desconocido para mí.

No sé preparar comidas, ni meriendas, ni papillas, ni siquiera sé cuántas veces se tiene que cambiar el pañal de Cornelius, siempre he sido un completo fracasado en las labores del hogar, un hombre muy poco adaptado a la conciliación y a los estándares masculinos del siglo XXI.

Mi madre escuchaba mis lamentos en silencio. Luego ha decidido liderar la respuesta y nos hemos pasado los siguientes veinte minutos despotricando contra Vilma.

He abierto la botella de vino blanco, la que te dije que guardo helada en la nevera; la misma que no quería abrir entre semana porque sé que beber a solas un viernes podría iniciar una espiral ciertamente alcohólica en mi vida. La situación de hoy, sin embargo, era de extrema necesidad, Paul.

En algún momento de la conversación, le he sugerido a mi madre que quizás podría venir a echarme un cable, pero ella parecía no darse por enterada. Intuyo que sigue enfadada por lo que le hice los primeros días, cuando sí que vino y me empezó a molestar su presencia, de alguna manera me recordaba todo lo que había pasado y le sugerí que volviese a la Provenza.

He asistido a un mutismo absoluto por su parte, un mutismo que me ha resultado casi ofensivo, aunque no le he dicho nada porque creo que en el fondo siempre he rehuido el conflicto en cualquier conversación con ella.

Mi madre se ha centrado en contarme lo mal que llevaba Mimi los cambios en el servicio doméstico; también me ha dicho que en el fondo cambiar de asistenta era algo así como cambiar de defectos. Me he visto añorando una época que no he conocido y que en cambio mi madre describía a la perfección, una época «como Dios manda, en la que en las casas había un ejército de muchachas que se encargaban de todo mientras los señores salían a ganar dinero y las señoras lo gastaban».

No me ha escandalizado en absoluto oírla hablar en esos términos, Paul, mi madre siempre ha sido algo clasista, incluso admito que quizás estos momentos de mi vida serían menos complicados si en mi casa trabajase ese «ejército de muchachas»; pero hemos colgado, quiero decir, he colgado. No me veía con fuerzas para seguir escuchando unos mantras que ya no procede replicar.

Me he servido otra copa de vino; estaba verdaderamente delicioso.

Durante la siguiente media hora me he dedicado a buscar por internet agencias de empleadas del hogar.

He enviado ocho *e-mails* presentándome y, en cada presentación, añadía un atributo familiar que marcase la diferencia, que me señalase como el mejor padre de familia con quien una empleada doméstica debería trabajar.

He descrito a mis hijos como «pequeños sujetos adorables y tiernos»; he descrito mi casa como un «oasis tranquilo en medio de un gran bulevar urbano y cosmopolita», creo que el vino había amplificado todas mis habilidades literarias. No he mencionado en ningún momento que soy un hombre viudo, me sigue pareciendo un estado civil estigmático y sospechoso. He pensado además que a lo mejor las aspirantes podían desconfiar de una casa en la que no hubiese una mujer organizando.

Lo sé, Paul, me estoy mostrando como alguien trasnochado y desconectado de las nuevas realidades urbanas, alguien muy parecido a mi madre, pero créeme, lo que necesito ahora es contratar a una empleada decente que pueda suplir a Vilma sin que mis hijos noten demasiado el cambio.

También he localizado una agencia especializada en mayordomos; he enviado otro *e-mail* pidiendo información porque me he dado cuenta de que debo ser una persona abierta de mente y quizás estoy acotando demasiado las posibilidades empeñándome en encontrar una especie de Mary Poppins cuando lo que necesito es a alguien como Geoffrey, el mayordomo de *El príncipe de Bel-Air*, o el señor Carson de *Downton Abbey*. Me he tomado dos copas de vino más y, cuando me he visto lo suficientemente somnoliento y aturdido, me he ido a la cama con el portátil. Seguiría buscando asistencia doméstica hasta que se apagase la batería.

He abierto un poco la puerta de la habitación de los niños, dormían de manera plácida. Verlos tan tranquilos y despreocupados, lejos de enternecerme o serenarme, me ha agobiado; me ha agobiado mucho, Paul. Ellos no son conscientes todavía de lo que nos puede cambiar la vida si no encuentro a otra Vilma pronto; tampoco son conscientes de lo que nos ha cambiado ya sin la presencia de su madre y, mientras ese pensamiento se me pasaba por la cabeza, me he puesto triste, muy triste, creo que estoy teniendo el segundo peor día de mi vida.

Me he metido en nuestra habitación; bueno, en la habitación que ya no comparto con Clara y que por lo tanto es mía, pero esa individualidad ahora mismo me agrede.

He decidido que una ducha me sentaría bien, me refrescaría un poco la cabeza y ordenaría los siguientes pasos. El torrente casi abrasivo del agua no ha podido amortiguar ni un poco la desolación que sentía, Paul, estaba desorientado por completo. Me he puesto el albornoz, me he sentado en el escritorio y he empezado a escribirte, necesitaba desahogarme con alguien.

He decidido que el lunes ni Cataclismo ni Cornelius irán a clase; no me siento capacitado para llevar a mis hijos al colegio, Paul, no me siento capaz de levantarlos, vestirlos, prepararles el desayuno y llegar con algo de puntualidad antes de que *madame* Merkel o la directora inglesa de la guardería de Cornelius me miren con esa cara de extrañeza o de inquietud. He hecho un cálculo rápido de la anticipación con la que los tendría que despertar para tenerlos medianamente listos y el resultado era las cinco y cuarto de la madrugada, lo que me ha parecido salvaje, lo más importante es que descansen tranquilos.

Además, siempre puedo alegar que hemos hecho alguna escapada de un par de días, un fin de semana largo. Ya escribí a la guardería de Cornelius para informar de un viaje familiar, así que, en su caso, solo tendría que decir que hemos decidido alargar la excursión. No es tan grave, las familias felices hacen escapadas de fin de semana, les gusta la naturaleza y se implican en enseñar el conocimiento del medio a la siguiente generación, creo que hasta esta mentira me puede venir bien con la reunión que tengo con *madame* Merkel.

La reunión con *madame* Merkel; se me había olvidado por completo la reunión con *madame* Merkel. Era hoy, tenía que haber sido hoy.

No sé en qué momento acepté esa reunión, teniendo en cuenta que sabía que me encontraría en París y jamás me habría dado tiempo a asistir. Bueno, ya le escribiré el lunes. Sí, el lunes le escribiré por *e-mail*, presentando mis excusas y justificando que no he podido ir a la reunión por haberme escapado con mis hijos de fin de semana, me presentaré como un padre moderno y preocupado por los desafíos ecológicos de Cataclismo.

Justo después, me he dado cuenta de que, si mis hijos no iban al colegio, me debía quedar con ellos, por lo que debía anular toda mi agenda. En realidad, tampoco estaba muy al tanto ni del número ni del contenido de las reuniones que podía tener el lunes, seguía desaparecido en combate; entonces, en un acto que me ha parecido inusualmente valiente, he decidido dar la cara y conectar el correo electrónico del trabajo y el móvil.

No han tardado en aparecer una decena de mensajes de Aline y de Hildur, cada uno intercalando puntos de interrogación y frases cortas, casi instrucciones de «llámame», «es urgente», «¿por qué no coges el teléfono?», «¿qué ha pasado?».

Me ha saltado un aviso de la agenda en el que Hildur y Aline me convocan mañana a las nueve de la mañana; ¡me convocaban en la torre un sábado!

Lo he rechazado, pero les he escrito un *e-mail* igual de corto y conciso diciendo que no entendía lo que había motivado el correo de Jean-Baptiste, que mañana les explicaría todo por videollamada. He intentado parecer despreocupado, como deslegitimando la contundencia con la que Jean-Baptiste me achacaba el no haber conseguido a Carlos como cliente, y he enfatizado que, desde luego, el cliente era libre de confiar sus posiciones a nuestras oficinas de París, por lo que, si no lo había hecho, claramente era porque Jean-Baptiste y su equipo no le habían convencido.

He tenido la elegancia de no aludir a lo cursi que había resultado Mandíbula Cuadrada durante toda la visita y he aprovechado para añadir que, a pesar de que mi hijo se encontraba fatal, con un virus estomacal horrible, las llamaría a la hora convenida.

He pensado que Cornelius, al ser menos adulto que Cataclismo, genera mayor ternura y empatía para este tipo de asuntos. A pesar de que sé que Hildur y probablemente Aline despotriquen mañana por mi reticencia a encontrarme con ellas en la oficina, me da igual, Paul, estoy conteniendo daños.

La firma siempre se vanagloria de ser una compañía moderna y equilibrada en la que se ofrecen las mismas oportunidades y flexibilidad a todos sin discriminar por razones de sexo o de cualquier otra índole; un mantra que están obligados a decir, pero que es radicalmente falso. Ausentarse del puesto de trabajo por una urgencia médica (aunque sea un sábado) es algo casi digno de admiración.

Lo cierto es que me he sentido bastante mal por utilizar a Cornelius de excusa, no se lo merece. Luego he pensado que forma parte de mis privilegios como padre. Además, sé que, en algún momento de sus vidas, tanto él como su hermana me utilizarán de disculpa para no atender a sus obligaciones, por lo que no es tan horrible que me haya inventado un poco de gastroenteritis vírica.

Me he vuelto a sentir triste, Paul, esta vez porque mis hijos no van a poder utilizar a su madre de excusa para nada. Me parece que empiezo a racionalizar lo triste que es esta situación. A veces preferiría no tener que despertarme, estas semanas en las que he estado vagando como un autómata resultaban más fáciles de sobrellevar; pero lo de Vilma ha sido un golpe bajo, es como si me hubiese dado una bofetada de realidad, es como si desapareciese de nuestra casa la organización que con tanto esmero puso en marcha Clara y el mundo me recordase que ahora mismo quedo yo al frente de todo, y creo que esa responsabilidad me supera.

Me voy a dormir, te escribiré en unas horas.

SEXTO DÍA

Domingo, 1 de marzo de 2020

Para: Paul (terapeuta)

Asunto: Actualización

Querido Paul:

Te escribo porque he cambiado de opinión. Es un despropósito que intente transitar por este episodio de mi vida sin la ayuda de un terapeuta. Lo cierto es que te he mentido un poco; bueno, quizás un poco más que un poco.

No he dormido bien ninguno de estos días a pesar de haberte asegurado lo contrario. Y, en el trabajo, las cosas tampoco están saliendo tan bien como desearía; de hecho, estoy convencido de que en las próximas semanas me van a despedir. Tampoco los culpo. Además, he leído muchas biografías de ejecutivos con éxito y el despido es la antesala de un futuro prometedor.

Me gustaría, en cualquier caso, volver a verte.

Esta semana me han surgido unos pequeños contratiempos logísticos que espero solucionar pronto (temas de servicio doméstico que tampoco me parece procedente comentar por *e-mail*). En todo caso, quiero que sepas que en los próximos días me pasaré por tu consulta.

Sí, Paul, creo que me sentará bien charlar con alguien con experiencia en estos casos. No porque te hayan despedido alguna vez, no sé si has pasado por ahí; pero sé que eres un profesional que se desenvuelve bien entre personas en apuros.

Te envío unas pequeñas hojas escritas del diario que empecé siguiendo tus consejos.

Bueno, en realidad son algo más que unas pequeñas hojas. El archivo contiene doscientos cincuenta folios en los que te pongo en contexto sobre todo lo que me ha pasado esta semana. Te agradecería mucho que lo leyeses (tus sesiones son muy cortas y no quiero incurrir en gastos extraordinarios ahora que mis ingresos peligran; además, creo que puedes encontrar toda la información que necesitas en estos papeles). Lógicamente, no te he traído los *macarons* de Ladurée; cuando leas el diario, entenderás que mi estancia en París fue demasiado intensa como para comprar dulces cursilones.

Gracias por tu comprensión, Paul. Te aviso en unos días cuando sepa la fecha en la que me pueda pasar por tu consulta.

Un abrazo cordial (he pensado que en el fondo no es tan terrorífico despedirse así).

P. D.: Si te enterases de alguna oportunidad laboral, házmelo saber. Siempre he pensado que es mejor recurrir al boca a boca en los cambios de trabajo que ponerme en las manos de algún cazatalentos o similar. Tampoco quiero ir mendigando oportunidades laborales, daría una imagen desesperada que estaría en contra de conseguir un salario indecente pero merecido.

Domingo, 1 de marzo de 2020

Me he sentido totalmente liberado desde el momento en el que te he enviado mis escritos, Paul; es como si hubiese traspasado toda mi angustia a un experto independiente que me va a ayudar a buscar una solución.

Llevo con Cataclismo y con Cornelius desde el viernes por la noche cuando llegué de París y empiezo a pensar que mi edad mental se sitúa en algún punto entre los tres y los cinco años. No pienses que el hecho de haberme ocupado de ellos todo el fin de semana y sin descanso es la razón por la que me he replanteado la necesidad de volver a terapia, es que pienso que ahora que voy a tener más tiempo libre, por lo menos hasta que busque otro trabajo, no hay excusa para no ir a verte.

Debo confesar que la partida de Vilma no ha sido tan caótica como en un inicio parecía. Encontré algunas soluciones domésticas interinas cuando dejé de escribirte el viernes; sí, Paul, creo que me las puedo apañar unos días hasta que contrate al señor Carson.

En primer lugar, compré una aspiradora inteligente. Me acordé de que la empresa de Carlos comercializaba ese robot; de hecho, Mandíbula Cuadrada nos enseñó en la reunión unos gráficos con la estrategia de ventas de ese artilugio y todo parecía prometedor y revolucionario. La busqué en internet y no tardé en localizarla; me costó quinientos euros, pero pensé que menos de tres horas antes había estado dispuesto a subirle el sueldo a Vilma doscientos, por lo que no me pareció un dispendio tan enorme.

Mi objetivo ahora es lograr que los niños vayan al colegio la semana que viene, a partir del martes. De esta manera, no tendré que hacerme cargo de organizar la comida y, para la cena, puedo intentar preparar algo, utilizar conservas en lata o, como último recurso, pedir pizzas, una pequeña alteración de la dieta tampoco debería ser tan grave.

Toda la ropa, tanto la mía como la de los niños, irá a la tintorería. No a la tintorería de Clara, allí me podrían hacer preguntas; llevaré todo a una tintorería a las afueras de Madrid. Aunque estoy pensando que debería ser más cuidadoso con mis gastos, por lo que reduciré la tintorería a mis trajes y mis camisas, el resto de la ropa no es tan importante (no creas que me estoy volviendo un padre egoísta, Paul, simplemente es una racionalización del gasto familiar). Además, he hecho ciertos progresos en mis habilidades domésticas.

El sábado (en realidad fue ayer, pero hacerme cargo del hogar me ha dejado tan extenuado que pienso que han pasado más de siete días), desperté a mis hijos a las ocho de la mañana. Quería transmitirles calma; quería que viesen que era capaz de preparar su desayuno y hacerme cargo de ellos sin necesidad de recurrir a Vilma.

Cornelius había hecho sus necesidades en el pañal y, a pesar de que no fue una experiencia agradable, pude ponerle uno nuevo sin problemas (me asombra la pericia que he demostrado con el manejo de ese pañal, pero me distancio enormemente de todos esos padres que aseguran experimentar una especie de catarsis cuando cambian los pañales a sus hijos, un momento de comunión con ellos que los une para siempre).

Me sentía eufórico, acelerado; me había pasado toda la noche tomando cafés para contrarrestar los efectos sedantes de las copas de *chardonnay* que había bebido en mi búsqueda de un mayordomo. Cuando me vi lo bastante sobrio, quise ponerme a prueba haciendo mi primera colada.

Recorrí los distintos cuartos de baño de casa con el único fin de recoger la ropa sucia; no encontré nada. Luego deduje que Vilma había tenido un último detalle de cortesía antes de despedirse y había dejado hecha la colada de toda la semana. Entonces deshice la maleta de París. Como aún guardaba ahí toda la ropa sucia del viaje, pensé que era una buena ocasión para enfrentarme con la lavadora.

Busqué por todos los cajones de casa las instrucciones soporíferas del modelo de Miele que Clara había elegido para nuestra casa y, lógicamente, no las encontré. Comprendí que, de cualquier modo, no habría podido aclararme entre semejante galimatías, porque las instrucciones de los electrodomésticos siempre son absurdas. Busqué un tutorial por internet; todo el proceso parecía muy sencillo.

Introduje los calzoncillos de la maleta en esa máquina tan desafiante e inicié mi primer programa corto, el primer programa corto que he puesto en mi vida, Paul; me sentía como si hubiera ganado una competición de ajedrez. Dejé la camisa y los calcetines para otra ocasión, no quería correr el riesgo de que se destiñesen y me pasé los veinte minutos que duraba el programa mirando embobado el tambor de la lavadora. Entiendo el efecto hipnotizador que ese movimiento circular genera en Cornelius. Luego tendí los calzoncillos en el tendedero y organicé en una hoja de cálculo todos los menús de la cena de la semana; los menús que intuía poder cocinar.

He pensado que mis hijos ya toman suficientes nutrientes en el colegio y en la guardería, por lo que las cenas deben ser ligeras: ensaladas para Cataclismo y potitos para Cornelius, con posibilidad de que se intercambien los menús (Clara instruyó a nuestro hijo con el método del *baby led weaning* y está capacitado para comer hojas de lechuga y cebolla sin atragantarse, y Cataclismo es adorable y sé que se adapta a todo).

He comprado los potitos más caros que he encontrado por internet y estoy seguro de que le dan mil vueltas al puré tan sobrio que preparaba Vilma. Estoy convencido de que le van a encantar.

Aproveché también ese rato de hiperactividad para cambiar el fondo de pantalla de la televisión Frame de la cocina. Decidí sustituir el urinario de Marcel Duchamp que había dejado antes de mi viaje por algo más clásico y subjetivo, la lata de sopa de tomate Campbell. Considero que, si mis hijos van a tomar comida preparada durante las próximas semanas, deben integrar cuanto antes este tipo de conservas en la decoración de nuestra casa.

Luego les puse un programa de dibujos animados.

Sé que a Clara le habría parecido espantoso mi comportamiento, siempre me hablaba de los peligros de las pantallas para los niños pequeños, pero no tenía opción, Paul, necesitaba que no me molestasen durante la videollamada a la que me habían convocado Hildur y Aline.

Me metí en la biblioteca y cerré la puerta tras de mí. Conecté el ordenador. Estaba sereno; había ensayado durante toda la noche lo que les diría a aquellas mujeres que no habían parado de atosigarme.

Los primeros minutos de la conversación fueron verdaderamente tensos. Aunque Hildur no conseguía conectar la pantalla, por el tono de su voz sabía que lo de París me iba a traer problemas de verdad.

Comenzó su perorata diciendo que no entendía mi actitud de los últimos días, que me encontraba esquivo y ausente, como si no me hubiese dado cuenta de lo importante que era para la firma conseguir a Carlos Álvarez. Me dijo que, en varias ocasiones a lo largo de esta última semana, había detectado un cambio en mi comportamiento; me dijo que me encontraba distinto desde el momento en el que había regresado de mis vacaciones.

Me quedé en silencio.

Luego prosiguió con su monólogo. En un intento de parecer una jefa empática y bondadosa, insistió en que apoyaba a la perfección la idea de que los trabajadores de la firma tuviésemos derecho a tomarnos unos días de asueto, pero no pudo evitar insistir en que un verdadero ejecutivo solo debía permitirse descansar cuando tuviese la capacidad suficiente de atender la totalidad de los compromisos pendientes a su cargo y aparentemente aquel no era mi caso.

Seguí en silencio.

Entonces Hildur hizo algo que me pilló desprevenido del todo: me puso como ejemplo a Appletree.

Hildur me dijo que Daniel Appletree, a diferencia de mí, jamás se había tomado vacaciones. Aquello me pareció el colmo del cinismo. No me pude contener, Paul: le dije a Hildur que no me parecía en absoluto profesional comparar rendimientos entre compañeros de trabajo. Y no pude evitar añadir que quizás Daniel Appletree no se tomaba vacaciones porque ya tenía mucho relajo en su jornada laboral, en concreto en los baños de la sexta planta de la oficina, como había podido comprobar la semana pasada a la vuelta de mis vacaciones.

Hildur se quedó callada. Minipunto para mí.

Pasaron unos doce segundos en un silencio de lo más incómodo sin que ninguno de los tres pronunciásemos palabra alguna. Comprendí que quizás me había excedido en la respuesta.

Es cierto que lo que vi en el baño era una imagen sórdida y desagradable de dos personas adultas que en apariencia quieren aparearse, pero, en cualquier caso, aquello pertenece a su intimidad y yo no soy nadie para establecer códigos de conducta irreprochables en horario laboral.

Hildur retomó su intervención. Concluyó de manera fría, con una voz casi metálica. Afirmó haberse arrepentido profundamente de haberme dado la cuenta de Carlos Álvarez. Le respondí que estaba siendo imprecisa, dado que tampoco tenía una mejor opción, al ser el único director que habla francés. Y, como Hildur es incapaz de no decir la última palabra, me reconoció que, en verdad, había sido Carlos quien había puesto encima de la mesa mi nombre, aun sin conocerme de nada. Y añadió como toque final que, si hubiese sido por ella, le habría dado aquella cuenta a cualquier otro director, incluso aunque no hablase francés, dado que estaba clarísimo que yo no me podía encargar de ninguna responsabilidad corporativa con esa actitud.

No entré en su provocación.

Hildur terminó diciendo que, desde luego, veía muy difícil defenderme de una posible sanción disciplinaria frente a los socios internacionales del consejo. En ese momento se encendió por fin su cámara y observé que llevaba una especie de bigudíes que la hacían parecer una menina. Me quedé tan estupefacto con aquella visión que no pude responder nada.

Le tocó el turno a Aline. Ella también había decidido apagar la cámara porque decía no sé qué de unas interferencias (me imagino que le estaba abochornando el espectáculo que protagonizábamos Hildur y yo).

Aline dijo que, en los más de veinticinco años que llevaba en la firma, jamás había recibido una queja de un socio internacional sobre alguien de su equipo. Me dijo que le parecía una lástima que hubiese perdido una oportunidad tan única en mi carrera para resaltar mis habilidades profesionales, que ella aseguraba conocer a la perfección.

En ese momento me vinieron a la cabeza la cantidad de veces que había hecho el amor con ella cuando era un simple júnior. La condescendencia de Aline era bastante predecible, en la firma te enseñan que, para regañar a los equipos, siempre debes halagarlos en primer lugar.

Preferí no contestar.

En el fondo me dolía que ninguna de las dos quisiese escuchar mi versión. Es cierto que me había mostrado algo inaccesible desde que había vuelto de París, pero me resultaba ofensivo que ni siquiera tuviesen interés en saber mi interpretación de los hechos de aquel viaje.

A mí, personalmente, no me había parecido en absoluto que mi actuación con Carlos fuese un motivo de sanción disciplinaria; a pesar de que puede que no hubiese tenido los mejores días de mi vida, que me hubiese mostrado torpe y despistado, tampoco creo que Carlos Álvarez fuese un hombre que depositara su confianza a la primera, incluso aunque hubiese dado la mejor versión de mí mismo.

Tanto mi jefa como mi exjefa habían creído en primer lugar la sarta de inexactitudes que Jean-Baptiste había proferido en su correo, un correo escrito con malísima intención para eximirse de cualquier responsabilidad sobre la no consecución de la cuenta.

Me pregunto si Jean-Baptiste habría enviado un *e-mail* de agradecimiento en el caso contrario; me pregunto si Jean-Baptiste habría enviado un mensaje de agradecimiento a toda la cúpula alabando mi consecución de ese cliente.

En todo caso, no me habían querido ni escuchar. Tanto Aline como Hildur prefirieron anteponer el criterio de un socio de otra oficina a defender a un subordinado de confianza que llevaba más de quince años en la firma demostrando una calidad extraordinaria en la ejecución de sus responsabilidades.

Aline se puso bastante de perfil con el tema de la sanción disciplinaria. Me aseguró que llamarían a Carlos Álvarez para ver si le podían ayudar en algo y se disculparían en mi nombre.

Por último, me informó de que había decidido suspenderme de empleo y sueldo hasta que la junta de socios decidiese las actuaciones que debían tomar conmigo. Me percaté de que a Hildur en ese momento la decisión de Aline la estaba pillando por sorpresa.

Dieron por terminada la reunión.

Quince años de dedicación absoluta a la firma, Paul; quince años que acaban con un simple clic delante de una pantalla de ordenador apagada.

Suspendido de empleo y sueldo; viudo y sin trabajo. Mal.

Ayer entendí, sin embargo, que aquella videollamada había sido tremendamente reveladora.

La única razón por la que Aline se había mostrado más comedida que Hildur era por prudencia. La única razón por la que Aline me había suspendido de empleo y de sueldo era porque se había puesto a la defensiva conmigo. Supongo que, al verme tan osado y desinhibido con Hildur, temía que revelase los mensajes inapropiados que habíamos intercambiado durante mi estancia en París; también durante sus primeros días en la oficina de Madrid.

Aline confía tan poco en mí que había supuesto que en algún momento podría haber dicho algo de nuestra aventura delante de Hildur.

Cuando acabó aquella videollamada, tuve la sensación de que Aline pretendía relegarme a un minuto recóndito de su pasado, de la misma manera que hace diez años, cuando dio por terminada nuestra relación.

Te he contado cómo fue el inicio de lo que tuvimos Aline y yo, Paul, y creo que, en justicia, debes saber lo que sucedió al final.

Durante las semanas posteriores a nuestro primer encuentro salvaje, caímos en una espiral tórrida de sexo clandestino y reparador. Nuestras BlackBerry echaban humo con la cantidad ingente de mensajes PIN que nos enviábamos, mensajes en los que detallábamos la manera en la que nos íbamos a dar placer el uno al otro.

Muchos de los días en los que nos quedábamos trabajando hasta la madrugada, acabábamos en su casa, donde hacíamos el amor hasta la extenuación. Aline y yo teníamos una química tan irreprimible que llegamos a escaparnos al mediodía a alguno de esos hoteles por horas que solo un verdadero profesional de la infidelidad conoce; nuestro deseo era primario, animal.

Una noche hicimos el amor sobre el capó de su Audi, a la vista de todo el mundo, en un aparcamiento subterráneo de unos grandes almacenes, solo porque no podíamos contenernos hasta llegar a su casa.

Ahora que recuerdo esta parte de la historia, me planteo que, si hubiésemos seguido en esa dinámica, con toda probabilidad me habría acabado convirtiendo en el Peter Coyote de *Lunas de hiel*, esa película de Polanski en la que un hombre sexualmente díscolo se embarca en una relación pasional y tóxica con Emmanuelle Seigner. Una película que acaba mal, en un crucero, con Peter impedido en una silla de ruedas contándole esa parte de su vida a un pusilánime Hugh Grant.

Disculpa, Paul, otra vez el cine y yo.

Te decía que estábamos cada día más enredados, hasta que, un lunes, Aline dejó uno de mis mensajes PIN sin contestación.

Aprovechando que Clara se marchaba de viaje todo el fin de semana, le propuse a Aline un plan irrechazable: le planteé la posibilidad de escaparnos ese par de días a un hotel en la sierra de Madrid, un hotel coqueto en el que podríamos estar tranquilamente tomando vino y paseando entre montañas, sin que nadie nos vigilase.

Lo que me apetecía en aquel momento era revivir esos primeros paseos en Gstaad de un par de meses atrás, esas primeras conversaciones en las que nos habíamos desvelado todo, esos momentos de intimidad compartida, en los que habíamos descubierto la cantidad de similitudes que nos unían; a pesar de la diferencia de edad; a pesar de las jerarquías tan distintas que ocupábamos en la firma; a pesar también de nuestros estados civiles tan incompatibles.

Le envié ese PIN a las nueve de la mañana y, dado que al mediodía seguía sin respuesta por su parte y yo tenía que planificar mi coartada frente a Clara, insistí.

Entonces, recibí un correo; bueno, no lo recibí yo solo, era un correo dirigido a toda el área. Un comunicado emitido por el socio de entonces, en el que se nos informaba de que Aline había aceptado un traslado a las oficinas de Nueva York, donde se convertiría en socia.

Me quedé en estado de *shock*.

A pesar de haber compartido tantas horas juntos durante los últimos meses y de habernos poseído en todos los aspectos que la física de un ser humano permite, Aline había sido incapaz de compartir conmigo un asunto tan relevante para ella como un proyecto profesional.

En todas aquellas semanas, ni siquiera me había mencionado la posibilidad de que anhelase cambiar de ciudad, de que estuviese planteándose un reto profesional; tampoco de que pretendiese finalizar nuestra conexión.

Me sentí engañado, manipulado, pequeño. Me sentí traicionado. Una sensación, por cierto, parecida a la que tuve el martes, justo en el momento en el que descubrí que Clara había otorgado testamento a mis espaldas; una sensación de desconfianza total hacia la persona con la que estás compartiendo cama.

A pesar de entender que no tenía ningún derecho a alimentar expectativas sobre mi historia con Aline, una historia que desde el inicio estaba abocada a su fin, por inapropiada y porque era demasiado física para que se prolongase en el tiempo, aquello me dolió.

Entonces, le envié un último PIN.

No quería que me considerase un inmaduro o un insensato que le fuese a recriminar algo, incluso a montarle una escenita, aunque fuese solo a través de ese sistema de mensajería tan arcaico.

Lo que yo quería era que mis palabras sonasen sinceras, a pesar de sentirme en ese momento decepcionado de verdad. Pero estaba bloqueado, vapuleado, me sentía torpe y obtuso: solo conseguí escribir «Enhorabuena».

Y todavía hoy, Paul, sigo esperando su respuesta.

Ayer recibí también una llamada de la abuela Ana.

Sí, inmediatamente después de que Aline me suspendiese de empleo y sueldo, la abuela de Clara me llamó para volver a presionarme con el asunto del funeral. Me imagino que esa era la intención, porque no descolgué el teléfono; me parecía inoportuno comunicarle que el marido de su nieta recién fallecida acababa de quedarse sin trabajo. Decidí que no le devolvería la llamada hasta que decidiese lo de Clara o, como mínimo, hasta que encontrase un nuevo trabajo, lo que sucediese antes. De todas formas, tampoco la podía atender en ese momento; la alarma del móvil sonó recordándome que tenía que llevar a Cataclismo a su clase de equitación.

Otro de los rasgos de lo que en mi familia han considerado una educación distinguida, Paul, y que, de forma indudable, he traspasado a mis herederos es practicar la equitación; esto era casi igual de imperativo que el liceo francés.

Me pasé la mayoría de los fines de semana de mi infancia y juventud ejercitando la equitación y relaciones sociales en el club más exclusivo de España, un club inaccesible que emula los grandes *cottage* ingleses, un club cuyo acceso se restringe por linaje, no por posición económica. No había pisado el club desde que pasó lo de Clara, no me atrevía. No me atrevía a enfrentarme a todas esas personas conocidas que sí saben lo ocurrido.

Mantener el anonimato de mi viudedad en la esfera profesional ha sido relativamente fácil estos días (aun siendo consciente de haber cometido errores evidentes, sobre todo con Carlos Álvarez); pero hacerlo en la parcela lúdica habría sido ridículo. Una gran cantidad de personas que se han intentado poner en contacto conmigo desde que sucedió todo, personas que figuran en esa lista que intenté confeccionar en los primeros días que pasé en blanco absoluto, pertenecen a este club; todos ellos forman parte de lo que siempre he denominado «familia urbana» (creo que le copié esa expresión a la propia Bridget Jones). Personas con las que, de alguna manera, puedes llegar a tejer una serie de relaciones y afectos que trascienden los que desarrollas obligado por el hecho fortuito de la consanguinidad. Víctimas colaterales con las que de forma irremediable debería compartir el dolor por la pérdida de Clara.

Sin embargo, ayer, Paul, ayer, hoy y con probabilidad mañana también, la compañía de cualquier persona que formase parte de mi vida de antes me hiere.

Comprendo que no es demasiado correcto dar la espalda a todas las personas que en mayor o menor medida se han visto afectadas por la partida tan inesperada de mi mujer, pero no me veo con la suficiente fuerza para atenderlas; no me veo capaz de recibir una condolencia, un abrazo, incluso cualquier ofrecimiento de apoyo logístico que ahora, con el abandono de Vilma, me vendría mejor que nunca. Ahora mismo, Paul, la mínima posibilidad de que alguien pretenda ofrecerme algo parecido al consuelo, lejos de liberarme, me tortura; me recuerda el infierno que supone todo esto.

Y ayer aquella posibilidad me paralizaba.

Durante estas semanas de perplejidad, Vilma había sido la encargada de llevar a Cataclismo a sus clases de equitación, ocupándose, desde luego, de que la niña permaneciese ajena a cualquier comentario que pudiera surgir, pero ayer, evidentemente, no me quedaba más remedio que hacerme cargo de esa tarea.

Durante un par de minutos, sopesé con seriedad la posibilidad de excusar a mi hija durante unos días de esas obligaciones extraescolares, no me parecía tan grave, si podía faltar a las clases de *madame* Merkel, ausentarse del club un par de semanas no la convertiría en una amazona torpe y tramposa.

Pero, entonces, Cataclismo irrumpió en el salón con las botas de montar puestas encima de su pijama y aquello me puso en perspectiva.

Una parte de mí sabía que no podía encerrarla en la misma opacidad en la que he estado confinado estos últimos tiempos; no tenía derecho a eliminar sus rutinas, tampoco a que dejase de practicar las actividades que le gustan. Y, aunque la otra parte de mí, igual de poderosa que la primera, pretendía controlar cualquier irrupción del dolor o la tristeza, decidí que debía acudir a ese club, debía enfrentarme a la sociedad de la que formaba parte antes de que Clara se marchase.

Terminé de vestir a Cataclismo de amazona; la peiné con una coleta desordenada que quedó torcida y desaliñada. Mi hija no parecía sentirse demasiado cómoda con el peinado, alternaba sus miradas de sorpresa al espejo con gestos hacia mi persona, como pidiendo clemencia.

La intenté animar diciéndole que esa coleta era muy parecida a una de las que llevaba Pippi Långstrump, pero, como seguía disgustada, le puse el casco de montar a caballo. Lo cierto es que con ese casco tampoco se notaba tanto mi falta de talento peluquero.

Cataclismo empezó a sudar y le pedí que, por favor, siguiese con el casco puesto, necesitaba arreglar a su hermano y salir ya. Nunca me había detenido a pensar lo lento que es sacar a mis hijos de casa. Lo lento que es sin Clara y sin Vilma, evidentemente.

Le puse varias capas de ropa a Cornelius porque iba a hacer un día muy lluvioso y me dio la sensación de que estaba algo resfriado.

Conseguimos, por fin, meternos en el Volvo.

¿Sabes, Paul? Ayer volví a darme cuenta de que no voy a echar nada de menos ese coche. Como voy a tener que devolvérselo a la firma, he pensado que esta semana me dedicaré a arreglar el arañazo que le hice al salir del garaje.

Estoy seguro de que Hildur es capaz de descontarme de mi finiquito la reparación; también puede que le ceda el Volvo a Appletree, que siempre ha sentido envidia de ese coche porque, como anda tan justo de dinero, prefiere que la firma le pague un poco más en vez de proporcionarle un vehículo de empresa (Appletree se desplaza en una furgoneta de tercera mano para llevar a esa tribu de descendientes que ha reproducido como los Gremlins; también imagino que para aparearse con Hildur y su culo de lavadora en sus ratos libres). En todo caso, me da igual, me he dado cuenta estos días de que soy una persona mucho menos apegada a lo material de lo que pensaba, Paul.

Puede que la muerte o, quizás, la escritura refuerce la profundidad del ser humano.

Llegamos al club.

Cruzamos la barrera de seguridad que separa ese espacio del resto de la humanidad y, como el guardia de la garita me conoce a la perfección, no me pidió el carné. Otra sensación de *déjà vu*; otra punzada en el estómago recordándome, de nuevo, que la vida en determinadas circunstancias puede parecer exactamente igual que siempre, aunque todo haya cambiado de forma irrevocable.

Me dirigí al aparcamiento, estaba más concurrido de lo normal.

Vi anunciado que se estaba celebrando un campeonato internacional de saltos y comprendí que aquella era la razón por la que varios camiones de transporte de caballos habían ocupado la mayor parte de las plazas.

Me vi obligado a estacionar el coche muy lejos, lo que, en el fondo, agradecí; me parecía que de esta manera pasaría más desapercibido todavía. En cualquier caso, sin embargo, ya llevaba puestas las gafas de sol.

Además de por el tema de mi alergia, pensé que esas gafas me protegerían ante un probable cruce de miradas con cualquier conocido. Y debes convenir conmigo que, desde fuera, es apropiado y respetable llevar gafas de sol cuando atraviesas un duelo, a pesar de que sean las once de la mañana de un sábado invernal.

Cataclismo se alejó del coche corriendo hacia el picadero donde le iban a entregar el poni y yo me quedé desatando el cinturón de seguridad a Cornelius. Me fijé en que tenía los ojos llorosos, pensé que quizás lo de la alergia fuese también hereditario. Cuando abrí el maletero para coger su carrito, me di cuenta de que, con las prisas, había olvidado traerlo; le cogí en brazos.

A medida que me adentraba en la zona de los caballos para llegar al picadero, me iba sintiendo más incómodo.

Mi estampa en medio de aquellas caballerizas embarradas, con gafas de sol, con mi hijo en brazos despojado de su carrito y vestido con una especie de manta chilena, me parecía estrambótica, era como si en cuestión de semanas hubiese abandonado la imagen de una familia burguesa típica y respetable y me hubiese convertido en un protagonista descontrolado de alguno de los *realities* a los que me he aficionado tanto estos últimos días; es como si ser viudo me hubiese degradado de condición social.

Entonces, al atravesar la zona donde se encontraban los caballos del concurso, vi a una mujer sospechosamente parecida a Clara.

Apenas hubo tiempo de reaccionar porque aquellos caballos empezaron a desplazarse hacia las pistas donde debían concursar y desaparecieron de mi campo de visión; pero tenía la certeza de que se trataba de ella.

Apreté fuerte a mi hijo contra mi pecho, quizás demasiado, porque se puso a berrear.

Nos sentamos en un banco. Cataclismo montaba en

círculos dentro del picadero, sola. Aquello me extrañó; lo más habitual es que monte con tres o cuatro niños más. Daba la sensación de que los padres habían sido más perezosos que yo y habían decidido quedarse en casa ante la amenaza de lluvia. O quizás es que evitaban verme y habían cambiado a sus hijos de clase. Sí, Paul, me volví a sentir otra vez distinto, inadaptado; me sentí como si el haberme quedado viudo me hubiese convertido en una persona sospechosa o poco recomendable, una persona a la que evitarías frecuentar.

Cornelius parecía relajarse a medida que el caballo de su hermana seguía dando vueltas y yo me puse a investigar con el móvil como una persona un poco (más) neurótica sobre la lista de participantes del campeonato. Evidentemente, no encontré el nombre de Clara entre los concursantes, lo que me perturbó más todavía, porque estaba seguro de que era ella, Paul, juraría que era ella.

Entonces recordé que cuando falleció mi abuelo, Mimi, en un momento de ligera enajenación transitoria, empezó a obsesionarse con que se encontraba a su marido (muerto) en todas partes. Tomábamos un aperitivo y Mimi señalaba cualquier señor mayor con el pelo blanco peinado hacia atrás (que, junto con su fragancia de Álvarez Gómez, eran sus rasgos más característicos) y decía que era mi abuelo. Ninguno de nosotros nos atrevíamos a llevarle la contraria porque pensábamos que era un simple episodio de tristeza mal gestionada, pero años más tarde, cuando le recordé esta anécdota, me miró muy seria asegurándome que ella seguía viendo a mi abuelo.

Quizás he heredado ese mismo don, Paul.

Cuando Cataclismo terminó la clase, decidí que teníamos que ir a ver ese concurso. No me quedaba tranquilo solo con que Clara no apareciese en las listas de participantes, estaba seguro de que era ella (todavía me quedaba alguna reminiscencia del sueño que tuve sobre Clara emulando a Julia Roberts en *Durmiendo con su enemigo*).

Llegamos a las gradas; hacía frío, mucho frío. Empezó a chispear y Cataclismo y Cornelius comenzaron a quejarse, me dio igual. Les compré en una máquina de *vending* una taza de chocolate que estoy seguro de que no llevaba ningún tipo de ingrediente parecido al chocolate y noté que el exceso de azúcar atenuaba su ansiedad.

Luego vimos la competición de salto.

Yo fingía estar atento al desarrollo del concurso, pero lo único que intentaba era vislumbrar a la concursante que había confundido con Clara. Ni rastro de ella. Sí que vi a lo lejos a un par de padres que conozco y que hicieron el amago de levantarse y venir a hablar conmigo; no obstante, les hice mi señal inconfundible del reloj, la que he practicado con *madame* Merkel, la señal indicadora de que me están esperando y que hablaremos en otro momento. Agarré a los niños y nos marchamos de allí apresuradamente.

Me pregunto si algún día volveré a cruzarme con esa mujer; me pregunto si algún día lograré localizar y saber qué se traía Clara entre manos con Henry Jollenbeck.

El resto del día lo pasamos en la intimidad de nuestro hogar.

Cociné unos espaguetis aceptables y vertí una salsa de tomate que Vilma había dejado preparada en la nevera; otro de esos detalles de profesionalidad que la hacían única. Luego, un repartidor nos trajo la aspiradora automática que había comprado la noche anterior y mis hijos se pasaron toda la tarde persiguiéndola por el pasillo del apartamento, entre risas y grititos en los que me di cuenta de que realmente nunca había compartido ningún fin de semana con ellos.

Nos bañamos todos juntos y, como parecían cansados,

decidí que dormiríamos los tres en la cama de mi habitación; Ana, la abuela de Clara, me volvió a llamar y de nuevo ignoré esa llamada.

Hoy es domingo, Paul, y no hemos salido de casa.

Creo que ayer los niños se resfriaron un poco. Quizás fue por mi culpa, al querer que Cataclismo estuviese durante más de media hora en casa con el casco de montar y al haberme pasado con las capas de ropa de Cornelius.

Cataclismo me ha dicho que sentía frío y ha tosido varias veces por la noche, y Cornelius tiene ojeras y está muy congestionado. Le he puesto el termómetro y debe de estar mal porque marca treinta y tres grados de temperatura, lo que simplemente es imposible.

He cogido todos los antitérmicos que Clara guardaba en el botiquín del cuarto de la plancha y le estoy administrando Dalsy como si fuese la enfermera de *El paciente inglés*.

Creo tener la situación bajo control.

Cataclismo parece encantada porque he contratado una suscripción anual de Cartoon Network y le he dado libertad absoluta para que gestione su tiempo libre frente a la televisión. Yo me eduqué en los ochenta y parece que he sobrevivido. Además, mientras escribo estas líneas, Cornelius se está echando la siesta.

He aprovechado también para ver bastantes tutoriales de peinados infantiles; no parece muy difícil y, cuando Cataclismo recupere un poco la confianza en mis habilidades estéticas, intentaré ponerlos en práctica. Mientras tanto, me he dado cuenta de que luce como nadie las diademas (he escondido por si acaso la de unicornio que tantas emociones le suscita).

Lo cierto es que me encuentro razonablemente bien, Paul. Quizás saber que mañana no tengo que pisar esa oficina me libera; quizás la depresión de los domingos de mi abuelo se reducía a que el lunes todo empezaba igual y quizás a mi abuelo esa rutina le apagaba. Yo mañana tengo planes totalmente diferentes por delante.

SÉPTIMO DÍA

Lunes, 2 de marzo de 2020
Para: Paul (terapeuta)
Asunto: Varios

Querido Paul:

Muchas gracias por tu contestación; te agradezco tus palabras sobre mi talento de escritor. Lo cierto es que en el liceo siempre ganaba los concursos de expresión escrita; se me daba muchísimo mejor que esos deportes de los que te he dicho que no era muy fan. Tampoco te pienses que he sido nunca un pitufo filósofo o un niño intelectual de esos que cortan patas de insectos y acaban viviendo con una madre impedida y escondiendo cadáveres en el arcón del sótano.

Nunca habría definido mi duelo como algo divertido de leer, la verdad. Sin embargo, puede que tengas razón y que detrás de toda esta situación tan grotesca haya algo cómico. Sí, Paul, es posible que deba replantearme mi actividad profesional y dedicarme al humor, al fin y al cabo, a la vista de lo que ha sucedido no parezco ser el ejecutivo brillante que pensaba que era; aunque, por otra parte, es difícil vivir del arte, muy difícil (o eso dicen). Yo quiero ofrecerles un confort digno a Cataclismo y a Cornelius, y no podría permitirme el lujo de iniciar ahora una vida disoluta y bohemia, que es la propia de un artista.

Te envío, en cualquier caso, todo lo que he escrito este fin de semana.

A pesar de confiar ciegamente en tu criterio, no estoy tan de acuerdo en lo que dices acerca de mi salud mental y la necesidad perentoria de reanudar la terapia presencial en tu despacho; tampoco que pueda representar un peligro para mí o para otras personas.

No obstante, iré a verte pronto. Sí, Paul, como ya te comenté, cuando consiga arreglar el tema doméstico, me pasaré por la consulta. También por el notario para cambiar el testamento, no pensaba que mi decisión fuera a parecerte tan disparatada, estate tranquilo.

Seguimos en contacto.

Lunes, 2 de marzo de 2020

Hoy tampoco he dormido bien.

Cornelius se quejaba y se ha despertado varias veces por la noche. Sin embargo, desde las tres y media de la madrugada parece que le han hecho efecto los antitérmicos y ha descansado de manera plácida e ininterrumpida. Yo me he desvelado y, como por inercia, he estado a punto de coger la bolsa de natación para marcharme a la piscina, pero luego me he dado cuenta de que no estaba Vilma y que no podía dejar a los niños solos. Está claro que, si quiero volver a nadar, necesito encontrar a un señor Carson.

He revisado los correos en mi móvil y he visto que no había tenido respuesta de ninguna de las agencias. Aunque quizás ahora no sea el momento más oportuno para contratar a nadie, si no encuentro trabajo pronto y lo del seguro de la hipoteca se complica, voy a empezar a tener problemas económicos y quizás deba vender la casa o cambiar a mis hijos de colegio.

He empezado a imaginarme a Cataclismo y a Cornelius vestidos con ropas de hipermercado y con algo de sobrepeso por nuestra nueva condición social, pero enseguida he apartado de mi mente esos pensamientos tan inverosímiles a pesar de poseer la capacidad de visualizarlos en mi cabeza con una precisión asombrosa.

Tengo que actualizar mi currículum, Paul; realmente, tengo que rehacerlo del todo, porque la última vez que lo hice fue para entrar en la firma, con veinticuatro años, y mi experiencia profesional se reducía a las prácticas estivales a las que mi padre me sometía en su empresa. Mi padre consideraba que disfrutar de más de un mes de vacaciones, incluso en los años universitarios, cuando lo único que deberías hacer en verano es emborracharte y vivir experiencias dignas de un *reality* de la MTV, podía resultar perjudicial para mi desarrollo neurológico y moral.

Visto con perspectiva, Paul, quizás llevaba razón; no creo que vuelva a tener una relación sana con las vacaciones.

Me he levantado y he ido a la cocina. He aprovechado para cortar fruta y preparar el desayuno de los niños y luego me he sentado con el portátil a la mesa del *office*. He pasado los siguientes treinta minutos delante de la pantalla del ordenador con un documento en blanco. Había intentado partir de la base del último currículum (el de la universidad), en el que se incluía información sobre el estado civil (tan distinto del actual) y también una foto. Sé que ahora incluir esos dos elementos podría considerarse discriminatorio.

No me ha parecido mal la idea de no informar a mis futuros jefes sobre mi situación personal. Lo de la foto, sin embargo, me ha parecido absurdo; creo que la belleza o la falta de esta son aspectos sobre los que un jefe tiene que informarse por anticipado (con el fin de evitar contratar a personas con el físico de Appletree, por ejemplo).

Mi primer reflejo ha sido incluir la fotografía corporativa que adjuntamos en las propuestas comerciales de la firma, las mismas propuestas que enviamos a los clientes; unas fotos en las que todos salimos con cara de decencia y profesionalidad (sí, incluso Appletree presenta un aspecto más honorable). Pero, cuando me he visto a mí mismo en esa foto, una foto que siempre me ha gustado porque soy tremendamente fotogénico, Paul, no me ha parecido adecuado utilizarla; no me ha parecido que el de la foto fuese yo. Parece que, desde que he enviudado, además de la cara de cabrón, soy incapaz de verme de la misma manera desde el punto de vista físico, ni siquiera soy capaz de reconocerme en una foto; una foto que reflejaba toda mi vida de antes.

He intentado buscar otras fotos.

No quería volver a encender el ordenador de Clara y rebuscar entre sus archivos, todavía no me siento preparado para enfrentarme con eso, por lo que he decidido buscar en mi teléfono, en algún archivo o conversación de WhatsApp algo que pudiese incluir en el currículum.

Y no he encontrado nada, Paul, no tengo ninguna foto en el móvil.

Clara era la que custodiaba siempre las fotos en casa, era también la encargada de hacerlas. Clara no me había enviado ninguna foto nuestra en los últimos años, solo había fotos mías con los niños o fotos de ella con los niños, ninguna foto en la que saliésemos los cuatro juntos, tampoco una de ella y yo solos. Me han entrado ganas de llorar.

Por primera vez, en estas semanas de confusión, me han entrado ganas de llorar. No sentía que estuviese tan alejado de ella, tampoco de ellos. Ahora estoy condenado a tener fotos de nosotros tres.

La irrupción de Cataclismo en la cocina ha evitado que cayese en un principio de tentadora autocompasión. Se ha puesto muy contenta cuando le he dicho que no iría al colegio. Afortunadamente, tengo una hija razonable que no exige cumplir las rutinas o la escolaridad a rajatabla. También me ha dicho que le encantaba cómo había puesto la mesa del desayuno y me he sentido un padre organizado y planificador, he pensado que puedo manejar la situación sin la necesidad de que haya un señor Carson con nosotros.

Cataclismo me ha pedido permiso para ver la tele y le he sugerido que pintase algo, tampoco puedo permitir que embrutezca su mente desde primera hora de la mañana, por mucho que me haya suscrito a la Cartoon. Ha ido a buscar unos folios y unos lápices de colores y se ha sentado en la mesa a mi lado.

Iba a escribir a *madame* Merkel un correo de disculpa por no haber podido asistir a la reunión del viernes, cuando he visto en mi bandeja de entrada que tenía un mensaje del liceo en el que se me instaba a ponerme urgentemente en contacto con ellos.

Me he retirado a la biblioteca y los he llamado.

He puesto voz como de catarro.

Sí, Paul, después de haber pensado largo y tendido durante el fin de semana qué excusa debía presentar ante *madame* Merkel, solo se me ha ocurrido argumentar una gran gripe. Lo sé, es típico, aunque también irrefutable.

Han descolgado en el Departamento de Administración y, tras identificarme, me han hecho permanecer durante cinco minutos con un hilo musical que cada vez me estaba poniendo más nervioso (era una melodía de Enya que transmite paz y serenidad gaélica al resto de la humanidad, pero que a mí me estaba sumergiendo en la nostalgia).

Cada diez segundos tosía por si en el momento más insospechado alguien retomaba la comunicación. Entonces, la voz de *madame* Merkel ha retumbado en mis oídos.

Antes de que pudiese iniciar la conversación, le he colado mis disculpas por el plantón del viernes, no quería ponerla de peor humor todavía; sin embargo, *madame* Merkel no parecía interesada en mi catarro ni en la cantidad de veces que me había intentado localizar. De hecho, me ha explicado que había interrumpido su clase para hablar conmigo, es en ese momento cuando me he dado cuenta de que la situación era más grave de lo que parecía.

Madame Merkel hablaba de manera apresurada, como con temor a que yo fuese a colgar o a que me escapase.

Me ha dicho que está «muy preocupada por el cambio de actitud» que ha apreciado en Cataclismo durante las últimas semanas. Al parecer, además de haber dejado de expresarse en francés, no muestra interés en ninguna de las actividades, está poco concentrada y algo rebelde; también responde con incoherencias a sus solicitudes y lo más grave es que el otro día pegó a un compañero.

Me cuesta demasiado imaginar a Cataclismo cometiendo semejante acto sin razón alguna y, como de todas formas es mi hija y he notado a *madame* Merkel un poco a la defensiva, le he dicho que no dramatizase, las peleas entre los niños son relativamente frecuentes y hoy en día ya casi se puede hablar de preadolescencia a partir de los cinco años. Pegar a un compañero un poco no debería ser sinónimo de que mi hija se vaya a convertir en una sádica con antecedentes penales.

Madame Merkel me ha dicho que había amenazado a su compañero con unas tijeras. Me he callado.

Luego ha insistido en que quería saber si las cosas iban bien en casa, si se me ocurría alguna circunstancia por la que mi hija podría estar experimentando esos cambios de actitud y le he dicho que todo estaba igual que siempre, quizás echaba de menos a su madre porque se encontraba de viaje.

Madame Merkel me ha dicho que ya lo sabía, que Cataclismo no para de repetir que su madre y su padre ya no estaban juntos.

He fingido reírme, como cuando alguien te dice una verdad absoluta que te recorre el alma, pero que no puedes admitir bajo ningún concepto y te escudas en la mentira y en una sonrisa bonita. Le he dicho que aquello era rotundamente falso, que su madre vendría a casa pronto. *Madame* Merkel me ha preguntado si me había separado.

La pregunta me ha pillado por sorpresa y me he quedado en silencio, una parte de mí estaba explorando la posibilidad de responder de forma afirmativa. Podía matar dos pájaros de un tiro, Paul. Podía justificar los cambios de comportamiento de Cataclismo y también lograr que esa mujer me dejase tranquilo; además, hoy todo el mundo se separa, no es un estigma como en los ochenta, cuando, si tus padres se habían divorciado, todos los compañeros de clase eran informados y estaban obligados a apiadarse un poco de ti.

Sí, Paul, admito que cada vez me parecía mejor decirle a *madame* Merkel que estaba en pleno proceso de separación; total, ya estaba acostumbrado a mentir sobre mi estado civil, simular otro estado civil adicional no debía resultar tan complicado.

He seguido en silencio y le he dicho, con voz ronca y después de toser tres veces, que estábamos en un momento de cambio y que estaba yendo a terapia (en realidad estoy en terapia, Paul, la profesora de mi hija no tiene por qué saber si es para superar un duelo o una terapia de pareja).

Madame Merkel me ha dicho que ahora entendía todo; que Cataclismo le había comentado que su madre se había ido con un jeque con mucho dinero. Yo he vuelto a toser y le he respondido con gravedad que, en efecto, así había sido.

También me ha dicho que uno de los guardias de la puerta del colegio aseguraba haberme visto la semana pasada haciendo transacciones extrañas en el interior del coche con una mujer latina y un niño extranjero (me imagino que se refería a cuando le di los mil euros a Vilma, el día que volví a fumar) y que, aunque no era asunto suyo, refugiarme en prácticas de dudosa honorabilidad no era lo que tenía que hacer ahora, sino ocuparme de que Cataclismo estuviese lo mejor atendida posible.

Luego ha cortado la conversación diciendo que debía volver a clase y me ha colgado.

Así, sin más.

Ahora la profesora de mi hija piensa que soy un marido abandonado metido en asuntos turbios. Mal.

En realidad, Paul, lo único que me preocupa de lo que *madame* Merkel me ha dicho es que Cataclismo esté angustiada y que por eso se dedique a conducirse de esa manera en el colegio. He vuelto a la cocina para intentar hablar con ella, pero he visto que no estaba, ya había terminado de desayunar.

Cuando he ido a recoger los platos y me he fijado en que había dejado el dibujo que estaba haciendo se me ha caído el mundo a los pies: Cataclismo había dibujado un globo.

He decidido que debíamos salir de casa.

Es cierto que el hecho de no tener que ir al trabajo o llevar a mis hijos al colegio había hecho desaparecer la sensación de apresuramiento que siempre me ha acompañado desde hace años, la sensación de que me faltan quince minutos para hacer las cosas desde el momento en el que me levanto; pero tampoco podía encerrarme en casa con los niños como si no existiesen los días ni las obligaciones. Me he acordado de *Downton Abbey* y de Violet, la condesa viuda de Grantham, preguntando escandalizada que qué significa un fin de semana.

He vestido con una especie de chándal a Cornelius (he vuelto a pensar en lo de la ropa del hipermercado en una situación de precariedad financiera). Mientras le estaba vistiendo, Cataclismo ha entrado en la habitación. Se había puesto una de mis camisas sucias, que evidentemente le quedaba enorme. Le he pedido que, por favor, se cambiase, pero estaba empeñada en llevar mi camisa y a mí no me apetecía discutir. Mi paciencia se agotaba, necesitaba salir de casa, sigo sin entender la cantidad de tiempo tan enorme que se tarda en salir de una casa con niños pequeños, Paul. Entonces, le he remangado las mangas de la camisa y me ha parecido que podía ser una especie de babi elegante.

He conseguido que nos montásemos los tres en el ascensor.

Al abrir la puerta, Avelino me ha mirado con cara de extrañeza, como esperando que le diese una explicación por el atuendo de mis hijos o la razón por la que no habían ido al colegio o por la desaparición de Vilma. Avelino me ha parecido de repente un ser chismoso y holgazán. Me he limitado a darle los buenos días y nos hemos metido en el Volvo.

Quería llevar el traje arrugado y la corbata manchada de París a la tintorería.

He buscado una muy lejos de casa, que es industrial y rápida y evitaría la posibilidad de que las tintoreras de siempre, a las que Clara había enriquecido confiándoles todos sus vestidos, me viesen vagabundear con mis hijos un lunes al sol.

Hemos llegado a la ciudad dormitorio en la que se encontraba la tintorería y, cuando he entrado con Cataclismo y Cornelius, he visto que se trataba de un almacén gigante; parecía un hangar con decenas de planchadoras.

Me ha parecido que todas esas señoras tenían pinta de haber pasado en algún momento de sus vidas por prisión o, como mínimo, unas semanas en un correccional. Llevaban el pelo corto, muy canoso, e iban vestidas iguales, con camisetas blancas de algodón y unos pantalones negros de un material no identificado, pero que me ha parecido tan inflamable como esas pelucas de las tiendas de *souvenirs*. También he visto algún que otro tatuaje en algunos de los brazos y dos de ellas llevaban *piercings*.

Durante un minuto he pensado si era una idea correcta confiarles mi traje y mi corbata a esas expresidiarias en vías de reinserción. Luego, he pensado que no se debe juzgar jamás por las apariencias (aunque yo lo haga de continuo).

En esos momentos, Paul, y con mis hijos vestidos y peinados de una manera tan bizarra, yo era el primero que podía parecer de todo menos un ejecutivo viudo recién suspendido de empleo. Además, la encargada de la tintorería, una mujer con una piel extraordinariamente blanca y un tono de voz suave, como la de la madre superiora de *Sister Act*, me ha dicho que tendrían todo listo en menos de dos días. Y cuando le he dicho que nos veríamos el miércoles me ha respondido amable que «si Dios quiere». Nunca había pensado en lo certera que es esa expresión: nunca sabes cuándo vas a ver a una persona por última vez.

Después de la tintorería, hemos ido a la compra y los niños me han ido pasando todo tipo de bolsas de patatas y de galletas ultraprocesadas que solo deberían tomar en ocasiones especiales. De eso me he dado cuenta en la caja, no había prestado atención al contenido de lo que cogían porque me he pasado los veinte minutos que ha durado nuestra incursión en el supermercado hablando con Robert.

Sigue sin localizar a Henry Jollenbeck. Y me ha vuelto a pedir el libro de familia.

Te confieso que me está empezando a caer fatal Robert, Paul.

Quizás es porque nunca es portador de buenas noticias y puede que sea infantil matar al mensajero, pero, cada vez que me llama, siento un calambre en el estómago que me desagrada.

He estado a punto de colgarle porque me estaba entrando otra llamada. Sin embargo, he visto que era de Ana y me ha parecido más complicado atender a las peticiones de la abuela de Clara.

Hemos pasado tranquilamente el resto de la tarde en casa. Los telediarios hablan del virus del documental que vi en París y hay cierta histeria colectiva. No obstante, dicen que en España tampoco tendrían que presentarse muchos casos.

Sigo notando a Cornelius algo flojo y no sé durante cuánto tiempo le puedo seguir administrando antitérmicos. He llamado a mi madre por si me podía dar una idea y me ha dicho que le podía seguir dando Dalsy toda la semana, que estaba totalmente en contra de las prácticas de ahora de no dar ningún medicamento a los niños con fiebre o con anginas. Ella nos había administrado a mi hermano y a mí enormes dosis de antibióticos cada vez que presentábamos alguna infección y habíamos salido robustos y guapos.

He colgado y me he acordado de Mimi y de sus Optalidones. También he pensado que mi hermano es muy robusto.

Luego he metido a los niños en la cama y, cuando estaba concentrado leyéndoles el cuento de *Los tres cerditos* (me ha parecido que tiene un mensaje de mayor calado que el de *Caperucita roja*) me ha llamado Robert. Le he colgado porque no procedía cogerle el teléfono y también porque ya te he dicho que me resulta un poco antipático, sobre todo con su insistencia en el asunto del libro de familia, que ya me ha reclamado unas doce veces.

He silenciado el teléfono y he proseguido con mi lectura. Lo cierto es que se me estaban cerrando los ojos. He visto un mensaje de Robert diciendo que había conseguido hablar con la compañía de seguros y que al parecer habían cambiado de opinión con respecto a lo de Clara, el globo y los deportes de riesgo, y que no habría problema alguno con el tema del seguro hipotecario. Me ha dejado de resultar tan antipático Robert.

También, justo antes de recostarme al lado de Cornelius para dormir (me sentía extraordinariamente a gusto en esa cama minúscula de Ikea y había decidido que pasaría la noche allí), he visto una llamada perdida de Hildur.

No he hecho ni el menor amago de contestar, sentía que, por primera vez en muchos días, iba a conciliar el sueño con cierta paz.

OCTAVO DÍA

Martes, 3 de marzo de 2020

Creo que nunca había pasado miedo hasta hoy.

Ni siquiera el día que me llamaron para comunicarme lo de Clara; de aquella tarde recuerdo la estupefacción, el *shock*, quizás otra serie de sensaciones simultáneas parecidas al caos y a la desorientación, pero no recuerdo haber experimentado miedo. Hasta esta noche, Paul, desconocía que el pánico pudiese presentarse en mi vida de una manera tan real y concreta.

A las 3.47 de la madrugada, Cornelius ha empezado a hacer cosas raras. Se quejaba y parecía incómodo. Me he incorporado para coger el termómetro y darle el antitérmico cuando ha empezado a temblar fuerte, demasiado fuerte, experimentaba una especie de tiritona incontrolable. Me he sentado a su lado y le he empezado a acariciar la espalda, como para transmitirle paz. En ese momento, Cornelius ha abierto los ojos, me ha mirado y se ha puesto de costado, intentando encontrar una postura en la que pudiese descansar; sudaba, le estaba subiendo la fiebre sin lugar a duda.

He pensado que mañana le tendría que llevar al pediatra a primera hora, incluso se me ha pasado por la cabeza llevarle a Urgencias en ese momento, pero he comprendido que tendría que despertar también a Cataclismo y me ha parecido una gestión logística demasiado complicada de ejecutar.

Me he acordado de Clara y también de Vilma; me he acordado de lo mal que va mi vida sin ellas, sobre todo en ese tipo de circunstancias.

A las 3.48, el temblor se ha convertido en pequeños calambres. Me he asustado y he encendido la luz. En menos de tres segundos, sin embargo, Cornelius se ha quedado quieto, parecía haberse dormido de nuevo.

Yo seguía observando todos los movimientos de su respiración, seguía acariciándole la espalda pensando que el contacto de mi mano podría apaciguar esas contracciones tan extrañas.

Entonces, ha empezado a convulsionar.

Esta vez de una manera mucho más intensa, casi eléctrica, era una convulsión que no parecía tener fin. He cambiado las caricias en la espalda por sacudidas, como si quisiera despertarle de esa pesadilla y poner su cerebro en orden. Le zarandeaba y le hablaba fuerte, sin que fuese capaz de reaccionar, la única respuesta a mis palabras era el quejido de Cataclismo, recién despierta, desorientada y cegada por la luz del cuarto, que preguntaba qué estaba pasando.

He marcado el número de Emergencias y he puesto el altavoz.

Una voz serena de mujer me ha hecho una serie de preguntas que yo intentaba responder con calma, aunque estaba completamente histérico. La mujer me preguntaba acerca del pulso de mi hijo, de los latidos de su corazón, del ritmo y sonido de su respiración. También cuál era la dirección donde me encontraba.

He oído como Cataclismo me preguntaba si su hermano se iba a morir y le he dicho que se callara de una manera tan brusca que, a pesar de la tensión del momento, me he dado cuenta de que estaba siendo injusto y pésimo padre con ella.

La convulsión estaba durando más de cuatro minutos, que era lo que marcaba la pantalla del móvil como duración de la llamada. Entonces, como si Cornelius hubiese esperado a que acabase de darle a esa mujer todas las indicaciones necesarias, ha dejado de convulsionar. Me he tranquilizado. La mujer de Emergencias creo que también; hasta que he visto que la cara de mi hijo empezaba a cambiar de color. Cornelius se estaba quedando morado.

He vuelto a gritar (luego me he dado cuenta de que lo que a mí me parecía un grito de auxilio en medio del silencio de la noche simplemente era el tono acelerado de un padre en estado de desesperación absoluta).

Cataclismo ha salido corriendo del cuarto y mientras yo seguía gritando a la señora de Emergencias, que lo único que repetía era lo poco que iban a tardar las ambulancias, que intentase guardar la calma.

Las siguientes escenas han sido cinematográficas, Paul.

He oído a lo lejos el ruido de unas sirenas y enseguida he comprendido que se trataba de las ambulancias que debían de estar aproximándose a mi calle; de ambulancias que me iban a afectar a mí directamente, no las ambulancias que sueles ver en las ciudades y que siempre son ajenas; ambulancias que siempre te dejan con la curiosidad por la historia que hay detrás.

Justo después el timbre del telefonillo ha sonado como una alarma.

No me quería separar de mi hijo, que seguía dormido, pero parecía menos morado. Aun así, me he levantado de inmediato y he salido corriendo por el pasillo para abrir la puerta de la entrada y que pudiesen acceder los médicos.

He visto que Cataclismo se había sentado en el banquito del *office* de la cocina y lloraba con la cabeza metida entre los codos. No he podido atenderla porque cuatro personas vestidas de sanitarios y con *walkie talkies* han irrumpido en la puerta del ascensor y los he llevado corriendo a la habitación de los niños. Me he quedado rezagado, dejándolos trabajar.

Lo primero que han hecho es medirle la temperatura con un termómetro en la frente. He oído que tenía 39,7 grados. Cornelius ya se había despertado, pero no decía nada, parecía que no fijaba la mirada y una de las doctoras estaba examinando sus pupilas con una linterna y repetía su nombre. Al igual que con la ambulancia, al igual que con lo de Clara, volvía a sentir que estaba asistiendo a una historia fuera de mi realidad.

Los doctores me han preguntado si le había dado algún medicamento y les he dicho que un antitérmico unas horas antes; me han pedido que trajese el bote.

He atravesado de nuevo el pasillo para coger ese bote que había dejado en la cocina. Cuando he vuelto a la habitación, otro médico se había puesto encima de la cama y estaba cortando con unas tijeras el pijama de mi hijo. Me ha dicho que le querían auscultar.

Le he dado al otro facultativo el medicamento y he visto que colocaba una jeringuilla en el bote y que sacaba una cantidad mucho más grande de ese líquido anaranjado que luego han administrado a Cornelius.

Iba a comentar algo al respecto cuando el primer médico ha decidido que nos teníamos que ir al hospital y le he respondido que nos debía acompañar Cataclismo, que no tenía ninguna persona con quien la pudiese dejar. No ha parecido importarle en absoluto mi circunstancia personal y nos hemos puesto en marcha.

Se ha llevado a Cornelius en brazos, a quien ha tapado con una toalla, y yo he cogido del armario del vestíbulo de casa mi abrigo, las llaves y la cartera. Cataclismo seguía en la misma postura en la que la había encontrado antes. Le he pedido que por favor viniese, que no se podía quedar sola. Otra vez en ese tono de instrucción seca militar.

Nos hemos metido en la ambulancia.

Cataclismo seguía llorando y yo le decía que no pasaba nada, que su hermano se iba a recuperar, aun con mi hijo observándome de manera ausente, como si no supiese dónde se encontraba, como si no reconociese a su padre. Cataclismo me miraba intentando contenerse, pero yo veía que sus lágrimas desbordaban sus enormes ojos negros y entonces le he dicho como por inercia que saldríamos adelante.

Íbamos despacio, muy despacio, y, tras calcular que debíamos de estar cerca del hospital, mi hijo se ha incorporado y me ha dado la mano. He notado que volvía a conectar con algo parecido a la realidad.

Cuando hemos bajado de la ambulancia, Cornelius parecía haberse recuperado, incluso sonreía a la médico de guardia que se encontraba en la sala de triaje.

Esa doctora me ha tranquilizado diciéndome que parecía una convulsión febril simple; no obstante, nos ha instado a quedarnos unas horas más para poder observar a Cornelius y descartar que se pudiese repetir el episodio.

Cataclismo no podía acompañarme dentro de los boxes en los que estaba su hermano, pero ha venido una enfermera y, con todo el tacto del mundo, le ha pedido que la ayudase en la recepción y a mi hija esa desconocida le ha parecido mucho mejor opción que quedarse con un padre gruñón vestido con un pijama y un abrigo largo (suscribo y apoyo en cualquier caso la elección de mi hija, Paul).

Cuando he entrado en los boxes, he visto que Cornelius era minúsculo en proporción con la cama en la que estaba tumbado. No quería tumbarme con él porque temía darle más calor y que le subiese la fiebre, por lo que he cogido una silla y me he dedicado a observarle. Se había quedado dormido y parecía plácido y feliz.

Me he intentado entretener con el móvil y he visto que tenía muy poca batería.

Aun así, he conseguido meterme en la página de la Clínica Mayo y he empezado a investigar sobre síndromes y terribles epilepsias que se manifestaban a través de subidas enormes de temperatura y crisis febriles como la que acababa de experimentar Cornelius.

Me he empezado a imaginar que mi hijo podía sufrir todo tipo de enfermedades y durante unos veinte minutos me he imaginado a mí mismo organizando mi logística doméstica si tuviese que hacer frente a ese problema, sin trabajo, sin dinero, sin Vilma.

Me estaba dejando llevar por una espiral de pensamientos negativos que iban a desmoralizarme aún más, por lo que he decidido meterme en el *e-mail* corporativo (suponía que de alguna manera encontraría cierto alivio en concentrarme en algo que no fuese una vida personal arrastrada por la tragedia).

Contra todo pronóstico, no tenía apenas *e-mails*.

Me imagino que el hecho de que me hayan defenestrado, aunque sea de manera temporal, ya me ha convertido en un director de segunda al que le vacían de contenido y dejan de incluir en copia en los asuntos de la firma.

He visto que Aline había enviado un correo a Daniel Appletree, a Sylvia y a Eric.

Les comunicaba que se tendrían que hacer cargo de mis clientes durante los próximos días. Me ha parecido un golpe de pésimo gusto (aun comprendiendo que, como jefa, era la decisión más adecuada que debía tomar).

De todas formas, en aquella sala de hospital y todavía sin haberme recuperado de la impresión sobre la crisis febril de

Cornelius, no me ha parecido que tuviese demasiada importancia. En cambio, se me ha pasado por la cabeza algo que en mis cuarenta años de vida jamás había pensado.

Me he arrepentido de haberme acostado con ella.

Sí, Paul, no entendía cómo había hecho el amor con una mujer tan fría y cerebral.

Sé que debería haberme arrepentido por la culpabilidad de haber engañado a Clara y no porque piense que mi amante no tenía ni medio escrúpulo, pero el arrepentimiento está ahí, de alguna manera eso es un logro, ¿no crees? Sobre todo, teniendo en cuenta que, como norma general, un hombre nunca se arrepiente de una relación sexual.

También había un mensaje de Hildur. Me pedía que, por favor, la llamase.

Hildur me enviaba una convocatoria de reunión para el miércoles al mediodía (una convocatoria en la que también estaba incluida Aline).

He decidido que no debía responder, seguían siendo las cinco de la mañana y estaba en un hospital. No le quería dar a Hildur la impresión de que trasnocho o de que me conecto a deshoras. No quería reforzar la impresión de que mi vida es un caos; una cosa es que el trabajo cada vez me importe menos y otra muy distinta es que finiquite mi relación con la firma como si fuese un lunático con problemas.

No me quería convertir en la comidilla de la planta 13, tampoco que Patty y Selma hablasen de mí en pasado mientras comían con la boca abierta una de esas berenjenas rellenas que comparten en la cocina.

He pensado que ya me las arreglaría para contestar a partir de las nueve de la mañana.

En cualquier caso, tampoco era consciente de las horas que iba a permanecer en aquel hospital. Y tampoco sabía muy bien con quién podía dejar a mis hijos (evidentemente, no se me ha pasado por la cabeza presentarme en la reunión de Hildur con Cataclismo y Cornelius).

Le he mandado un mensaje a Vilma; el mensaje más sincero que he escrito en las últimas tres semanas.

Me he disculpado. Le he dicho que me sentía desbordado por la situación y que me habían suspendido del trabajo; le he dicho que estaba en el hospital con los niños, pero que no pasaba nada (aunque es verdad que esta parte la podía haber obviado, necesitaba incluir una carga dramática adicional para que vuelva, Paul, no concibo que lo que me queda de familia funcione sin ella).

Le he pedido que reconsiderase trabajar en casa, que pusiese ella las condiciones. Que por lo menos se quedase un año o el tiempo suficiente para formar a otra persona que la pudiese sustituir. Le he dicho que me comprometería a ayudarla a buscar un trabajo en un centro de estética si eso era lo que quería hacer en el futuro (no le he mencionado nada acerca de las uñas de los clientes o de lo que pienso de las depilaciones íntimas a las que esas mujeres se deben enfrentar en sus centros de dudosa reputación).

Le he dicho que, por supuesto, le contaría a Cataclismo lo que había pasado con su madre y que el dinero no sería ningún problema (luego me he dado cuenta de que esto había sido un error porque, de alguna manera, Vilma sigue siendo una empleada y me va a intentar sacar todo lo que pueda, al igual que yo voy a intentar maximizar la indemnización por despido, aunque tenga que contratar a tres ayudantes de Robert).

El último correo que he visto antes de quedarme sin batería era de Carlos Álvarez.

Era un *e-mail* muy cordial en el que me daba las gracias por haber organizado las reuniones y me decía que había apreciado mucho mi compañía en París.

No hacía ninguna referencia ni a Jean-Baptiste ni a Mandíbula Cuadrada. Tampoco había incluido en copia a ninguna persona de la firma (ni a Hildur, ni a Aline, ni siquiera al equipo francés que se encargó desde el primer momento de hacerle llegar sus credenciales para apropiarse del cliente).

Carlos me proponía almorzar la semana que viene para discutir una idea que se le había ocurrido respecto a los términos de nuestra colaboración.

He estado a punto de reenviar ese correo a Hildur, a Aline y a todos los socios internacionales frente a los que Jean-Baptiste me había descalificado, pero, en ese momento, el teléfono se ha apagado por completo.

He pensado que, en todo caso, no era demasiado prudente reenviar nada a esas horas.

Me he quedado observando la pantalla en negro de mi móvil y, de repente, Paul, me he sentido verdaderamente solo. Me he dado cuenta de que no tenía a nadie a quien llamar.

Eran las 5.43 horas de la madrugada y no había ninguna persona a la que tuviese ganas de despertar para contarle todo lo que había pasado. También me he dado cuenta de que en ausencia de Clara soy la única persona que les queda a mis hijos.

El mismo pensamiento que había tenido en el notario cuando decidí otorgar testamento como acto reflejo al secreto de Clara; el mismo que había tenido en el avión; la sola idea de que mis hijos pequeños pudiesen quedarse sin nadie que los protegiese me ha hecho sentir culpable del todo.

Me he sentido culpable por haber llevado a Clara de viaje.

Me he sentido culpable por no haber sabido tejer durante cuarenta años relaciones familiares duraderas que me pudiesen ayudar a que no les pasase nada. Me he sentido culpable por primera vez en mi vida, Paul, de haber traído a mis hijos al mundo.

Las siguientes tres horas se me han pasado de manera muy lenta. Cornelius seguía dormido y de vez en cuando entraba alguna enfermera para tomarle la temperatura. Tenía 38,8 grados, lo que sin duda seguía considerándose una fiebre alta, pero representaba una mejoría notable con respecto al inicio de la crisis.

Cuando le han vuelto a administrar el antitérmico, me he fijado de nuevo en que las dosis eran extraordinariamente grandes con respecto a las que le había administrado yo.

Le he preguntado a la enfermera si todos los antitérmicos requerían la misma dosis (probablemente esta pregunta te resulte absurda y pueril, Paul, pero ya te expliqué desde el inicio que no soy el padre más hábil con relación a los cuidados y las atenciones que mis hijos demandan). La enfermera me ha mirado como si le hubiese dicho una estupidez y me ha respondido que cada fórmula antitérmica presentaba su propia dosis.

Le he preguntado sobre el Dalsy.

Me ha asegurado que todos los Dalsy tenían la misma dosis. Y que en las propias jeringuillas bastaba con ver el peso del niño o los miligramos de la solución para calcular la cantidad a administrar. Y se ha dado la vuelta porque me imagino que tenía asuntos más importantes que atender que un padre somnoliento preguntándole a las cinco de la mañana por semejante obviedad.

He sacado del bolsillo de mi abrigo el bote de Dalsy que le había dado a Cornelius (uno de los enfermeros me lo había entregado al salir de la ambulancia) y la jeringuilla.

Me he dado cuenta de que, en efecto, esa jeringuilla presentaba las dos unidades de medida que me había dicho la enfermera. Ninguna era la edad del niño (que es lo que siempre supuse que significaban esas rayas irritantes de todas las jeringuillas). Es decir, le había estado administrando una dosis a Cornelius como si pesase dos kilos. Era imposible que así le bajase la fiebre.

Mi pequeño error con el antitérmico me ha relajado bastante.

A pesar de sentirme del todo responsable de no haber sabido bajarle la fiebre a Cornelius, se me han quitado de la cabeza todas las enfermedades raras que había memorizado de la página web de la Clínica Mayo. Incluso me he quedado traspuesto apoyando la cabeza en la cama articulada de los boxes y he conseguido dormitar durante veinte minutos. Cataclismo ha venido a despertarme, junto con una doctora que nos ha firmado el alta. Cornelius ya tenía una temperatura razonable y aparentemente estábamos ocupando un espacio necesario para urgencias más graves.

He cogido a Cornelius en brazos, a Cataclismo de la mano y nos hemos encaminado a la salida del hospital. Debíamos de presentar el aspecto de haber pasado toda la noche en un calabozo.

Al cruzar las puertas automáticas, dos monjas vestidas con un hábito azul marino se han cruzado con nosotros y la mayor, otra vez con esa tez inmaculada que me recordaba a la madre superiora de *Sister Act* y a la encargada de la tintorería del extrarradio, nos ha entregado un papel con la información de las procesiones de Semana Santa programadas para principios del mes de abril.

El contacto visual con esa mujer me ha traspasado por completo. Su mirada era tan limpia, tan bondadosa, con unos ojos azules casi transparentes, que me analizaban como si no pudiese tener ningún tipo de secreto para ella; eran ojos que leían en mí como si fuese a analizar cualquier salmo de la Biblia. Me he sentido como si esa mujer supiese exactamente todo lo que me estaba sucediendo.

Me ha cogido de la mano y me ha deseado mucho ánimo, que todo saldría bien.

He notado que se me empezaban a saltar las lágrimas.

Quizás era la adrenalina después de haber pasado esa noche tan tortuosa, o todas las noches tortuosas desde que Clara se marchó. O quizás simplemente es que me ha recordado que estaba fallando en lo mínimo que se le puede exigir a un cónyuge superviviente; que despidiese en condiciones a su mujer.

Nos hemos metido en un taxi.

Sin batería en el móvil, he tenido que parar uno de esos automóviles blancos atravesados con una franja roja, con asientos de bolas, pinos olorosos colgados del retrovisor y un señor al que le faltaba mordisquear un palillo como si fuese Lucky Luke, pero incluso eso me ha dado igual, Paul.

Aunque he aceptado que nunca me identificaré con esa estética, debo ser más considerado en el futuro, la vida me ha dado suficientes lecciones ya para saber que con esa actitud no se consigue nada bueno.

Me he sentado con Cornelius en brazos y Cataclismo a mi izquierda, quien no ha tardado en quedarse dormida una vez que el taxista ha iniciado la marcha. He observado por la ventana como la ciudad despertaba y tomaba su ritmo de martes, con personas yendo a sus trabajos, escolares en sus rutas y el vagabundo de siempre que pide dinero en el semáforo de José Abascal con el paseo de la Castellana.

Siempre me encuentro con ese vagabundo por las mañanas, forma parte del decorado urbano, como la pareja de policías que nunca facilita el tráfico o el camión de la basura que se queda atravesado en doble fila al lado de una parada de autobuses y hace que llegue estrictamente tarde a los ojos de *madame* Merkel.

Hace años, aquel vagabundo ofrecía pañuelos de papel a cambio de alguna moneda, pero enseguida las mafias del Este que intentan limpiar los parabrisas a base de escupitajos lo sustituyeron y quedó relegado a una esquina en la que dormita de forma discreta y no hace ni siquiera el amago de pedir limosna.

He visto que mi hijo se dormía encima de mi pecho y me he sentido el hombre más privilegiado del mundo. No conseguía borrar de mi mente las imágenes de la convulsión, tampoco la de esa cantidad de sanitarios irrumpiendo en medio de la noche en el silencio de mi casa. He caído en la cuenta de que había sido una persona muy poco detallista y que ni siquiera les había encargado un desayuno a las enfermeras ni a la médico de guardia del hospital (he pensado que es el típico gesto que habría tenido Clara). Luego, me he anotado mentalmente la necesidad de manifestar ese tipo de conductas (puedo asumir que soy viudo y quedarme con lo bueno que Clara me enseñó).

Entonces, en un ataque de solidaridad transitoria, le he pedido al taxista que detuviese el coche y le diese al vagabundo un billete de veinte euros (lo habría hecho yo mismo, pero no quería despertar a Cornelius).

Sabía que mis veinte euros no iban a arreglarle la vida a ese hombre; también sabía que tardaría mucho tiempo en volver a darle dinero (siempre he sido de la teoría, Paul, de que todos los vagabundos tienen otra opción y no sé si quiero en estos momentos analizar si mi teoría es cierta o solo responde de nuevo al patrón de educación tan rígido que he tenido). Con todo, me sentía bien, necesitaba manifestar algo de alegría.

Cuando hemos llegado al portal, Avelino nos ha mirado con estupor. Le he comprendido perfectamente, creo que nunca unas personas de aspecto tan lamentable habían cruzado el umbral del edificio señorial en el que vivo.

Mientras me metía en el ascensor, le he dicho, justificándome, que le explicaría en otro momento la noche tan espantosa que habíamos vivido (luego, cuando ya se habían cerrado las puertas y subíamos al sexto piso, he recuperado un poco la perspectiva y he pensado que me estaba excediendo en las explicaciones al conserje y que ese exceso de confianza me podía pasar factura a largo plazo).

He metido la llave en la cerradura, el cierre no estaba echado.

He supuesto que, probablemente, con las prisas para meterme en la ambulancia, me había limitado a cerrar la puerta de un golpe, pero, cuando hemos entrado, he visto a Vilma de espaldas en la cocina, con su uniforme blanco impecable, preparando café, como siempre, como si no se hubiese ido, como si este fin de semana hubiese sido una pesadilla de mal gusto. Avelino ha debido de abrirle la puerta.

Cataclismo ha ido corriendo a abrazarla y le ha empezado a contar que su hermano había estado a punto de morirse y que había sido una aventura. También que había montado en una ambulancia y Vilma le acariciaba el pelo mientras la pequeña seguía rodeándole con sus brazos la cintura.

He ido a acostar a Cornelius y le he susurrado a Vilma el gracias más profundo que creo haber pronunciado en toda mi vida.

He dejado a mi hijo tapado en su camita de Ikea y, cuando he entrado en mi habitación, he cerrado la puerta detrás de mí y he sentido que todo iba a ser mejor.

He puesto el móvil a cargar en la mesilla de mi lado de la cama.

Luego me he quitado el abrigo, el pijama, y me he metido en la ducha.

He debido de estar cerca de diez minutos debajo de ese chorro de agua ardiendo, sin pensar en nada, solo notando como el agua caliente salpicaba mi espalda dolorida. Cuando he salido y me he puesto un albornoz, el aspecto que me ha devuelto el espejo no era tan terrible como el que recordaba de los días anteriores.

Creo que me estoy empezando a acostumbrar a mi cara de viudo, Paul.

Y también creo que tengo que empezar a alimentarme más, después de esta noche parecía que el estómago se me hubiese girado hacia dentro. Me he visto extraordinariamente delgado, también estrecho, es como si hubiese menguado en longitud.

El móvil ha debido de cobrar vida porque he empezado a oír los pitidos de los mensajes. Aun así, no quería atender a nadie, lo que de verdad me apetecía era meterme en la cama e intentar dormir.

He estado a punto de sucumbir a esa tentación, pero enseguida me he dado cuenta de que era martes, mi hija seguía sin ir al colegio y no puedo dar ese ejemplo tan nefasto.

Me he vestido y he ido a la cocina.

Cataclismo estaba mojando unas madalenas en un chocolate caliente que Vilma había preparado. Yo me he servido una taza de café y me disponía a iniciar la conversación más difícil que había mantenido nunca con mi hija, cuando he oído que sonaba mi móvil.

He ido a la habitación y no he llegado a tiempo para contestar. He visto que se trataba de Aline.

Lo cierto es que no me apetecía devolverle la llamada (el último pensamiento que había tenido sobre ella era acerca de mi arrepentimiento por mantener una aventura con una mujer tan fría y calculadora). Tampoco tenía demasiadas ganas de volver a la cocina y que ese chocolate con madalenas fuese el desayuno más amargo de Cataclismo. Me he sentado en el escritorio y he empezado a relatarte este horror.

He contestado a Hildur que iría mañana a la reunión (espero que Vilma dure por lo menos unas semanas más hasta que resuelva mi futuro profesional).

También he contestado a Carlos Álvarez, a quien he emplazado a almorzar a partir del lunes de la semana que viene. Le he dicho que me adaptaba por completo a su agenda, aun sin saber lo que me depara la reunión de mañana, tengo claro que se acabaron los *bagels* del Starbucks, las jornadas interminables y los *e-mails* a deshoras, debo empezar a ser un padre más presente y acompañar a mis hijos en este camino que estamos obligados a hacer solos.

Y, antes de volver a la cocina (estaba dispuesto a enfrentarme de una vez por todas y explicarle a Cataclismo que, por mucho que nos duela, a partir de ahora seremos una familia de tres personas), me he dignado a responder a los mensajes de Robert, que seguía insistiendo en el asunto del libro de familia.

He abierto un armario muy pequeño en el que Clara había disimulado la caja fuerte.

Es un armario situado en la parte inferior de la librería de nuestra habitación, pero que parece el propio tabique, por lo que ningún ladrón pensaría que, detrás de esa pared, permanece oculto un tesoro de gran valor.

Recuerdo que, cuando Clara diseñó ese escondite, me pareció haberme casado con la mujer más astuta del mundo, te aseguro que, a pesar de que es un lugar a la vista, pasa totalmente desapercibido para cualquier persona.

En esa caja fuerte, además de sus joyas, mis relojes y los dientes de leche de Cataclismo que escondíamos para mantener con vida la leyenda del Ratoncito Pérez, Clara guardaba un clasificador con los documentos de nuestra familia, como los pasaportes, las tarjetas del seguro médico y ese libro de familia de color azul que le tendría que entregar a Robert para que un funcionario del registro actualizase la desaparición de uno de los miembros originales.

He abierto el clasificador.

La verdad es que nunca me había percatado de lo pulcra que era Clara con respecto al orden de los papeles.

Estaban archivados de manera cronológica. Cualquier extraño que revisase todos esos documentos podía hacerse una idea de la clase de vida que habíamos ido construyendo a medida que nuestra relación se consolidaba, desde las escrituras de compra de nuestra casa hasta la separación de bienes que tuvimos que firmar cuando nos casamos (me imagino que tanto mis padres como sus abuelos querían proteger nuestro patrimonio individual con independencia de cómo transcurriese nuestra relación en el tiempo).

Recuerdo que Clara fue quien organizó todo ese asunto con el notario. También fue ella la que se encargó de entregar las partidas de bautismo a la iglesia donde celebramos el enlace, la que eligió el sitio del banquete, el menú, la confección del orden de las mesas, incluso la serigrafía y el gramaje de las invitaciones.

A mí me daba todo bastante igual, Paul.

No quiero decir que no estuviese ilusionado con casarme ni que no sintiese un enamoramiento absoluto por ella, pero lo cierto es que, en aquella época, yo ya estaba enganchado por completo al ritmo maratoniano de la firma. Reconozco que no hice absolutamente nada por ayudar a Clara a preparar la mejor boda a la que he asistido en mi vida.

Debo añadir en mi defensa que, en el fondo, las bodas son un poco el día de la novia (ya sabes que tengo tendencia a la justificación irreprochable de mis actuaciones). Viéndolo con perspectiva, sin embargo, dejé todo en manos de ella y me acuerdo de que, en los meses previos al enlace, Clara se ponía muy nerviosa y se enfadaba mucho conmigo (aunque tampoco le di ningún tipo de importancia porque todos nuestros amigos que se casaron en la misma época pasaban por las mismas tensiones).

Me parece increíble que la época en la que todos nuestros amigos nos casamos me resulte tan lejana y yo haya sido el primero del grupo en enviudar. Y también me parece increíble que ya no pertenezca a la generación donde se asiste a las bodas de modo compulsivo.

El último documento que había archivado Clara era su testamento.

Me ha aliviado pensar que, a pesar de no saber las razones que la condujeron a hacerlo, a pesar de seguir sin saber quién es Henry Jollenbeck, el hecho de que lo hubiese guardado en casa con todos nuestros documentos significaba que tampoco era un asunto que fuese a permanecer oculto durante mucho tiempo. Es cierto que yo abría ese clasificador solo en las ocasiones en las que teníamos que coger algún avión con los niños, pero he sentido que habría acabado por leerlo y hablarlo con ella.

En el reverso de la última página del testamento, estaba grapada la fotocopia de la partida de nacimiento de Clara. Me he fijado en que tenía escritas una serie de anotaciones junto a los datos de nacimiento de mi mujer, unas anotaciones, aunque a mano, perfectamente legibles.

Entonces, Paul, en menos de treinta segundos, he comprendido todo.

NOVENO DÍA

Miércoles, 4 de marzo de 2020

Lo primero que hice ayer cuando descubrí la verdad sobre el nacimiento de Clara fue devolverle la llamada a su abuela Ana. Cuando descolgó, no le dejé empezar con el sermón del funeral, simplemente pronuncié dos palabras:

«Enrique Álvarez».

Se quedó callada.

Intuí por un momento que se le estaba entrecortando la respiración y durante un instante me sentí culpable por si fuese a ser el causante de que a aquella anciana le diera una taquicardia. A la postre, la abuela de Clara jamás me había dicho ni una mala palabra ni un gesto negativo hacia mí y tenía la legitimidad absoluta para querer darle una sepultura digna a su nieta.

Pareció serenarse y me contó que aquello había ocurrido mucho tiempo atrás. A pesar de que yo ya lo sabía, puesto que venía señalado en la partida de nacimiento de Clara, necesitaba oírlo de su boca.

Ana me confirmó que la madre de Clara se había casado por primera vez en 1979, con un hombre al que describió como «un chico estupendo», un arquitecto perteneciente a una de las mejores familias de industriales, dueños de varias patentes que se seguían comercializando: Enrique Álvarez.

El joven matrimonio se instaló en Copenhague. Enrique

había conseguido un trabajo en uno de los mejores estudios de la ciudad y fue allí donde, un par de años más tarde, Clara vino al mundo.

En la cúspide de ese momento tan dulce, Enrique falleció en un accidente de tráfico y la madre de Clara, desolada, decidió volver a casa de sus padres con un bebé de seis meses. Quizás por la confusión del momento o porque el recuerdo de lo que ya no iba a ser era demasiado duro, decidió cortar cualquier tipo de relación con la que había sido su familia política y, un par de años más tarde recompuso su vida como mejor pudo: volviéndose a casar con el hombre al que Clara conoció como su padre.

Ana me contó que jamás le dijeron nada a Clara. Era muy pequeña cuando todo esto sucedió y fue peligrosamente sencillo deshacerse de la primera parte de su vida. Más sencillo todavía cuando, por otra trampa del azar, Clara quedó huérfana con siete años.

Los abuelos de Clara se hicieron cargo de la niña y, a pesar de colmarla de cariño y atenciones, entendieron que la mejor educación que le podían proporcionar era enviarla a Le Rosey, un internado en Suiza por el que estaban obligados a pasar los descendientes de las familias más adineradas de España. Clara creció con todos los privilegios y los problemas inherentes a esa clase de educación.

Recuerdo que siempre hablaba muy bien de esa época. De hecho, le parecía un atraso que me negase de forma tajante a enviar interna a Cataclismo (tuvimos varias discusiones al respecto en las que le dije que la única posibilidad de mandar a nuestra hija a un internado pasaría por que todos nos internásemos con ella).

Clara se convirtió en arquitecto y jamás imaginó que la reducida familia que le quedaba escondía un secreto sobre su identidad. El único rastro que nadie pudo borrar de la existencia administrativa de Enrique Álvarez fue el de la partida de nacimiento.

Ana me explicó también que Clara descubrió todo pocos meses antes de celebrar nuestra boda, precisamente, cuando reclamó ese documento a sus abuelos para tramitar nuestro expediente matrimonial.

Al parecer, tuvieron una enorme disputa. Recuerdo que Clara estaba muy tensa en esa época, pero siempre lo achaqué a los preparativos de la boda, jamás se me habría pasado por la cabeza que Clara se estaba enfrentando a un asunto tan trascendental. Nunca me habría imaginado, Paul, que Clara atravesaba en ese momento una crisis existencial de ese calibre.

Ayer le quise hacer muchas preguntas a la abuela de Clara; cuando terminó de contarme ese episodio, no obstante, parecía cansada. Me dijo que tenía que colgar y no mencionó en ningún momento nada sobre el funeral de su nieta. Noté algo de frialdad en su despedida.

Por mi parte, seguía con bastantes incógnitas.

Tenía claro que todo el asunto del testamento de Clara, todo ese tema del legado y la historia del padre biológico estaban relacionados. También sabía que mi cliente, Carlos Álvarez, el hombre que había precipitado mi devenir dentro de la firma, estaba relacionado con él. Una familia que se apellida igual, con el mismo tipo de negocio y que proviene del mismo lugar... No era posible que se tratase de una simple coincidencia.

Necesitaba despejar un poco la mente (en medio de la conversación con Ana, me había encendido un cigarrillo, pero enseguida lo apagué porque me pareció espantoso estar fumando en la cama de nuestra habitación un martes por la mañana, como si inexorablemente me hubiese convertido en un artista bohemio con horarios descontrolados. Además, Clara nunca dispuso en las mesillas de nuestro dormitorio ninguno de esos ceniceros que robaba de los grandes hoteles y acabé tirando la colilla por la ventana del dormitorio).

Cogí la bolsa de deporte y me fui a nadar.

Créeme, Paul, que mi escapada a la piscina no era un burdo intento de esquivar la conversación pendiente con Cataclismo. Solo necesitaba dejar descansar a mi cerebro.

De camino al gimnasio, llamé a Carlos Álvarez. No podía esperar hasta la semana que viene para verle, necesitaba hablar con él.

Carlos no respondió la llamada.

Le mandé un WhatsApp diciendo que debíamos hablar. (No puse nada en concreto por si todavía existiese una mínima posibilidad de que él no tuviese nada que ver con todo el asunto de Clara; tampoco quería dejarle en negro sobre blanco algo que pudiese comprometerme o revelarme como una persona más tarada aún de lo que había podido percibirme en París. Todavía ronroneaba en mi cabeza la posibilidad de conservarle como cliente, con independencia de lo que pasase conmigo en la firma).

Luego llamé a Robert y le conté mi descubrimiento. Le dije que investigase a toda la familia Álvarez y, sobre todo, que indagase qué había sido de Enrique Álvarez (Ana no me había dado demasiados datos de su accidente, simplemente me dijo que había ocurrido cuando Clara tenía seis meses).

Y me metí en el agua.

Nadé cerca de cuarenta y cinco minutos, a un ritmo cada vez más virulento, era como si, lejos de cansarme, el deporte me estuviese acelerando. No sabía qué pensar, Paul. No sabía si estaba enfadado con Clara por haberme ocultado algo así, no sabía si estaba enfadado conmigo por no haber podido acompañarla en un asunto que me parecía tan complicado, no sabía nada, solo nadaba con toda la fuerza que mis pulmones y mi corazón me permitían.

Todo el asunto me parecía tan irreal, tan cinematográfico que por un momento el hecho de haber enviudado era lo menos relevante de toda la historia.

Pensé en mis hijos, también en mis padres.

Siempre he sabido de dónde venía, siempre he conocido las virtudes y los defectos de mi familia, las obsesiones de Mimi y sus Optalidones, el carácter regio y aristócrata de mi padre, también la rotundidad en los afectos y los desafectos de mi madre.

Me costaba empatizar con la manera en la que debió de sentirse Clara en esas semanas anteriores a la celebración de nuestro matrimonio, cuando acababa de descubrir que, en cierta medida, una parte de lo que conocía sobre ella misma era mentira.

Incluso, de algún modo, reconocí una admiración desmedida por ella.

Me parecía que Clara había sido enormemente valiente al seguir adelante con la boda sin haberme dicho nada; que no se hubiese dejado paralizar por una decisión equivocada de su madre en la que ella no había tenido responsabilidad de ningún tipo; que hubiese continuado el camino que había decidido atravesar con independencia de conocer un asunto tan desestabilizador.

Pero también sentí tristeza, mucha tristeza, una tristeza muy diferente al vacío que experimento cuando pienso que no nos vamos a volver a ver; una tristeza profunda al entender que a lo mejor Clara no quiso compartir conmigo su descubrimiento por vergüenza. Quizás Clara supuso que una noticia de esas características, en una familia como la mía, tan rígida en sus usos y costumbres, podía cambiar algo entre nosotros. Quizás pensó que se convertiría a los ojos de mis padres, incluso a los míos, en una ciudadana de segunda categoría.

Intuir que mi mujer se hubiera marchado de este mundo pensando así de mí me dolía demasiado.

Volví a casa, seguía sin noticias de Carlos Álvarez, tampoco de Robert.

Cataclismo y Cornelius estaban entretenidos cocinando un bizcocho con Vilma. Parecían contentos y felices. Vilma me dijo que Cornelius no tenía fiebre y a mí me parecía increíble que mi hijo hubiese pasado de un estado convulsivo a mostrarse tan activo y saludable en menos de ocho horas.

Luego tomé un poco de sopa que había preparado Vilma y me tumbé en una de las *chaise longues* que Clara había decidido poner en la biblioteca, muy parecida al diván de tu consulta, Paul.

Encendí la televisión y me quedé dormitando con el sonido de fondo del telediario.

Al parecer ese virus chino está avanzando por toda Europa con gran virulencia. Hay países que se plantean cerrar los colegios y los centros de ocio; también recomiendan permanecer lo más aislados posibles.

Decían que el problema no es el virus (aparentemente, se trata de una gripe un poco más fuerte), sino que un contagio masivo de ese bicho colapsaría las urgencias hospitalarias y, por lo tanto, comprometería la salud de los colectivos más vulnerables (no soporto esas fórmulas que utilizan los periodistas para referirse a las personas mayores o enfermas; quizás es que, desde que soy viudo, me identifico con la ancianidad y mi carácter se ha agriado como si estuviese cerca del final, quizás Clara llevaba razón cuando me decía que me había convertido en un viejo cascarrabias).

Me acordé del documental de Arte TV que había visto en París, el del periodista francés confinado con su mujer, pero me resultaba poco probable que pudiésemos alcanzar una situación tan desesperada como la de Pekín.

Estaba pensando en que no sería tan malo que cerrasen los colegios una temporada (me imaginaba a *madame* Merkel desaparecida en combate durante varias semanas) cuando recibí la llamada de Carlos.

Agradecí que se mostrase tan sincero desde el inicio, creo que no podría haber fingido más de tres frases sobre los proyectos ficticios de Clara en Abu Dabi o las excelencias de nuestra firma en su proyecto empresarial de las patentes.

En la primera frase que pronunció, Carlos fue al grano y se refirió por primera vez a Clara. A su sobrina Clara.

Era extraño hablar de ella con él.

Sí, Paul, resultaba tremendamente raro mantener una conversación con un familiar de mi mujer al que no conocía, bueno, al que sí conocía, pero en una circunstancia del todo ajena a mi vida personal.

Carlos me contó que sabía desde el principio lo que le había ocurrido a Clara. Habían acordado verse a lo largo del mes de febrero y a Carlos le extrañó que su teléfono llevase apagado tantos días. Llamó al estudio y Cristina le comunicó la fatalidad.

Fue Cristina quien le dio mi contacto.

Ayer asistí estupefacto a todas las informaciones que

Carlos me reveló sobre su rencuentro con mi mujer. Al parecer, se había puesto en contacto con ella varios meses atrás, a raíz de la publicación de nuestra casa en *AD*.

La familia Álvarez nunca se olvidó de lo que había sucedido con Clara, pero, cuando Enrique falleció en ese accidente, decidieron respetar la voluntad de la madre de Clara, además, en esa época, no existía nada parecido al derecho de los abuelos sobre sus nietos.

Dejaron pasar el tiempo, confiando en que, en algún momento, Clara se pondría en contacto con ellos. Sin embargo, aquello no terminaba de suceder. Todos continuaron haciendo su camino tratando de no pensar en exceso sobre las circunstancias tan complicadas que la propia vida presenta.

La publicación de *AD* llegó a las manos de Carlos de manera accidental. Fue en la sala de espera de una consulta (la de su dentista, habría sido demasiada coincidencia que a Carlos le tratase nuestro tricólogo, ¿verdad?).

Carlos ojeaba de manera distraída esa revista, cuando se dio cuenta de que aquella arquitecto se parecía asombrosamente a su madre (me ha asegurado que el parecido físico de Clara con la madre de Enrique es increíble). Carlos comprendió que su sobrina se había convertido en arquitecto; un arquitecto como su hermano. Aquello le removió su pasado y decidió contactarla. Además, estaba el asunto de la herencia.

Enrique murió en ese accidente, sin testar, pero la familia Álvarez siempre consideró que lo correcto era que sus descendientes participasen en el negocio familiar y aquello incluía a Clara.

Carlos me dijo ayer que Clara se había mostrado muy reacia a conocerle la primera vez que se puso en contacto con ella. Sin embargo, ante su insistencia, y probablemente porque sabía que tampoco debía negarse a la oportunidad de saber, acabó accediendo a tomarse un café con él.

En palabras de Carlos, aquel encuentro había sido «uno de los momentos más emotivos de su vida, también para Clara», y, en las semanas posteriores, quedaron varias veces para almorzar, la última, una semana antes de que nos fuésemos de viaje.

Fue a instancias de Carlos que mi mujer hizo el testamento ese 24 de diciembre. Le dijo de una manera trágicamente premonitoria que, aunque no estuviese interesada en ningún asunto de la familia, debía tener un testamento por el bien de sus hijos, que por experiencia sabía que los asuntos que no se dejan resueltos de forma correcta terminaban por asomarse en los momentos de mayor abismo.

Por lo visto, Clara no quería saber nada de ninguna participación de la empresa familiar de los Álvarez, y no le parecía correcto, a esas alturas de su vida, aceptar un dinero que le correspondía por linaje, pero que tampoco necesitaba.

Sí le pareció correcto, no obstante, que Cataclismo y Cornelius pudiesen tener acceso en algún momento de sus vidas a esa parte de la familia y por eso no puso ningún reparo en organizar el tema del testamento, nombrando albacea de esa parte a un primo de los Álvarez, Henry Jollenbeck (al parecer, en Dinamarca los hombres pueden adoptar el apellido materno, que, en este caso, es de una señora danesa).

Sé que es lo más irrelevante de todo esto, pero, cuando he sabido que el famoso Henry Jollenbeck no había sido una aventura de mi mujer, he sentido mucho alivio, aunque, a estas alturas de la película, que Clara me hubiese sido infiel era lo que menos me importaba.

Ayer comprendí a la perfección que no era necesario que yo tuviese algo que ver o que decir. Me impresionó mucho que Carlos hubiese accedido a esas reflexiones tan profundas de mi mujer, unas reflexiones que yo desconocía por completo.

A medida que le iba escuchando, en el fondo de mi ser, sentía una impotencia absoluta por haber estado al margen de aquello, por no haberme dado cuenta de nada y haber perdido el tiempo con Hildur y con Appletree, haciéndole ganar dinero a una firma que a la primera de cambio me iba a dar una patada.

Carlos me dijo que Clara pretendía contármelo en algún momento, pero que no sabía cómo hacerlo porque, para que comprendiese la verdad, me habría tenido que poner en antecedentes. Para que entendiese todo de verdad, Clara se habría visto obligada a confesar que unas semanas antes de jurarnos matrimonio había conocido la revelación más escabrosa de toda su existencia.

Ayer Carlos me contó que Clara no sabía cómo podía reaccionar al hecho de que no me hubiese contado todo antes de casarnos. Y lo más triste, Paul, es que la he comprendido a la perfección.

La última parte de la conversación fue la más difícil.

Carlos y yo nos desahogamos cada uno a nuestra manera (me consta que lloró como yo, pero los dos tuvimos la suficiente discreción masculina de no compartirlo con el otro).

Carlos me dijo que, cuando se enteró de lo del globo, tardó varios días en decidir la manera en la que quería conocerme, tanto a mí como a los niños. No quería traicionar la palabra de Clara y tampoco quería repetir la opacidad a la que habían estado condenados con todo este asunto, no quería que la siguiente generación perdiese la oportunidad de saber de dónde provenían.

Me investigó por LinkedIn.

Y, como se ha dedicado toda la vida a tratar con firmas como la nuestra, en menos de treinta minutos tenía a Hildur al teléfono, salivando por unos posibles honorarios y totalmente dispuesta a ofrecerle los servicios de su consultor estrella. Carlos había solicitado a Hildur de forma deliberada que yo fuese la persona encargada de gestionar su cuenta con la firma.

Me he reído al pensar que Hildur es tan oportunista que, con tal de cerrar un buen negocio, podía referirse a mí como su consultor estrella y una semana más tarde apartarme de esa manera tan injusta solo por no llevarle la contraria al ridículo Jean-Baptiste.

A Carlos le pareció una buena oportunidad saber cómo me desenvolvía en el trabajo.

En ese punto de la llamada, le interrumpí diciéndole que, por favor, no tomase mis actuaciones en París como muestra representativa de lo que soy profesionalmente, pero él me dijo que le había impresionado.

Me aseguró que, en unas circunstancias tan extremas, el hecho de que hubiese accedido siquiera a acompañarle a París ya decía mucho de la fortaleza y la templanza que demuestro como profesional.

Me dijo que le había admirado la manera en la que había mantenido el autocontrol y mi talante sereno, incluso con todos los tropiezos del café o de los gemelos. Y añadió que lo que más le había conmovido había sido la manera en la que gestioné la videollamada en el Uber con Cataclismo, la del lloro por la diadema de unicornio.

Cuando le conté que me habían suspendido de empleo y sueldo se quedó atónito.

Carlos me aseguró que no debía preocuparme en absoluto.

Al parecer, un día después de mi regreso, el sábado por la tarde, Carlos escribió a Hildur comentándole que el equipo de París no había parecido entender el enfoque de la expansión, pero que, sin embargo, el consultor estrella (te reconozco que me halaga que se refiera a mí de esa manera, sigo siendo vanidoso, Paul) se había mostrado en todo momento solícito y flexible.

Carlos le dijo a Hildur que, si finalmente se decantaba por trabajar con la firma, exigiría que yo liderase la cuenta. En ese instante comprendí la razón por la que Hildur y Aline me habían convocado de una manera tan contradictoria respecto a cómo había acabado nuestra conversación del sábado por la mañana.

Nos despedimos hasta el almuerzo de la semana que viene.

Cuando terminé esa llamada, estaba tan extenuado que me metí en la cama de mi cuarto y dormí del tirón hasta las cinco de la mañana, cuando una necesidad imperiosa por contarte todo me ha despertado y me he puesto a escribirte.

Ni siquiera fui capaz de levantarme para acostar a los niños.

Ahora me voy a ir a nadar.

Quiero estar despejado. Voy a llevar a Cataclismo al colegio. He pensado que, antes de hablar con ella, le tengo que contar todo a *madame* Merkel, bueno, todo no, solo la parte del globo, tampoco voy a entrar en detalles de mi intimidad matrimonial con la profesora de mi hija.

He entendido, en cualquier caso, que necesito a *madame* Merkel para que nos acompañe en esta situación tan nueva para todos.

También quiero prepararme para la reunión con Hildur

y con Aline; aunque en este sentido, Paul, debo decirte con total franqueza que, en estos momentos y mientras te escribo estas líneas, lo que esas dos hipócritas pretendan ofrecerme me es indiferente por completo.

Seguimos en contacto.

DÉCIMO DÍA

Jueves, 5 de marzo de 2020

Para: Paul (terapeuta)

Asunto: Capítulo final

Querido Paul:

Te envío los últimos capítulos que he escrito sobre esta historia.

Te reconozco que sigue habiendo momentos en los que me cuesta admitir que sea yo el protagonista de estas líneas; también que una gran parte de mí lucha por pensar que no es a mi familia a quien ha devastado la muerte de Clara. Pero creo que ayer fue la primera vez que me enfrenté a la realidad de una manera más razonable de la que he demostrado en las últimas tres semanas.

Al regresar de la piscina, de camino al liceo, no encendí la radio, tampoco puse ningún tipo de música, simplemente dejé que el silencio que se había interpuesto entre Cataclismo y el padre tan disparatado en el que me he convertido fluyese. Ayer estaba demasiado cansado para intentar llenar un espacio que, incluso triste, es necesario atravesar.

Fue mi hija quien, haciendo gala de una madurez y un sentido común mucho más profundos que el mío, me dijo que sabía que no iba a volver.

Noté cómo mis gafas de sol se empañaban y se me taponaba la nariz.

Noté cómo unas lágrimas se deslizaban por mi cara como dos senderos de agua salada que desembocasen en un punto intermedio de mi cuello y empecé a sentir calor, mucho calor. Puse la mano en su rodilla y en una voz muy baja, casi un susurro, una voz ajena al tono enérgico y vital que siempre me han caracterizado y que durante estas últimas tres semanas he intentado llevar al extremo, admití que tenía razón.

Y la abracé.

El semáforo en el que nos habíamos detenido se puso en verde, mi hija no se quería despegar de mí; yo solo quería que el tiempo se detuviese, quizás para no tener que pasar de etapa y empezar oficialmente un nuevo capítulo en nuestra vida. El coche de detrás me pitó, pero no me moví. Pronuncié la frase más difícil que he tenido que decir a lo largo de mis años de vida, una frase convencional y en la que quiero intentar creer. Le dije:

—No te preocupes, estaremos bien; aunque no tan bien como si estuviese aquí, estaremos bien. Siempre nos va a acompañar.

Mi hija se quedó en silencio y me puse de nuevo en marcha antes de que el coche de detrás volviese a pitar (sabía que era tal el nivel de adrenalina que afloraba en mí que otro sonido de claxon podría haber acabado en una reyerta con otro padre apresurado).

Aparqué y fuimos caminando de la mano hasta su clase. *Madame* Merkel se encontraba conversando con otros padres que dejaban a los compañeros de Cataclismo.

Mi hija entró en clase y se sentó en su pupitre; le hice una señal a *madame* Merkel para que viniese. Al quitarme las gafas y ver que estaba congestionado, me preguntó si iba todo bien y le dije que nada iba bien. Intenté mantener la compostura. No lo conseguí, empecé a hablar de manera apresurada, le dije que Clara y yo no nos habíamos separado, pero que tampoco nos podríamos volver a ver. *Madame* Merkel parecía no comprender.

Le dije que Clara había muerto.

Pude ver en directo la misma estupefacción, la misma incredulidad que siempre he pensado que sentiría cualquier persona a la que le comunicase la noticia; la cara que, estoy seguro, puse yo mismo la tarde de ese 27 de enero cuando me llamaron por teléfono.

Madame Merkel me preguntó si había sufrido un accidente, conocía perfectamente a Clara, sabía que no era probable que se tratase de una enfermedad. Se lo conté. Se tapó la boca y me miró con unos enormes ojos azules en los que no había reparado nunca.

Le dije que se lo acababa de decir a la niña, pero que lo debía de saber, de intuir, de sospechar. Le dije que mi hija probablemente se habría enterado de ello desde los primeros días. (Pensé que había sido un auténtico iluso al creer que mi madre, o Vilma, o cualquiera de las personas que transitaron por mi casa durante aquellas primeras jornadas que tengo en total oscuridad no hablarían entre ellas. Estoy convencido de que Cataclismo debió de darse cuenta entonces y ahora me siento mal por no haberla acompañado desde el inicio, en algún momento trabajaré contigo la culpa, Paul).

Los alumnos ya estaban sentados y me empezó a dar vergüenza estar ralentizando el funcionamiento normal de esa clase. Me parecía que aquella conversación con la profesora delante de veinticinco pequeños ciudadanos podría estigmatizar a Cataclismo, aunque mientras te escribo estas líneas soy consciente de que, de alguna manera, tanto ella como Cornelius vivirán con esta circunstancia siempre.

Me despedí de *madame* Merkel diciendo que me llamase cuando pudiese hablar y que a partir de ahora estaría completamente disponible para lo que necesitase.

Salí de allí y me fui directo a la torre.

No intenté dejar el coche en mi plaza de aparcamiento, creo que temía que no funcionase mi acreditación, pero me dio igual, de alguna manera me liberaba pensar que tardaría en volver a aparcar allí.

Ayer tomé una decisión, Paul. Una decisión que no sé si es la adecuada, que quizás sea la más perjudicial, por lo menos en lo que se refiere a mis finanzas. No obstante, creo que es la más sensata. Ayer decidí dejar la firma, por lo menos por un tiempo; mi trabajo es del todo incompatible con esta situación.

Ayer, antes de entrar por esos tornos, comprendí que,

pasase lo que pasase en la reunión con Hildur y Aline, no era viable seguir compitiendo por mi carrera profesional de socio; tengo que atender a mi familia, tengo que reconstruir unas bases nuevas que nos den seguridad, sé que no es adulto hacer como que no ha pasado nada.

Además, Paul, sigo sintiendo rabia. Ayer no me podía sacar de la cabeza la idea de que la firma me había quitado de mi vida mucho más de lo que yo había ganado con ellos. Ayer quería culpabilizar a la firma de todo: de la desaparición de Clara, de haberme convertido en un pequeño capitalista salvaje, de haber descuidado mi matrimonio, incluso de haberle sido infiel a mi mujer.

Hoy, mientras escribo esto, soy consciente de que es una excusa patética y que el único responsable de lo relativo a mi relación con Clara he sido yo.

Sí que reconozco, no obstante, que la entrega hacia la firma ha sido infinitamente superior a la que he manifestado hacia mi familia y, desde luego, no hay justificación alguna por haber perdido el tiempo de esa manera, ni siquiera por un salario que, al fin y al cabo, ni era tan enorme ni me daba tanta seguridad y estatus como creía poseer.

Ayer me di cuenta, Paul, de que la verdadera libertad empieza por la gestión del tiempo.

Me pareció raro tener que identificarme en la recepción del edificio. Me sentí extraño al ver cómo las encargadas de recibir a los clientes, las chicas que me habían visto cruzar esos tornos en infinidad de ocasiones durante los últimos quince años y que podían reconocerme a la perfección, tenían que llamar al despacho de Hildur y de Aline para prevenirlas de mi llegada.

Me dieron la tarjeta de visitante (la misma que, en París, ni Carlos ni yo nos habíamos querido poner en la solapa) y me dejaron pasar. Me enviaron directamente a la planta 28, la misma en la que hace quince años inicié mi carrera profesional como asistente.

Empecé a recordar el discurso corporativo que me dieron el primer día de trabajo, junto con mis compañeros de promoción. Todos cortados por el mismo patrón; dobles licenciaturas, dominio de varios idiomas y las mismas ganas y prepotencia de pertenecer a un elegido séquito de ejecutivos de prestigio.

En aquella reunión de bienvenida, una señora alta, con voz grave, un ceceo significativo y con un bolso de color rojo de Carolina Herrera que posó en la silla del estrado con displicencia nos insistió en el privilegio tan enorme que habíamos tenido al haber sido escogidos por el Departamento de Residuos Humanos.

En esa reunión, Paul, nos pusieron un vídeo corporativo en el que aprendí que la firma tenía un himno. Sí, un himno, como la Marsellesa o cualquier cántico de fraternidad americana llena de letras griegas y oscuros episodios de abusos sexuales. Quizás debería haberme dado cuenta en ese momento de que el hecho sectario de pertenecer a una firma que posee su propio himno no podía terminar bien.

Llegué a la planta noble y tanto Aline como Hildur me estaban esperando en el rellano de la entrada. Las dos vestían de manera discreta (llevaban sendos trajes de chaqueta oscuros, solo que, en el caso de Aline, las prendas recalcaban una silueta tentadora y, en el de Hildur, acentuaban sus tobillos anchos de delantero centro, aunque he de reconocer que no iba tan mal como nos tiene acostumbrados).

Me dieron dos besos, un saludo muy efusivo, totalmente alejado del apretón de manos con el que Aline me había recibido unos días atrás, en el reencuentro más insólito que había vivido jamás. Noté cierta camaradería y complicidad entre ellas, como si todos aquellos movimientos hubiesen sido orquestados por el mejor director de teatro del Radio City Music Hall.

Entramos en la sala.

Me senté delante de las dos, tan distintas y parecidas al mismo tiempo.

Hildur, como para romper el hielo, me preguntó que qué tal.

Me limité a sonreír. Seguimos en silencio. Parecía que estuviesen esperando arrancarme alguna frase, pero no fui capaz de soltar ninguna palabra, en ese momento, Paul, me parecía que ninguna de esas dos mujeres merecía que les hablase.

Aline tomó la palabra.

Me comentó que habían analizado mi caso en profundidad y que quizás habían seguido protocolos demasiado estrictos conmigo. Me querían readmitir, incluso reconsideraban su posición frente a mi promoción a socio.

Al parecer habían hablado con Carlos Álvarez, quien se había mostrado muy satisfecho con el desarrollo de las reuniones en París, sobre todo en lo que se refería a mi actitud.

Volví a sonreír. Seguí callado.

Aline parecía nerviosa.

—¿No tienes nada que decir?

Silencio otra vez. Hildur se estaba empezando a poner colorada.

—La verdad es que no.

De mi boca salieron esas palabras, que desde luego no

había planificado y que, mientras las estoy transcribiendo, me parecen del todo impertinentes.

Calculo que el siguiente silencio debió de durar cerca de dos minutos. Aline me empezó a mirar de una manera totalmente desconocida para mí hasta el momento, una mirada entre airada y furibunda.

—Entonces no te hago perder más tiempo. —Aline se levantó, dejando tras de sí el mismo perfume de Narciso Rodríguez de siempre.

Salió de la sala. Volví a pensar si aquella sería la última vez que la vería.

Me quedé mano a mano con Hildur.

—Queremos que vuelvas, esa es la verdad. Sí que hemos notado estos últimos días un cambio en tu actitud y respetamos que no nos quieras contar de qué se trata, pero, en todo caso, hemos entendido que no has tenido nada que ver en el hecho de que no hayamos conseguido por el momento la cuenta de Carlos Álvarez.

Me enterneció que Hildur me hablase de manera sincera o, por lo menos, sí sentí cierta verdad en sus palabras.

Nunca habría pensado que, en aquella sala con aquellas dos mujeres, precisamente fuese Hildur, mi odiada Hildur, la persona capaz de arrancar una especie de confesión y, en cambio, Aline, mi amante, la mujer con la que había tejido una complicidad absoluta como solo los amantes clandestinos pueden hacer, permaneciese ajena por completo a lo que les pensaba relatar y se marchase, como siempre, de esa manera tan radical.

No pretendía comunicarle a Hildur nada que no fuese el hecho de que me quería tomar un tiempo, una excedencia o algún tipo de fórmula que pudiese acordar con Residuos Humanos, pero sin entrar en los motivos fatales que me estaban llevando a tomar esa decisión.

—Gracias, Hildur, no están siendo días fáciles. Han pasado bastantes cosas desde que me fui de vacaciones... —me oí decir a mí mismo.

Y entonces, Paul, empecé a hablar.

De una manera más sosegada que con *madame* Merkel, cierto, aunque con la misma intensidad. Empecé a vaciarme por completo, como si necesitase desvelarle a Hildur las calamidades por las que había pasado desde el día en el que me llamaron esos médicos para decirme que había ocurrido «algo grave».

Pasé por encima de los detalles más desestabilizadores, como la parte del testamento o la de la familia biológica de Clara. Tampoco hice ninguna alusión a mi antiguo romance con Aline, pero a estas alturas sé que Hildur ha debido de sospechar algo. Mirándolo con distancia, el hecho de que Aline me suspendiese, incluso el hecho de que saliese de esa manera tan ridícula de aquella sala, cuando a todos los efectos debería haber sabido demostrar control de la situación, delataban una intencionalidad personal.

Hubo momentos en la conversación, Paul, en los que pude ver cómo Hildur sentía verdadera empatía por lo que le estaba contando. No escuché ningún tipo de reproche por haber ocultado el fallecimiento repentino de Clara, no sé si porque no le importaba en absoluto, porque no sabía lo que decir o porque era perfectamente consciente de que la prioridad corporativa se aleja de cualquier episodio feliz o desgraciado que sucediese en la vida personal de cada uno de los empleados de la firma.

Luego me di cuenta de que estaba hablando con una persona que también había pasado por un duelo; el duelo por la muerte de su padre; un duelo igual de clandestino que el mío y del que en ningún momento habíamos sospechado (lo cierto es que Hildur siempre ha sido igual de detestable, por lo que tampoco pretendo culpabilizarme por no haberla acompañado o comprendido en sus horas más difíciles).

En cualquier caso, Paul, debo reconocer que ayer Hildur se portó de una manera impecable y, aunque siempre tendré enormes diferencias con ella y jamás podré comprender su relación pervertida con un ser tan abominable como Daniel Appletree, no puedo acabar este diario resaltando solo su faceta de ornitorrinco transgénero.

Precisamente, al salir de la torre, me crucé con ese individuo en el vestíbulo.

Se acercó a mí y, poniendo una mirada de cura hipócrita que simula bondad, pero que está pensando en cómo robar algunas monedas del cepillo, me tendió la mano. Noté cierta liberación en su gesto, como si intuyese que mi marcha le podía beneficiar. Entonces, utilizando ese tono tartamudo que a una persona más violenta que yo le llevaría a la crispación, me comentó que sentía mucho mi divorcio.

Le miré estupefacto.

Al parecer, había leído «un poco por encima» (otra vez esa hipocresía de colegio masculino religioso) el testamento de Clara el día que lo olvidé encima de mi mesa y acudí a la llamada de Hildur a su despacho. Me aseguró que él, ante todo, es un hombre muy discreto y que por supuesto no había comentado nada con nadie.

No sé si me molestó más el hecho de que fuese tan fisgón o que, simplemente en su incompetencia recurrente, hubiera concluido que estaba revisando el testamento de mi mujer porque me iba a divorciar.

Por supuesto, no le saqué del equívoco. Le agradecí sus palabras y le animé a perseverar en su discreción (dije algo así como «he tenido que desmentir en varias ocasiones a Sylvia y a Eric sobre esa fantasía malintencionada de tu relación con Hildur»).

Lo sé, Paul, debería madurar y no caer en la tentación de desestabilizar a las personas, te prometo que lo trataremos.

Luego me monté en el Smart y llegué a casa.

Cornelius estaba perfecto; comía esa sopa insípida preparada por Vilma y me sonrió cuando me vio entrar por la puerta. Me sigue pareciendo increíble que hace menos de cuarenta y ocho horas estuviese en una ambulancia con él y con Cataclismo pensando que se iba de mi vida. Me obligué a eliminar de mi cabeza esos pensamientos negativos. También tomé un poco de sopa y luego me tumbé a escuchar las noticias.

El mundo empieza a estar muy preocupado por ese virus chino. Además de cerrar los colegios, se plantean suspender manifestaciones o limitar los aforos en los sitios públicos. Lo cierto es que ahora, Paul, la perspectiva de quedarme unas semanas tranquilo en la intimidad de mi casa me parece de lo más interesante.

Dormí una siesta de dos horas. Cuando me desperté, la casa estaba en silencio. Imaginé que Vilma se habría marchado con Cornelius a recoger a Cataclismo en la parada de la ruta y que luego se irían a jugar al parque.

Decidí bajar al trastero.

Me imagino, Paul, que la aceptación de que no vas a volver a ver a una persona en tu vida es una cuestión de tiempo y, en mi caso, todo está demasiado reciente para experimentar sensaciones distintas al *shock*.

Quizás por eso no estoy triste, o sí estoy triste, pero no desolado; quizás por eso pienso que todavía existen maneras de comunicarme con ella. Quizás por eso no me permito echarla de menos.

Ayer, cuando bajé al trastero, de manera improvisada e impulsiva, pensaba que a lo mejor tendría algún tipo de revelación de lo que debía hacer con la urna. Pensaba que Clara me enviaría alguna señal acerca del lugar donde quería reposar.

Me quedé mirando aquella caja de cartón de color blanco, esperando algún tipo de respuesta y, sin embargo, no se me ocurría ninguna idea razonable. Me planteé vagamente la posibilidad de subirla a casa, quizás a Clara le habría encantado descansar en el apartamento tan magnífico que diseñó; enseguida me pareció morboso y fuera de lugar.

Volví a guardar la caja y salí del trastero decepcionado, como si hubiese perdido esa sensibilidad tan extraordinaria para interpretar los indicios que he sentido durante las últimas semanas. Entonces, al cerrar la puerta, oí un ruido, como si se hubiese caído un objeto muy pesado y volví a abrir. Te puedo decir que sentí algo de miedo porque todavía respeto mucho todo lo relacionado con el esoterismo.

Vi la maleta.

La maleta que había traído el día que volví de ese viaje tan horrible. Sé que cualquier persona con sentido común pensaría que se cayó solo por la fuerza con la que cerré la puerta del trastero. Pero yo no voy a pensar así, Paul. En el momento en el que vi la maleta, supe a ciencia cierta dónde tenía que dejarla marchar.

Clara abandonó este mundo cumpliendo un sueño.

A lo mejor no era exactamente como lo había imaginado, quiero pensar que, a pesar de su enfado, le habría encantado estar acompañada por mí. Pero sí sé que, con toda probabilidad, la última imagen que vieron sus ojos fue bonita, porque mi mujer adoraba todo lo relacionado con la naturaleza y los espacios abiertos.

No puedo permitir que Clara descanse en Madrid, debo volver allí con ella. Al lugar donde pasé la peor tarde de mi vida. Ese lugar es bonito, Paul, aunque yo no pueda apreciar por ahora la belleza porque para mí está ligado al momento más oscuro de mi relación.

Será una especie de regreso a Manderley.

La casa de Clara se sitúa en una montaña. Es una especie de finca sobre el mar, por completo inaccesible a los ojos de cualquier paseante, que lo único que puede intuir es un bosque encantado. Clara se refería a ella como un Shangri-La. Y es un lugar al que debo obligarme a volver, un paraíso que tengo que inculcar a mis hijos porque sé que es lo que a ella le habría gustado.

Volveremos allí.

Esparciré sus cenizas en esa montaña y lo haré de una manera discreta, sencilla, elegante, una manera acorde con su personalidad, también con la forma en la que transitó por este mundo.

Sé que me queda un largo viaje por hacer. Sé que debo perdonarme y que debo perdonarla si es que en algún momento he tenido derecho a enfadarme con ella.

He comprendido que la intimidad de las personas es individual. Puede que me creyese con el derecho de querer saber todo sobre la mujer con la que había formado una familia, sin ser consciente de que eso es injusto (al fin y al cabo, ella tampoco sabía todo de mí), también infantil; porque existen determinadas parcelas de la vida que nunca se han de revelar o que el destino o lo que sea que esté detrás de todo lo terrenal no quiere que se sepan. Eso tampoco convierte nuestra historia en algo deshonesto o superficial.

Te habrás dado cuenta de que soy muy malo para las despedidas.

No pude despedirme de ella y no quiero despedirme de ti. Es posible que de alguna manera estas páginas me sirvan para deciros adiós a los dos, aunque tengo el presentimiento de que nuestros caminos, al igual que con ella, se volverán a cruzar.

Muchas gracias, Paul.

AGRADECIMIENTOS

A pesar de que escribir es un acto solitario, en mi caso, me he sentido muy (bien) acompañado. Quiero agradecer este libro a mi familia (tanto impuesta como elegida), especialmente a mi madre por no ser como la madre del viudo. También a mis primeros lectores cero. A mi queridísima María José Codes, a Elena López-Ávila y por supuesto a mi editora Lola Gulias y su equipo por entenderme y cuidarme tan bien. Y una última mención a todas las personas con las que he compartido trabajo (jefes, compañeros, equipos), mucho más fantásticas que mis personajes y que hacen del mundo corporativo un lugar inspirador para contar historias.